COLLECTION FOLIO

Giuliano da Empoli

Le mage du Kremlin

Gallimard

Ce roman est inspiré de faits et de personnages réels, à qui l'auteur a prêté une vie privée et des propos imaginaires. Il s'agit néanmoins d'une véritable histoire russe.

Nous, d'Evgueni Zamiatine,
est cité dans la traduction d'Hélène Henry (Actes Sud, 2017).

D'origine italienne et suisse, Giuliano da Empoli est essayiste et conseiller politique. Son dernier essai, *Les ingénieurs du chaos*, consacré aux nouveaux maîtres de la propagande politique, a été traduit en douze langues. Son premier roman, *Le mage du Kremlin*, a été récompensé par le Grand Prix du roman de l'Académie française et par le prix Honoré de Balzac en 2022.

Pour Alma

La vie est une comédie. Il faut la jouer sérieusement.

ALEXANDRE KOJÈVE

1

On disait depuis longtemps les choses les plus diverses sur son compte. Il y en avait qui affirmaient qu'il s'était retiré dans un monastère au mont Athos pour prier entre les pierres et les lézards, d'autres juraient l'avoir vu dans une villa de Sotogrande s'agiter au milieu d'une nuée de mannequins cocaïnés. D'autres encore soutenaient avoir retrouvé ses traces sur la piste de l'aéroport de Chardja, dans le quartier général des milices du Donbass ou parmi les ruines de Mogadiscio.

Depuis que Vadim Baranov avait démissionné de son poste de conseiller du Tsar, les histoires sur son compte, au lieu de s'éteindre, s'étaient multipliées. Cela arrive parfois. La plupart des hommes de pouvoir tirent leur aura de la position qu'ils occupent. À partir du moment où ils la perdent, c'est comme si la prise avait été arrachée. Ils se dégonflent comme ces poupées qui se trouvent à l'entrée des parcs d'attractions. On les croise dans la rue et on ne réussit pas à comprendre comment un type de ce genre a pu susciter autant de passions.

Baranov appartenait à une race différente. Même si, en vérité, je n'aurais su dire laquelle. Les photos présentaient le portrait d'un homme massif, mais pas athlétique, presque toujours vêtu de couleurs sombres, et de costumes légèrement trop grands. Il avait un visage banal, peut-être un peu enfantin, le teint pâle, les cheveux noirs, très raides, et une coiffure de premier communiant. Dans une vidéo, tournée en marge d'une rencontre officielle, on le voyait rire, chose très rare en Russie où un simple sourire est considéré comme un signe d'idiotie. En fait, il donnait l'impression de ne se préoccuper en rien de son apparence. Trait curieux si on pense que son métier consistait précisément en cela : disposer des miroirs en cercle pour transformer une étincelle en enchantement.

Baranov avançait dans la vie entouré d'énigmes. La seule chose plus ou moins certaine était son influence sur le Tsar. Durant les quinze années qu'il avait passées à son service, il avait contribué de façon décisive à l'édification de son pouvoir.

On l'appelait le « mage du Kremlin », le « nouveau Raspoutine ». À l'époque il n'avait pas un rôle bien défini. Il se manifestait dans le bureau du président quand les affaires courantes avaient été expédiées. Ce n'étaient pas les secrétaires qui le prévenaient. Peut-être que le Tsar en personne le convoquait sur sa ligne directe. Ou bien lui-même devinait le moment exact, grâce à ses talents prodigieux, dont tout le monde parlait sans que personne fût capable de dire avec précision en quoi ils consistaient. Parfois quelqu'un se joignait à eux. Un ministre en vogue ou le patron d'une entreprise d'État. Mais étant donné qu'à Moscou, par principe et depuis des siècles, personne ne dit jamais rien, même la présence de ces témoins occasionnels ne parvenait pas à éclairer les activités nocturnes du Tsar et de son conseiller. Il arrivait cependant qu'on fût informé de leurs conséquences. Un matin, la Russie s'était ainsi réveillée en apprenant l'arrestation de l'homme d'affaires le plus riche et le plus connu du pays, le symbole même du nouveau système capitaliste. Une autre fois, tous les présidents des républiques de la Fédération, élus par le peuple, avaient été mis à pied. Dorénavant ce serait le Tsar et personne d'autre qui les nommerait, avaient annoncé les premières informations de la matinée aux citoyens encore à moitié endormis. Mais, dans la plupart des cas, les fruits de ces insomnies restaient invisibles. Et ce n'est que des années plus tard que l'on notait des changements qui apparaissaient alors comme tout à fait naturels, bien qu'ils fussent en réalité le produit d'une activité méticuleuse.

À l'époque, Baranov était très discret, on ne le voyait nulle part et l'idée de donner une interview ne l'effleurait pas. Il avait pourtant une singularité. De temps en temps, il écrivait, soit un petit essai qu'il publiait dans une obscure revue indépendante, soit une étude de stratégie militaire destinée aux sommets de l'armée, parfois même un récit où il faisait la preuve d'une veine paradoxale dans la meilleure tradition russe. Il ne signait jamais ces textes de son nom, mais il les parsemait d'allusions qui étaient autant de clés pour interpréter le monde nouveau issu des insomnies du Kremlin. En tout cas, c'est ce que croyaient les courtisans moscovites et les chancelleries étrangères qui rivalisaient pour être les premiers à décrypter les formules obscures de Baranov.

Le pseudonyme derrière lequel il se cachait à ces occasions, Nicolas Brandeis, ajoutait un élément de confusion ultérieure. Les plus zélés avaient reconnu sous ce nom le personnage mineur d'un roman secondaire de Joseph Roth. Un Tartare, sorte de deus ex machina qui faisait son apparition dans les moments décisifs de la narration pour s'éclipser aussitôt. « Il ne faut aucune vigueur pour conquérir quoi que ce soit, disait-il, tout est pourri et se rend, mais lâcher, savoir laisser aller, c'est cela qui compte. » Ainsi, de même que les personnages du roman de Roth s'interrogeaient sur les actions du Tartare dont la formidable indifférence était la garantie de tout succès, les hiérarques du Kremlin, et ceux qui les entouraient, allaient à la chasse du moindre indice susceptible de révéler la pensée de Baranov et, à travers celle-ci, les intentions du Tsar. Une mission d'autant plus désespérée que le mage du Kremlin était convaincu que le plagiat était la base du progrès : raison pour laquelle on ne comprenait jamais jusqu'à quel point il exprimait ses propres idées ou jouait avec celles d'un autre.

L'apothéose de cette équivoque se produisit un soir d'hiver au cours duquel la masse compacte des berlines d'apparat, avec leur cortège de sirènes et de gardes du corps, se déversa sur le petit théâtre d'avant-garde où l'on donnait une pièce en un acte dont l'auteur se nommait Nicolas Brandeis. On vit alors des banquiers, des magnats du pétrole, des ministres et des généraux du FSB faire la queue, avec leurs maîtresses couvertes de saphirs et de rubis, pour s'installer sur les fauteuils défoncés d'une salle dont ils ne soupçonnaient jusque-là même pas l'existence, afin d'assister à un spectacle qui, d'un bout à l'autre, se moquait des tics et des prétentions culturelles des banquiers, des magnats du pétrole, des ministres et des généraux du FSB. « Dans un pays civilisé, une guerre civile éclaterait, affirmait à un certain moment le héros de la pièce, mais chez nous il n'y a pas de citoyens, il s'agira donc d'une guerre entre laquais. Ce n'est pas pire qu'une guerre civile, mais c'est un peu plus répugnant, plus misérable. » Ce soir-là, on ne vit pas Baranov dans la salle mais, par prudence, les banquiers et les ministres applaudirent à tout rompre : certains prétendaient que l'auteur observait le parterre à travers un minuscule hublot situé à droite de la loge.

Pourtant, même ces distractions un peu puériles n'étaient pas parvenues à dissiper le malaise de Baranov. À partir d'un certain moment le petit nombre de gens qui avaient l'occasion de le rencontrer s'était mis à lui attribuer une humeur de plus en plus noire. On disait qu'il était inquiet, fatigué. Qu'il pensait à autre chose. Il avait démarré trop tôt et maintenant il s'ennuyait. De lui-même surtout. Et du Tsar. Qui lui en revanche ne s'ennuyait jamais. Et s'en rendait compte. Et commençait à le haïr. Quoi ? Je t'ai conduit jusqu'ici et tu as le courage de t'ennuyer ? Il ne faut jamais sous-estimer la nature sentimentale des rapports politiques.

Jusqu'au jour où Baranov avait disparu. Une brève note du Kremlin avait annoncé la démission du conseiller politique du président de la Fédération de Russie. On avait alors perdu toute trace de lui, hormis ces apparitions périodiques à travers le monde que personne n'avait jamais confirmées.

Quand j'arrivai à Moscou quelques années plus tard, le souvenir de Baranov planait comme une ombre vague qui, affranchie d'un corps par ailleurs considérable, était libre de se manifester ici et là, chaque fois qu'il semblait utile de l'évoquer pour illustrer une mesure particulièrement obscure du Kremlin. Et, étant donné que Moscou – indéchiffrable capitale d'une époque nouvelle dont personne ne réussissait à définir les contours – s'était trouvé de façon inattendue sur le devant de la scène, l'ancien mage du Kremlin avait ses exégètes même parmi nous, les étrangers. Un journaliste de la BBC avait tourné un documentaire dans lequel il attribuait à Baranov la responsabilité de l'importation en politique des artifices du théâtre d'avant-garde. Un de ses collègues avait écrit un livre dans lequel il le décrivait comme une espèce de prestidigitateur qui faisait apparaître et disparaître personnages et partis d'un simple claquement de doigts. Un professeur lui avait consacré une monographie : « Vadim Baranov et l'invention de la Fake Democracy ». Tout le monde s'interrogeait sur ses activités les plus récentes. Exerçait-il encore une influence sur le Tsar ? Quel rôle avait-il joué dans la guerre contre l'Ukraine ? Et quelle avait été sa contribution à l'élaboration de la stratégie de propagande qui avait produit des effets aussi extraordinaires sur les équilibres géopolitiques de la planète ?

Personnellement je suivais toutes ces élucubrations avec un certain détachement. Les vivants m'ont toujours moins intéressé que les morts. Je me sentais perdu dans le monde jusqu'au moment où j'ai découvert que je pouvais passer la plus grande partie de mon temps en leur compagnie plutôt que de m'embêter avec mes contemporains. C'est pourquoi, à cette époque, à Moscou, comme dans n'importe quel autre endroit, je fréquentais surtout les bibliothèques et les archives, quelques restaurants et un café où les serveurs s'habituaient peu à peu à ma présence solitaire. Je feuilletais de vieux livres, me promenais dans la pâle lumière de l'hiver et renaissais toutes les fins d'après-midi des vapeurs des bains de la rue Seleznevskaya. Puis, le soir, un petit bar de Kitaï-Gorod refermait généreusement sur moi les portes du repos et de l'oubli. À mes côtés, presque partout, marchait un magnifique fantôme dans lequel j'avais reconnu un allié potentiel pour quelques raisonnements auxquels je me livrais.

En apparence Evgueni Zamiatine était un auteur du début du vingtième siècle, né dans un village de Tsiganes et de voleurs de chevaux, arrêté et envoyé en exil par l'autorité tsariste pour avoir pris part à la révolution de 1905. Écrivain apprécié pour ses récits, il avait également été ingénieur naval en Angleterre, où il avait construit des brise-glaces. Rentré en Russie en 1918 pour participer à la révolution bolchevique, Zamiatine avait rapidement compris que le paradis de la classe ouvrière n'était pas à l'ordre du jour. Alors il s'était mis à écrire un roman : *Nous*. Et là s'était produit un de ces phénomènes incroyables qui nous font comprendre de quoi parlent les physiciens quand ils évoquent l'hypothèse de l'existence simultanée d'univers parallèles.

En 1922, Zamiatine avait cessé d'être un simple écrivain et était devenu une machine du temps. Parce qu'il croyait être en train d'écrire une critique féroce du système soviétique en construction. Ses censeurs eux-mêmes l'avaient lue ainsi, raison pour laquelle ils en avaient interdit la publication. Mais en vérité Zamiatine ne s'adressait pas à eux. Sans s'en rendre compte, il avait enjambé un siècle pour s'adresser directement à notre ère. *Nous* dépeignait une société gouvernée par la logique, où toute chose était convertie en chiffres, et où la vie de chaque individu était réglée dans les moindres détails pour garantir une efficacité maximale. Une dictature implacable mais confortable qui permettait à n'importe qui de produire trois sonates musicales en une heure en poussant simplement un bouton, et où les rapports entre les sexes étaient réglés par un mécanisme automatique, déterminant les partenaires les plus compatibles et permettant de s'accoupler avec chacun d'entre eux. Tout était transparent dans le monde de Zamiatine, jusque dans la rue où une membrane décorée comme une œuvre d'art enregistrait la conversation des piétons. Par ailleurs, il est évident que dans un endroit pareil le vote devait lui aussi être public : « On dit que les anciens votaient en quelque sorte en secret, à la sauvette, comme des voleurs », déclare à un certain moment le personnage principal, D-503. « À quoi servait tout ce mystère – cela n'a jamais été établi exactement (...). Nous, nous ne cachons rien, nous n'avons honte de rien : nous célébrons les élections ouvertement, loyalement, en plein jour. Je vois tout le monde voter pour le Bienfaiteur ; tout le monde me voit voter pour le Bienfaiteur. »

Depuis que je l'avais découvert, Zamiatine était devenu mon obsession. Il me semblait que son œuvre concentrait toutes les questions de l'époque qui était la nôtre. *Nous* ne décrivait pas que l'Union soviétique, il racontait surtout le monde lisse, sans aspérités, des algorithmes, la matrice globale en construction et, face à celle-ci, l'irrémédiable insuffisance de nos cerveaux primitifs. Zamiatine était un oracle, il ne s'adressait pas seulement à Staline : il épinglait tous les dictateurs à venir, les oligarques de la Silicon Valley comme les mandarins du parti unique chinois. Son livre était l'arme finale contre la ruche digitale qui commençait à recouvrir la planète et mon devoir consistait à la déterrer et à la pointer dans la bonne direction. Le vrai problème étant que les moyens à ma disposition n'étaient pas exactement en mesure de faire trembler Mark Zuckerberg ni Xi Jinping. Sous le prétexte qu'après avoir échappé à Staline Zamiatine avait terminé ses jours à Paris, j'avais réussi à convaincre mon université de financer une recherche sur lui. Une maison d'édition avait manifesté un vague intérêt pour le projet d'une réédition de *Nous* et un ami producteur de documentaires ne s'était pas montré hostile à l'idée d'en faire quelque chose. « Tâche de trouver de la matière pendant que tu seras à Moscou », m'avait-il dit en sirotant un Negroni dans un bar du 9e.

Dès mon arrivée à Moscou, pourtant, je fus distrait de ma mission par la découverte que cette ville impitoyable était capable de produire des enchantements délicats comme ceux que j'éprouvais chaque jour en m'aventurant dans les ruelles gelées de Petrovka et de l'Arbat. La morosité qui émanait des impénétrables façades staliniennes s'estompait dans les pâles reflets des anciennes demeures de boyards et la neige même, transformée en boue par les roues de l'interminable procession des berlines noires, retrouvait sa pureté dans les cours et les petits jardins cachés qui murmuraient les histoires d'un temps révolu.

Toutes ces temporalités, les années vingt de Zamiatine et le futur dystopique de *Nous*, les cicatrices de Staline gravées sur la ville et les traces plus aimables du Moscou prérévolutionnaire, se croisaient en moi, produisant le décalage qui constituait alors ma condition de vie normale. Pourtant, je ne me désintéressais pas complètement de ce qui se passait autour de moi. J'avais cessé à cette époque de lire les journaux, mais les réseaux sociaux satisfaisaient abondamment mes besoins limités d'information.

Parmi les profils russes que je suivais, il y avait notamment celui d'un certain Nicolas Brandeis. Il s'agissait probablement d'un étudiant, planqué dans un studio à Kazan, plutôt que du mage du Kremlin, mais dans le doute je le lisais. Personne ne sait rien en Russie, il faut faire avec ou s'en aller. Ce n'était pas une grande affaire, car Brandeis ne publiait qu'une phrase tous les dix ou quinze jours, ne commentait jamais l'actualité, camouflait des fragments littéraires, citait des strophes de chansons ou faisait référence à la *Paris Review* – ce qui tendait à renforcer la thèse de l'étudiant de Kazan.

« Tout est permis au Paradis, sauf la curiosité. »

« Si ton ami est mort ne l'enterre pas. Reste un peu à l'écart et attends. Les vautours arriveront et tu te feras des tas de nouveaux amis. »

« Il n'y a rien de plus triste au monde que de voir comment une famille saine et forte est réduite en pièces par une stupide banalité. Par exemple par une meute de loups. »

Le jeune homme avait un tour d'esprit un peu sombre, mais il s'adaptait plutôt bien au caractère local.

Un soir, au lieu de me diriger vers mon bar habituel, je restai lire à la maison. J'avais loué deux chambres au dernier étage d'un bel immeuble des années cinquante, construit par des prisonniers de guerre allemands, une sorte de marque de standing moscovite : puissance et confort bourgeois, fondés, comme toujours ici, sur une base solide d'oppression. À la fenêtre, les lueurs orangées de la ville étaient amorties par les coups de fouet d'une chute de neige nerveuse. Dans l'appartement régnait le climat d'improvisation que j'ai tendance à reproduire partout : piles de livres, cartons de fast-food et bouteilles de vin à moitié vides. La voix de Marlene Dietrich donnait une touche décadente à l'atmosphère, renforçant le sentiment d'étrangeté qui constituait à cette époque la source principale de mes plaisirs.

J'avais délaissé Zamiatine pour un récit de Nabokov, mais il m'endormait doucement comme d'habitude : le pensionnaire du Montreux Palace a toujours été un peu trop raffiné à mon goût. Sans même que je m'en rende compte, toutes les deux minutes mon regard quittait le livre à la recherche de réconfort et tombait inévitablement sur la tablette maléfique. Et là, perdue parmi les indignations du moment et les photos de koalas, apparut soudain cette phrase : « Entre nos murs transparents comme tissés d'air étincelant, nous vivons à la vue de tous, toujours inondés de lumière. Nous n'avons rien à nous cacher les uns aux autres. » Zamiatine. Le voir surgir sur mon fil d'actu produisit sur moi l'effet d'un coup de marteau. Presque automatiquement je rajoutai au tweet de Brandeis la phrase suivante tirée de *Nous* : « De plus, cela allège le travail noble et pénible des Gardiens. Sans quoi, qui sait ce qui pourrait arriver. »

Puis je jetai ma tablette à travers la pièce pour m'obliger à reprendre la lecture du livre. Pour se venger, le lendemain matin, tandis que je le récupérais sous les coussins, l'objet infernal me signala la réception d'un nouveau message. « Je ne savais pas qu'en France on lisait encore Z. » Brandeis m'avait écrit à trois heures du matin. Je répondis sans y penser : « Z est le roi secret de notre époque. » Une question s'afficha alors : « Combien de temps restez-vous à Moscou ? »

Bref moment d'hésitation : comment ce jeune étudiant connaissait-il mes déplacements ? Puis je me rendis compte que l'on pouvait déduire de certains de mes tweets de ces dernières semaines, peut-être en lisant un peu entre les lignes, que je me trouvais ici. Je répondis que je ne le savais pas encore exactement, puis je sortis dans la ville glacée poursuivre les rituels quotidiens de mon existence solitaire. À mon retour, un nouveau message m'attendait. « Si vous êtes toujours intéressé par Z, j'ai quelque chose à vous montrer. »

Pourquoi pas ? Je n'avais rien à perdre. Au pire, je ferais la connaissance d'un étudiant passionné de littérature. Un peu lugubre par moments, mais c'est un problème que quelques verres de vodka réussissent généralement à soulager.

2

La voiture patientait au bord de la route, moteur allumé. Une Mercedes noire dernier modèle : l'unité de base de la locomotion moscovite. Deux personnages robustes fumaient en silence à l'extérieur du véhicule. Quand il me vit, l'un des deux m'ouvrit la portière arrière pour aller ensuite se placer à côté du conducteur.

Je ne fis aucune tentative de conversation. L'expérience m'avait appris que je ne pourrais tirer que des monosyllabes de mes accompagnateurs. Les gens d'ici les appellent les timbres, parce qu'ils doivent rester collés à leurs protégés. Ce sont des types peu bavards, qui transmettent une sensation de calme. Ils dînent chez leur maman une fois par semaine et lui apportent des fleurs et une boîte de chocolats. Ils caressent les têtes blondes des enfants chaque fois qu'ils en ont l'occasion. Certains collectionnent les bouchons de bouteilles, sinon ils nettoient leur moto. Les personnes les plus pacifiques du monde. Excepté les rares fois où ils cessent de l'être. Alors, c'est une autre histoire : il vaut mieux ne pas se trouver dans les parages à ce moment-là.

Sous mes yeux défilaient rapidement les impressions de la cité bien-aimée. Moscou. La plus triste et la plus belle des grandes capitales impériales. Puis apparurent les bois interminables et sombres qui, dans ma tête, étaient déjà ceux qui se poursuivaient sans discontinuer jusqu'en Sibérie. Je n'avais pas la moindre idée d'où nous nous trouvions. Mon téléphone avait cessé de fonctionner quand j'étais monté dans la voiture. Et le GPS signalait obstinément notre position au pôle opposé de la ville.

À un certain moment, nous quittâmes la route principale pour emprunter un chemin qui s'enfonçait dans la forêt. La voiture ralentit fort peu, affrontant le sentier forestier avec l'ardeur avec laquelle elle avait agressé l'autoroute précédente ; qu'il ne soit pas dit qu'un chauffeur russe se laisse intimider par une stupide banalité, comme une meute de loups. Nous continuâmes à avancer dans le noir, pas très longtemps mais suffisamment pour alimenter de sombres prémonitions. La curiosité amusée qui m'avait habité jusque-là était en train de faire place à une certaine appréhension. En Russie, me disais-je, tout se passe en général très bien, mais quand les choses vont mal, elles vont vraiment très mal. À Paris, la pire chose qui puisse vous arriver c'est un restaurant surestimé, le regard méprisant d'une jolie fille, une amende. À Moscou, la gamme des expériences déplaisantes est considérablement plus vaste.

Nous arrivâmes devant un portail. De l'intérieur de la guérite, un gardien nous fit un vague signe de salutation. La Mercedes se mit enfin à rouler plus sagement. On entrevoyait entre les bouleaux un petit lac sur lequel flottaient quelques cygnes comme des points d'interrogation adressés à la nuit. Puis la voiture tourna une dernière fois pour aller s'immobiliser devant un grand édifice néoclassique blanc et jaune.

Je descendis de voiture et me trouvai face à une maison de Hambourg, nichée sur le bassin de l'Alster, plutôt que devant la demeure d'un oligarque. C'était la résidence d'un médecin, d'un avocat, voire d'un banquier, mais calviniste, voué à son travail et peu enclin à l'ostentation. À l'entrée, le profil hésitant d'un vieux monsieur, vêtu de velours, offrait un contraste singulier avec les deux énergumènes qui m'avaient conduit jusqu'ici. Si ceux-là appartenaient résolument à la ville lumineuse et cruelle dont nous arrivions, la figure du majordome, un peu fatiguée, semblait avoir été choisie par son patron pour présider un monde privé et plus ancien.

Une fois passée la porte, un vestibule tapissé de liège accueillait le visiteur. Là non plus, aucune concession au style contemporain tellement à la mode ailleurs. Mais plutôt, dans les différentes pièces que je commençai à traverser sous la conduite de mon fragile Charon, une profusion de meubles marquetés et de candélabres allumés, d'encadrements dorés et de tapis chinois qui créait une atmosphère chaleureuse, à laquelle contribuaient les vitres dépolies et les grands poêles décorés de faïence. L'impression de sévère harmonie que j'avais éprouvée en franchissant le seuil de la demeure se renforçait de salle en salle, jusqu'à l'arrivée dans un bureau où le majordome me fit signe de prendre place sur un petit divan d'apparat qui aurait été à sa place dans la salle d'attente d'un personnage de *Guerre et Paix*. Sur le mur qui me faisait face, le portrait à l'huile d'un vieil homme, vêtu en bouffon de cour, me reluquait d'un air moqueur.

Je regardai autour de moi, ravi et un peu surpris. Si ailleurs le luxe produisait un effet de distraction, on avait ici un sentiment de force et de recueillement.

— Vous vous attendiez à quoi, des robinets en or ?

Baranov souriait. Il n'était pas sarcastique, tranquille plutôt, en homme habitué à prendre possession des pensées d'autrui. Il s'était matérialisé sans prévenir, sans doute par une porte latérale. Il portait une veste d'intérieur sombre, souple, d'apparence coûteuse. Je balbutiai une réponse, mais le Russe ne me prêta aucune attention.

— Je vous prie de me pardonner l'horaire. J'ai pris cette mauvaise habitude et ne peux plus m'en libérer.

— Vous n'êtes pas le seul par ici, lui répondis-je, pensant à l'effervescence de la vie nocturne moscovite, avant de me rendre compte que cette phrase aurait pu sonner comme une allusion aux habitudes du Tsar.

Une pensée fugace sembla traverser son regard de plomb.

— De toute façon c'est un plaisir d'être ici. Ce lieu est magnifique.

À peine avais-je prononcé ces derniers mots que je sentis pour la première fois les yeux de Baranov se poser sur moi : Serais-tu venu jusqu'ici pour m'ennuyer comme les autres ?

Le Russe était resté debout.

— Ainsi vous êtes un lecteur de Zamiatine, reprit-il en se dirigeant vers la porte par laquelle il était entré. Venez avec moi, j'ai quelque chose à vous montrer.

Nous pénétrâmes dans une salle dont les murs étaient entièrement recouverts par une vaste bibliothèque qui n'aurait pas été incongrue dans un monastère bénédictin. Sur les étagères brillaient des milliers de volumes anciens, éclairés par le miroitement du feu qui brûlait dans l'imposante cheminée de pierre.

— Je ne savais pas que vous collectionniez des livres anciens.

Je ne cessais de prononcer des évidences.

— Je ne les collectionne pas. Je les lis. Il s'agit de deux choses différentes.

Le Russe semblait agacé. Les collectionneurs étaient des personnages mesquins, des gens qui vivaient dans l'obsession d'un contrôle qu'ils n'atteindraient jamais. Baranov ne se considérait pas comme l'un d'entre eux.

— En vérité, ils ne sont pas tous à moi. J'en ai hérité beaucoup de mon grand-père.

J'eus de la peine à réprimer un mouvement de surprise. Transmettre une bibliothèque de livres anciens en Union soviétique n'était pas, à proprement parler, la chose la plus naturelle du monde.

— Mais cela, c'est moi qui l'ai trouvé.

Baranov n'était pas encore en veine d'explications. Il avait extrait quelques feuilles manuscrites d'une serviette en cuir.

— Jetez un coup d'œil, dit-il en me tendant des feuilles jaunies.

C'était une lettre écrite en caractères cyrilliques, datée du 15 juin 1931 à Moscou. Je commençai à lire.

> Cher Iossif Vissarionovitch,
>
> L'auteur de la présente, condamné à la peine capitale, se tourne vers toi pour te demander de commuer sa peine. Mon nom t'est probablement connu. Pour moi, en tant qu'auteur, être privé de la faculté d'écrire équivaut à une condamnation à mort.

Je levai les yeux. Baranov faisait semblant de feuilleter un livre pour me donner le temps de me reprendre.

— C'est l'original de la lettre de Zamiatine à

Staline, dit-il sans me regarder. Quand il demande l'autorisation de quitter l'URSS.

Je continuai à fixer le Russe un long moment après avoir écouté son explication. Je ne réussissais pas à croire à ce que je tenais entre les mains. Puis je trouvai la force de poursuivre la lecture.

> Je ne prétends pas être innocent. Je sais que j'ai l'habitude, très inconvenante, de dire ce que je considère être la vérité, plutôt que de dire ce qui me serait utile sur le moment. Je n'ai jamais caché mon attitude en ce qui concerne le servilisme littéraire, l'adulation et les caméléons qui changent de couleur. Je considère qu'ils sont dégradants pour l'écrivain et pour la révolution.

Je restai plongé dans cette lecture pendant un moment. Quand je relevai les yeux, Baranov était en train de m'observer.

— C'est l'une des plus belles suppliques adressées par un artiste à Staline. Zamiatine ne s'abaisse jamais. Il parle avec sincérité, comme un ex-bolchevique. Il a affronté les troupes du tsar, il a survécu à l'exil, il est rentré pour faire la révolution. Le seul problème, c'est qu'il a tout compris trop vite et qu'il a commis l'imprudence de l'écrire.

Du haut de ma récente fréquentation avec l'auteur, je me sentis le devoir d'intervenir. Je proférai donc quelques banalités sur la tension irréductible entre l'art et le pouvoir, sur le caractère nomade de Zamiatine, sur sa conviction que, bien que révolutionnaire, la victoire d'une idée en déterminait l'embourgeoisement automatique. Baranov me considérait avec l'aimable attitude de l'ami de la famille contraint d'assister à la représentation scolaire de fin d'année. Quand il eut l'impression que j'avais épuisé mon sujet, il reprit :

— Oui, c'est exact. Mais je pense qu'il y a quelque chose en plus. Zamiatine a essayé d'arrêter Staline, il a compris que ce n'était pas un politique mais un artiste. Que l'avenir ne se jouait pas sur la compétition de deux visions politiques, mais sur deux projets artistiques. Dans les années vingt, Zamiatine et Staline sont deux artistes d'avant-garde qui rivalisent pour la suprématie. Les forces en présence sont disproportionnées bien sûr, car le matériau de Staline est la chair et le sang des hommes, sa toile, une nation immense, son public, tous les habitants de la planète qui murmurent avec révérence son nom dans des centaines de langues. Ce que le poète réalise en imagination, le démiurge prétend l'imposer sur la scène de l'histoire mondiale. Dans cette lutte, Zamiatine est presque complètement isolé et pourtant il cherche à résister au nouvel ordre. Il sait que l'art de Staline mène inévitablement au camp de concentration parce que, dans le plan destiné à régler la vie de l'Homme Nouveau, il n'y a pas de place pour l'hérésie. C'est pourquoi, bien qu'ingénieur, Zamiatine se bat avec les armes de la littérature, du théâtre, de la musique ; il a compris que si le pouvoir écrase la dissonance, le goulag n'est plus qu'une question de temps. Si les harmonies illicites sont réprimées il n'y aura bientôt de place que pour les marches au pas cadencé. La tonalité mineure, non conforme aux idéaux de la nouvelle société, deviendra une ennemie de classe. Majeur ! Rien d'autre que majeur ! Tous les chemins mènent au majeur ! La musique, même sans paroles, sera strictement subordonnée à la parole. Et l'on ne composera plus une seule symphonie qui ne soit à la gloire du marxisme-léninisme.

Alors qu'il prononçait ces derniers mots, une pointe d'émotion s'était glissée pour la première fois dans la voix du Russe, comme s'il n'était pas simplement en train d'analyser un événement historique.

— Quand Zamiatine convainc son ami Chostakovitch de composer la *Lady Macbeth de Mtsensk*, poursuivit-il, c'est parce qu'il sait que l'avenir de l'URSS dépend de cette représentation. Que la seule façon d'écarter les procès politiques et les purges est de réintroduire la singularité de l'individu qui se rebelle contre l'ordre planifié. Et quand Staline se lève, furieux, et sort du Bolchoï après le troisième acte, c'est parce qu'il sait que la liberté du compositeur et de ses personnages est un défi direct à son pouvoir, à son projet artistique global. C'est pourquoi il fait écrire dans la *Pravda* le fameux article qui accuse le compositeur d'avoir donné trop d'espace à la sensualité des personnages, qui se comportent de façon « bestiale ». Dans l'œuvre stalinienne, il n'y a de place pour les instincts bestiaux que d'un seul. On applique à la lettre l'injonction de Lénine : « il est nécessaire de rêver », mais le seul rêve permis est celui de Staline ; tous les autres doivent être supprimés.

Baranov marqua une pause. Le confort de la pièce dans laquelle nous nous trouvions produisait un contraste singulier avec l'âpreté des faits qu'il évoquait.

— Quand on y pense, reprit-il, la première moitié du vingtième siècle n'aura au fond été rien d'autre que cela : un affrontement titanesque entre artistes. Staline, Hitler, Churchill. Puis sont arrivés les bureaucrates, car le monde avait besoin de se reposer. Mais aujourd'hui les artistes sont de retour. Regardez autour de vous. De quelque côté que vous vous tourniez, il n'y a que des artistes d'avant-garde qui prétendent non pas décrire la réalité mais la créer. Il n'y a que le style qui ait changé. Aujourd'hui, à la place des artistes de jadis, il y a les personnages des reality-shows. Mais le principe reste le même.

— Êtes-vous l'un d'entre eux ?

— Bien sûr que non. J'ai joué les commis pour un temps. Et maintenant je suis à la retraite.

— L'adrénaline ne vous manque pas ?

— Croyez-moi, il n'y a pas de pari plus grand que de se réveiller le matin, prendre son café et accompagner sa fille à l'école. Sérieusement, je ne crois pas avoir voulu quelque chose plus de trois ou quatre fois dans ma vie. Mais, quand c'est arrivé, j'ai généralement obtenu ce que je voulais. Et ce que je désire, maintenant, je vous l'assure, ce n'est rien d'autre que cela.

Baranov fit un geste pour indiquer la bibliothèque, le vieux globe en bois et le feu qui brûlait dans la cheminée.

— Et comment les autres ont-ils pris cela ?

— Comment voulez-vous qu'ils l'aient pris ? Mal, bien sûr. Dans l'aquarium on pardonne tout : les voleurs, les assassins, les traîtres. Mais pas la désertion. Comment ! tu ne veux pas quelque chose pour quoi nous serions prêts à tuer ? Les courtisans ne peuvent pas vous le pardonner.

— Et le Tsar ?

— Le Tsar, c'est une autre histoire. Lui voit et pardonne chaque chose.

Une lueur d'ironie traversa le regard opaque du Russe.

— Vous êtes en train d'écrire vos mémoires ?

— Je n'y pense pas le moins du monde.

— Vous en auriez des choses à raconter, pourtant !

— Aucun livre ne sera jamais à la hauteur du vrai jeu du pouvoir.

— On pourrait aussi soutenir le contraire.

Une ombre légère passa dans ses yeux. Baranov sourit.

— Vous avez raison. Alors permettez-moi de

reformuler ma phrase. Aucun livre écrit par moi ne sera jamais à la hauteur du jeu du pouvoir.

— Qu'est-ce que le pouvoir pour vous ?

— Votre question est trop directe. Le pouvoir est comme le soleil et la mort, il ne peut se regarder en face. Surtout en Russie. Mais puisque vous êtes venu jusqu'ici, si vous avez un peu de temps, j'aimerais vous raconter une histoire.

Baranov se leva pour verser deux verres de whisky d'un flacon de cristal. Il m'en tendit un et se rassit dans son fauteuil de cuir. Il me fixa intensément pendant un moment puis posa son regard sur son verre.

— Mon grand-père était un formidable chasseur, dit-il lentement.

3

— Mon grand-père était un formidable chasseur. Quand il était à la maison, il ne mettait pas sa robe de chambre sans l'aide d'un domestique mais, pour abattre un loup, il était prêt à passer des nuits entières à la belle étoile dans la forêt. Avant la révolution, c'était seulement un passe-temps. Il faisait des études de droit et il aurait pu avoir n'importe quelle carrière dans la bureaucratie du tsar. Quand les bolcheviques ont pris le pouvoir, il lui est resté la chasse. Au fond, ils l'ont libéré, même si lui, évidemment, ne l'aurait jamais admis. Il haïssait les communistes. Il avait baptisé ses chiens du nom de leurs chefs. « Viens, Molotov ! », « Couché, Beria ! » Heureusement il vivait isolé et personne ne l'a jamais dénoncé. Mais mon père, enfant, réalisait déjà combien grand-père était extravagant. Il en avait honte. Et surtout il avait peur, je crois. Il n'avait pas tort, compte tenu de ce qui se passait à l'époque. Grand-père, lui, s'en fichait. Qui plus est, tout marchait pour lui. À un certain moment il se mit à écrire des livres sur la chasse : comment dresser les chiens, reconnaître la trace des proies, ce genre de choses. Il y ajoutait des anecdotes, il décrivait d'étranges personnages avec lesquels il partageait sa passion, plaçait quelques citations de Tourgueniev. Les lecteurs adoraient. On retrouvait dans ses livres un peu de la légèreté de jadis, mais circonscrite dans un domaine limité, ce qui la rendait tolérable au pouvoir. Avec le temps, grand-père devint une sorte d'autorité. En 1954, quand les loups se propagèrent dans le Caucase, il fut mis à la tête d'une expédition gouvernementale chargée de les abattre. Il était pratiquement devenu un fonctionnaire, mais il ne changea jamais d'attitude. Il avait la typique insolence de l'aristocrate russe. Il se serait fait pendre plutôt que de renoncer à un bon mot.

Je me rappelle comment il se moquait de mon père quand j'étais petit : « Bravo, Kolya, si tu continues comme ça, Brejnev te prendra sur ses genoux pendant la parade du 9 mai ! » Ou : « Tu sais que les fonctionnaires du Parti se divisent en deux catégories, n'est-ce pas ? — Oui, papa, tu me l'as déjà dit. — Les bons à rien et les prêts à tout. Je me demande à quelle catégorie tu appartiens, Kolya ! »

Papa frissonnait. Il était tout le contraire. Depuis son enfance, je pense que sa principale préoccupation avait été de se tenir à l'écart des ennuis. Dès qu'il l'a pu il est entré chez les pionniers, puis au Komsomol. J'imagine qu'il voulait se faire pardonner son père excentrique, ses origines aristocratiques. Il voulait être comme tout le monde. Je peux comprendre. C'était aussi une rébellion à sa façon. Quand tu grandis auprès d'un personnage tellement hors du commun, la seule révolte possible est le conformisme.

Quoi qu'il en soit, tous les étés j'étais expédié à la campagne chez grand-père. Il habitait une espèce d'isba faite de troncs de peuplier, juste en dehors du village. À l'extérieur c'était très rustique : la maison était entourée d'un potager avec concombres, pommes de terre, buisson de baies et de quelques pommiers. Il y avait aussi une petite table entourée de chaises en fer forgé si rouillées qu'elles donnaient l'impression d'avoir passé plusieurs siècles au fond de la Neva. Mais quand tu entrais, tu te rendais compte que grand-père avait réussi à recréer, je ne sais comment, un peu de l'atmosphère du temps passé. Ce n'est pas que le petit salon ou la salle à manger fussent meublés de façon luxueuse, mais un sentiment de tranquille prospérité, complètement étranger à l'époque, flottait dans l'air, avec un parfum de thé provenant du samovar toujours allumé. Les trophées de chasse et les fourrures ne manquaient pas, mais leur présence était adoucie par une touche plus délicate qui avait poussé le maître de maison à les assortir à des objets plus inattendus : des statuettes chinoises, un bézoard, quelques livres à la reliure élaborée abandonnés négligemment sur la table en bouleau. Des traces d'une grâce que je n'hésiterais pas à qualifier de féminine, si j'oubliais à quel point mon grand-père abhorrait l'idée même d'une coexistence avec l'autre sexe. Sa femme, la mère de mon père, était morte d'une péritonite à l'âge de vingt-trois ans et cet événement semblait avoir clos, une fois pour toutes, le chapitre de sa vie sentimentale. Il y avait bien quelques amies, plus ou moins présentables, qui venaient lui rendre visite de temps à autre. Mais aucune ne restait plus de quelques heures dans ce temple consacré aux dieux de la chasse, de la littérature et des amitiés viriles nourries à coups de reparties sarcastiques et de grandes beuveries.

Cependant, à la maison officiaient Zakhar et Nina, un couple de paysans qui travaillaient officiellement au kolkhoze mais qui en réalité faisaient les domestiques. Grand-père était un formidable cavalier mais il ne savait pas conduire une voiture. Quand il devait aller quelque part, Zakhar sortait sa très vieille Volga et lui servait de chauffeur. La seule concession que grand-père faisait à un minimum de prudence consistait à s'asseoir démocratiquement à ses côtés, plutôt qu'à l'arrière. L'accompagner était toujours une expérience, même s'il ne s'agissait que de faire une course au village. Là, se passaient toujours des choses qui n'arrivaient qu'à lui. Comme s'il avait été enveloppé d'une espèce d'aura nostalgique et désinvolte qui le protégeait de la dureté des temps et produisait, à n'importe quel moment, les conditions d'une réjouissance improvisée. Il pouvait débarquer dans le plus sinistre des cafés d'État et immédiatement autour de lui se recréait un peu de la magie d'autrefois. Même sur une chaise en plastique posée sur un sol de linoléum gris, quelque chose en lui faisait venir à l'esprit l'image des bals et des bouteilles de champagne débouchées à coups de sabre. Les gens, souvent de parfaits inconnus, en ressentaient la chaleur et se rapprochaient sans trop savoir pourquoi, attirés par le charisme de ce vieillard élégant, toujours très courtois, qui égrainait des histoires d'une autre époque, comme s'il se trouvait dans un salon de Saint-Pétersbourg. J'entrevoyais parfois, assis à une autre table, un apparatchik de mauvaise humeur qui le regardait d'un œil torve. Mais personne n'aurait osé le toucher. Qui sait comment grand-père avait survécu aux purges du stalinisme, puis au fil du temps le régime avait perdu ses attitudes carnivores. Il fallait bien le supporter, d'autant plus que la politique semblait ne pas l'intéresser du tout.

Ses amis étaient surtout des chasseurs. Il y avait un peu de tout. Des aristocrates, déchus comme lui, mais aussi des paysans et des bandits sibériens. Et même quelques communistes « domestiqués », comme il appelait les membres du Parti qu'il avait réussi à débaucher à force de bavardages nostalgiques et de grandes beuveries. Au début de l'hiver, ils éparpillaient les bouteilles de vodka dans le jardin de la maison, pour les retrouver au printemps quand la neige fondait. Entre-temps ils se réfugiaient à l'intérieur et au moins deux fois par semaine jouaient aux cartes. Ils se racontaient des histoires de chasse, commentaient l'actualité à leur façon, principalement à coups de plaisanteries.

« Sais-tu ce qu'est un duo soviétique ? Un quatuor qui est allé en tournée à l'étranger. »

« Une commission d'inspecteurs visite un asile de fous. Les patients les accueillent en chantant : "Comme il fait bon vivre en terre soviétique !" Mais la commission remarque qu'un homme reste silencieux. "Pourquoi ne chantes-tu pas ? lui demandent-ils. — Moi je suis l'infirmier, je ne suis pas fou !" »

« Le camarade Khrouchtchev visite un élevage de cochons et il est photographié. À la *Pravda*, les graphistes discutent sur la légende à mettre sous l'image : "Le camarade Khrouchtchev parmi les cochons", "Le camarade Khrouchtchev et les cochons", "Les cochons autour du camarade Khrouchtchev" ? Toutes les propositions sont rejetées les unes après les autres. À la fin, le directeur prend sa décision. La légende choisie est : "Troisième à droite, le camarade Khrouchtchev". »

Et c'étaient des fous rires, de grandes tapes dans le dos et les carafes qui se vident l'une après l'autre. Mais, il faut dire que la maison de grand-père ne regorgeait pas toujours de vie. Il aimait être seul. Il disait que c'était parce qu'il ne supportait pas les communistes. En réalité, il aurait été un misanthrope sous n'importe quel régime. Je crois que j'ai hérité d'une partie de son caractère...

Baranov sourit. Il saisit la bouteille de whisky et s'en versa une bonne rasade dans son verre de cristal.

— Un soir où nous étions assis près de la cheminée, grand-père me raconta les aventures des troupes du tsar qui occupèrent Paris après la chute de Napoléon. En particulier celles d'un certain Yurko, compagnon de régiment d'un de nos ancêtres dans la garde impériale, alcoolisé au dernier degré. À peine arrivé à Paris, il paraîtrait que ce Yurko se soit précipité dans une pharmacie et, après avoir reniflé une bouteille d'alcool médical, l'ait bue accompagnée de deux petits concombres qu'il avait apportés exprès. Face à ce spectacle, le pharmacien est pris de panique et se voit déjà devant un peloton d'exécution pour empoisonnement de militaire russe. Il se précipite vers le camp le plus proche, se jette sur le premier officier à l'air plus ou moins civilisé, Vassily Baranov, et commence à lui raconter vivement qu'il n'a rien à voir avec la mort imminente de Yurko, que le Russe a sifflé une bouteille avant même qu'il ait le temps de dire un mot. À ce moment, notre ancêtre l'interrompt. « Vous ne connaissez pas beaucoup de soldats russes, n'est-ce pas? » Le pharmacien secoue la tête. « Mais le concept d'immunité vous est familier, non ? » Le pharmacien le regarde sans comprendre. « Voyez, cher monsieur, la vie en Russie présente plusieurs inconvénients par rapport à celle de Paris. Nos fromages sont moins nombreux, nos femmes sourient peu et nos routes sont presque toujours recouvertes de glace. Mais l'avantage est que tout ce qui ne tue pas rend plus fort : au cours des siècles le métabolisme des Russes a eu le temps de s'habituer à beaucoup de choses. » Et d'un geste il lui indique Yurko tranquillement installé à jouer aux cartes avec deux camarades, une bouteille de vodka à moitié vide sur la table.

Grand-père éclata de rire et continua : « Quand j'avais dix-huit ans, moi aussi on m'a pris dans la garde du tsar. J'étais très fier mais, comme tu l'as compris, ce n'était pas un grand exploit : avant moi, mon père et mon grand-père avaient servi dans le même régiment et, pour ce que je sais, tous les Baranov qui les avaient précédés. Quoi qu'il en soit, j'étais fier comme Artaban et tout le monde me faisait de grands compliments : "C'est un grand privilège, Kolia, d'être entré dans la garde du tsar, quelle chance ont tes parents", etc., etc. Puis, un beau jour, au cours des exercices du matin, je tombe de cheval et je me casse le bassin. Ce n'est pas rien de se casser le bassin. Alors tous mes amis me disent : "Mais quelle malchance, Kolia, alors que la saison des bals vient juste de commencer." J'étais désespéré, mes compagnons de régiment passaient d'une fête à l'autre, se pavanant dans leurs uniformes de gala et moi, j'étais dans mon lit, en train de jouer aux cartes avec la babouchka. Puis soudain, la guerre éclate et ils partent au front. Au premier assaut ils ont tous été massacrés par les mitraillettes allemandes, les pauvres, pendant que moi j'étais toujours à la maison, en convalescence, avec un sentiment de culpabilité bien sûr, mais aussi avec toutes les jolies filles de Pétersbourg qui se bousculaient pour me consoler.

« C'est à ce moment-là que j'ai rencontré ta grand-mère. C'était une époque difficile, mais nous avions de grands projets, ou du moins c'est ce que nous croyions. Le rang de notre famille et les études de droit que je venais d'entreprendre m'ouvraient les portes de la plus haute administration. Je commençais à être reçu à la Cour et mon beau-père était en train de faire construire un petit palais sur la perspective Nevski. Le chemin semblait tracé, une fois pour toutes, mais soudain une bande de débiles décident que le tsar, ça ne va plus, que notre sainte mère Russie doit devenir une république. Et la manœuvre réussit, ils prennent le pouvoir ! Puis débarquent les bolcheviques et ils massacrent tout le monde, tsaristes et républicains.

« La révolution a été une catastrophe sans précédent. Mais il est vrai que sans elle j'aurais fini fonctionnaire, dans le meilleur des cas, courtisan. Je ne dirai jamais que le communisme est une bonne chose, mais en réalité on peut être heureux sous n'importe quel régime, tu sais... Et surtout, tu sais quoi, Vadia ? On ne sait jamais rien. Tu ne contrôles pas les choses qui arrivent, pire, tu n'es même pas capable de savoir si elles sont bonnes ou mauvaises. Tu es là, tu attends une chose, tu la désires de toutes tes forces. Elle se produit enfin et, juste après, tu te rends compte que ta vie est gâchée. Ou le contraire. Le ciel te tombe sur la tête et après un peu de temps tu te rends compte que c'est la meilleure chose qui pouvait t'arriver. Crois-moi, la seule chose que tu peux contrôler c'est ta façon d'interpréter les événements. Si tu pars de l'idée que ce ne sont pas les choses, mais le jugement que nous portons sur elles qui nous fait souffrir, alors tu peux aspirer à prendre le contrôle de ta vie. Sinon tu es condamné à tirer sur des mouches avec un canon. »

Je me souviens encore de l'expression de mon grand-père pendant qu'il prononçait ces mots. Il parlait sérieusement mais il y avait aussi une pointe d'ironie, comme s'il éprouvait un peu de gêne à jouer le rôle du vieux schnock. Mais il y tenait. Les hommes de cette génération tenaient à transmettre ce qu'ils avaient compris de la vie, ils sentaient que c'était important. Je crois que ce sont les derniers à avoir pensé ainsi. À partir de la génération de mon père, personne n'a plus pensé que cela pourrait valoir la peine de transmettre quelque enseignement que ce soit. Nous sommes tous devenus trop *cool*, trop modernes. Et puis nous vivons dans la terreur du ridicule. Personne ne veut jouer les vieux cons.

Mon grand-père n'était pas un patriarche du dix-neuvième, c'était déjà un homme moderne. Il avait lu Kafka et Thomas Mann, mais il était disposé à courir le risque du ridicule pour me dire ce qu'il avait à me dire. Et je lui en serai toujours reconnaissant parce que, depuis lors, il m'est resté l'idée que nous tâtonnons dans le noir. Que nous ne savons ni ce qui est bien ni ce qui est mal pour nous. Mais que nous pouvons librement décider du sens à donner aux choses qui arrivent. Et cela, c'est au fond notre seule et unique force.

4

— Qui peut dire comment grand-père avait réussi à mettre en lieu sûr la bibliothèque de la famille ? J'imagine que personne n'a jamais eu le courage d'aller fouiller dans ses affaires. Nous-mêmes n'avions pas le droit de monter au grenier. De temps en temps il émergeait des combles, un livre à la main. « Tiens, voici les *Mémoires* de Casanova. Mais ne le dis pas à ton père. » Au début, c'étaient des livres plus ou moins pour enfants. Les *Fables* de La Fontaine ou les romans de la comtesse de Ségur. Puis il a perdu patience. Il voulait pouvoir parler de livres avec quelqu'un, même s'il ne s'agissait que d'un enfant. Alors il a commencé à descendre des choses différentes. Je ne crois pas avoir eu plus de dix ans quand il m'a fait lire les *Mémoires* du cardinal de Retz. Pour moi c'était un roman de cape et d'épée. À cette époque, le Grand Condé et la duchesse de Longueville m'étaient plus familiers que Mickey et l'ours Micha.

Baranov sourit, puis d'un geste indiqua une grande section de la bibliothèque.

— Une bonne partie de ces livres étaient à lui. Presque tous en français, vous remarquerez. Le sommet de la civilisation, disait grand-père. D'ailleurs, le monde qui avait été le sien s'était formé en regardant vers Paris. Copiant les comportements, les modes, les tics jusqu'au ridicule. Saviez-vous que Nesselrode, le célèbre négociateur russe du congrès de Vienne, ne parlait pas le russe ? Il a dirigé pendant quarante ans la politique étrangère de l'Empire et ne parlait pas notre langue. Tout cet amour, cette passion pour n'être pas soi-même mais quelqu'un d'autre ! Et comment a été payé de retour tout cet amour ? Par le mépris. Toujours, à toutes les époques, par le même foutu mépris !

— Prenez ce fils de pute de Custine, dit Baranov en attrapant un autre livre. Le tsar l'accueille comme un frère, le reçoit à la Cour, bouscule le protocole pour lui permettre d'assister aux noces de sa fille. Et comment le remercie-t-il ? Quatre volumes, mille cent trente pages dans lesquelles il ne fait que décrire la Russie comme un enfer. Lisez : « Pour grand que soit cet empire, il n'est qu'une grande prison et l'empereur qui en détient les clés en est le gardien, mais les gardiens ne vivent pas beaucoup mieux que les prisonniers. » Ou ceci : « Les Russes tiennent beaucoup moins à être civilisés qu'à faire croire qu'ils le sont. »

Grand-père détestait le « Voyage en Russie ». Et pourtant il était fasciné. « Ce maudit Français est le meilleur interprète de la Russie, disait-il, parce qu'ici la Cour a toujours été la seule façon d'arriver au pouvoir et aux richesses. S'appuyer sur les passions populaires en Russie ne sert à rien : à la fin celui qui gagne fonde toujours son pouvoir sur la Cour. C'est pourquoi le meilleur moyen est l'adulation, pas le talent, le silence, pas l'éloquence. Custine voit les nobles de Pétersbourg se promener sans manteau en hiver pour aduler le tsar. Et ils meurent. Il n'y a pas de café pour commenter des journaux qui n'existent pas et les nouvelles changent toujours selon celui qui les raconte à mi-voix. Pays de muets, pays de la belle endormie, merveilleux mais sans vie parce qu'y manque le souffle de la liberté. Aujourd'hui comme hier. »

Quand grand-père tenait ces raisonnements, mon père tremblait. Il avait peur de la bibliothèque du grenier, il la considérait comme un lieu potentiellement subversif. Mais je dois dire en son honneur qu'il n'a jamais eu la force de m'en priver. Non pas qu'il fût à la maison très souvent. Il était toujours en voyage pour des conférences, des symposiums ou autres. À un certain moment on l'a nommé directeur de l'Académie des sciences sociales du Parti, son nom était dans la *Grande Encyclopédie soviétique*, le plus grand honneur, à l'époque. Mais au fond il fut toujours un homme prudent. Je crois que son objectif principal était de ne jamais être réveillé au cœur de la nuit par les coups de poing des agents de la sécurité sur la porte d'entrée. Vous ne savez pas le nombre de talents qui ont été sacrifiés, en Russie, sur l'autel de cet unique but.

— Cela me semble une preuve de bon sens.

— Oui, peut-être. Mon père ne manquait pas de bon sens, c'est évident. Quoique, en y réfléchissant, il me semblait, même à l'époque, qu'il s'agissait là d'une forme de naïveté catastrophique : l'idée que l'on puisse accomplir son devoir, qu'un homme qui se précipite dans la spirale des devoirs puisse un jour en venir à bout, plutôt que de les voir se multiplier jusqu'à en être finalement enseveli. Si on se donnait la peine de l'observer de près, mon père donnait toujours l'impression d'être écrasé par ce fardeau qu'il avait, après tout, chargé lui-même sur ses épaules. Grand-père l'appelait « la petite Garde rouge ». Ça me faisait rire quand j'étais enfant, mais je dois admettre que c'est seulement grâce à mon père, à son travail et à sa prudence que j'ai pu bénéficier de tous les privilèges sur lesquels se fondait la vie soviétique de l'époque. Les magasins spéciaux avec leurs produits importés de l'étranger, les écoles où l'on apprenait l'anglais, l'allemand, le français, les places réservées au théâtre – où il valait mieux ne pas aller trop souvent pour ne pas être pris pour des artistes ou des esprits libres.

À cette époque le privilège le plus recherché à

Moscou était la *kremliovka*, le panier de victuailles réservé aux membres et aux hauts fonctionnaires du Comité central du Parti. Chaque jour, le chauffeur de mon père, Vitali, allait le retirer au numéro 2 de la rue Granoskovo. Toutes les fois où cela m'était permis, je l'accompagnais. Le chauffeur s'arrêtait en face d'un établissement comme tous les autres, mais on comprenait qu'à l'intérieur il se passait quelque chose, parce que dehors il y avait presque toujours d'autres voitures officielles, arrêtées, moteur allumé. Vitali et moi entrions dans l'immeuble et, après avoir traversé un long corridor, on arrivait devant une porte vitrée surmontée d'une plaque : « Bureau des laissez-passer ». Vitali frappait et entrait sans attendre la réponse. À l'intérieur, derrière un comptoir, une employée vêtue de gris lui souriait. Cela aussi était un privilège inédit : à l'époque les fonctionnaires ne souriaient jamais en Union soviétique. Puis, elle demandait à Vitali ce qu'il désirait ce jour-là. Alors il se tournait vers moi et me disait : « Alors, Vladenka, qu'est-ce qu'on mange aujourd'hui ? » Et moi je pouvais choisir ce que je voulais : des pirojki au saumon et des côtelettes d'agneau, des caramels Lenov et des oranges d'Azerbaïdjan. Je crois que plus jamais de ma vie je n'ai éprouvé une telle sensation de bien-être et de pouvoir absolu.

Baranov regarda autour de lui. Comme pour dire que toute cette opulence, les boiseries et les stucs du plafond n'étaient rien face au panier de pirojki qu'il mangeait enfant.

— Au fond, le problème est que j'ai eu une enfance heureuse. Et cela m'a marqué, je crois. Je n'ai jamais éprouvé aucun ressentiment, ni eu de revanche à prendre sur le monde, grave handicap pour celui qui mène la vie que je mène. En Russie, ce n'est pas une chose normale. Ici, tout le monde se souvient de la vie d'avant, des sacrifices. L'élite russe est unie par un fond commun de misère que chacun de ses membres a traversé avant d'arriver aux villas de la Côte d'Azur et aux bouteilles de Petrus. Il y a ceux qui la revendiquent, ceux qui en ont honte, mais quand ils se regardent en face, dans leurs costumes à trente mille dollars, ils savent qu'ils partagent la même rage et la même stupeur, un peu infantile, face à ce que les choses sont devenues. Même le Tsar. Bien qu'il soit convaincu de son destin, de la force inexorable qui l'a conduit là où il est arrivé, il ne réussit pas toujours à dissimuler un mouvement d'incrédulité : Moi, le gamin de la *kommunalka* de la rue Baskov, je suis aujourd'hui à Buckingham Palace et la reine d'Angleterre me sert le thé ! Pour moi, ce n'était pas la même chose. À la maison, des domestiques en gants blancs servaient des plateaux de pink gin. Il n'y avait pas tellement d'argent, c'est vrai. Mais à cette époque on n'en avait pas besoin.

— À la différence d'aujourd'hui.

— À la différence d'aujourd'hui, effectivement. Bien que cela ne soit qu'à moitié vrai. Les étrangers pensent que les nouveaux Russes sont obsédés par l'argent. Mais ce n'est pas ça. Les Russes jouent avec l'argent. Ils le jettent en l'air comme des confettis. Il est arrivé si vite et si abondamment. Hier il n'y en avait pas. Demain, qui sait ? Autant le claquer tout de suite. Chez vous, l'argent est essentiel, c'est la base de tout. Ici, je vous assure, ce n'est pas comme ça. Seul le privilège compte en Russie, la proximité du pouvoir. Tout le reste est accessoire. C'était comme ça du temps du tsar et pendant les années communistes encore plus. Le système soviétique était fondé sur le statut. L'argent ne comptait pas. Il y en avait peu en circulation et il était de toute façon inutile : personne n'aurait pensé évaluer une personne sur la base de l'argent qu'elle possédait. Si au lieu de te faire donner la datcha par le Parti tu l'achetais – on pouvait le faire, même alors –, cela voulait dire que tu n'étais pas sûr d'être assez important pour qu'on te l'offre. Ce qui comptait, c'était le statut, pas le cash. Bien sûr, il s'agissait d'un piège. Le privilège est le contraire de la liberté, une forme d'esclavage plutôt. Savez-vous ce qu'est la *vertushka* ?

— Non.

— Un téléphone. Pendant le communisme, c'était l'objet le plus convoité. Parce que ce n'était pas un téléphone comme les autres. C'était un appareil spécial qui permettait de communiquer directement avec tous les pontes du régime. Les numéros des vertushkas n'avaient que quatre chiffres. Quand on l'installait dans votre bureau cela voulait dire que vous aviez réussi. On imprimait chaque année un répertoire en cuir rouge avec les noms des heureux possesseurs. Chaque titulaire devait composer le numéro directement et répondre personnellement à qui que ce fût. Les plus puissants l'avaient aussi à la maison, à la datcha et dans la voiture. Les détenteurs d'une vertushka pouvaient communiquer exclusivement à travers celle-ci. Utiliser un téléphone normal aurait été vu comme un signe de fausse modestie et de peu de considération face au privilège accordé. Un truc de libre-penseur potentiellement subversif.

Baranov s'interrompit et esquissa un sourire.

— Bien entendu, toutes les conversations étaient interceptées par le KGB, mais personne n'y aurait renoncé. C'est curieux comme les courtisans aspirent plus que tout à l'instrument de leur soumission.

Je l'ai compris un soir, par hasard. De temps à autre mon père, qui avait une passion pour le cinéma, organisait une projection privée à l'Académie. Il invitait quelques collègues, un ou deux fonctionnaires du Comité central, au plus une dizaine de personnes. Il fallait naturellement faire attention au choix du film. On ne pouvait pas projeter n'importe quoi. Mais les règles de la censure ne s'appliquaient pas et mon père réussissait plus ou moins à nous montrer ce que bon lui semblait. Après tout il était le directeur de l'Académie et, si ce n'était pas lui qui étudiait les manifestations de la décadence bourgeoise de l'Occident, qui l'aurait fait ? Quoi qu'il en soit je me souviens qu'une fois, je devais avoir douze ou treize ans, il fit projeter *La Prise de pouvoir par Louis XIV* de Rossellini. Vous vous souvenez de ce film ?

J'acquiesçai avec l'air vaguement coupable de celui qui s'est promis à plusieurs reprises de le voir, sans jamais trouver la force de le faire.

— Il raconte comment le Roi-Soleil, construisant Versailles et obligeant les nobles à le suivre à la Cour, les a enfermés dans une cage toujours plus stricte de cérémonies et de petits privilèges pour les priver, presque sans qu'ils s'en rendent compte, de leur liberté et même, dans la plupart des cas, de la dignité la plus élémentaire. Dans la scène finale, on voit le roi se dépouiller de tous ses ornements, ses objets de luxe : les habits somptueux n'étaient qu'artifice, des instruments pour lui permettre d'affirmer son pouvoir afin, comme il le dit à son ministre, que chacun dans le royaume dépende pour toute chose du monarque, comme la nature dépend en toute chose du soleil.

Ce soir-là, quand les lumières se rallumèrent dans la salle, j'eus l'impression d'un certain malaise parmi les spectateurs. Ce n'étaient pas des gens stupides, bien au contraire. Ils avaient fait des études et s'étaient hissés au sommet de la pyramide à la suite de sacrifices, d'efforts et d'intrigues. Mais cette fois, après la projection, ils se regardaient de façon étrange. Comme s'ils éprouvaient une gêne dont ils n'auraient su vraiment expliquer la cause. Puis ils se séparèrent, plus rapidement que d'habitude, et chacun rentra chez soi à bord de la voiture de service que le Parti mettait à leur disposition vingt-quatre heures sur vingt-quatre.

Voyez-vous, l'élite soviétique, au fond, ressemblait beaucoup à la vieille noblesse tsariste. Un peu moins élégante, un peu plus instruite, mais avec le même mépris aristocratique pour l'argent, la même distance sidérale du peuple, la même propension à l'arrogance et à la violence. On n'échappe pas à son propre destin et celui des Russes est d'être gouvernés par les descendants d'Ivan le Terrible. On peut inventer tout ce qu'on voudra, la révolution prolétaire, le libéralisme effréné, le résultat est toujours le même : au sommet il y a les *opritchniki*, les chiens de garde du tsar. Aujourd'hui au moins un peu d'ordre est revenu, un minimum de respect. C'est déjà quelque chose, nous verrons combien de temps cela durera.

D'un geste brusque, le Russe se leva, comme frappé d'une idée impromptue et se dirigea vers son secrétaire.

— Les vertushkas existent encore, vous savez ? Ce sont les lignes terrestres sécurisées du FSB. Quiconque veut communiquer avec le Tsar doit en posséder une. La voici, regardez.

Baranov indiquait un combiné à la forme antique sur un coin du secrétaire.

— Je l'imaginais rouge !

— Non, c'est gris, comme tout le reste.

— Si vous pensez que Moscou est gris, vous devriez venir quelques jours en Europe. Ou aller à Washington.

— Dieu m'en garde ! Là-bas ils ne sont pas gris, ils sont morts.

Il eut un sourire en lame de couteau.

— Comme vous le savez, poursuivit-il, je n'ai plus la liberté de visiter de tels endroits...

— Je sais, vous avez même déclaré que tout ce qui vous manque des États-Unis ce sont Tupac Shakur, Allen Ginsberg et Jackson Pollock et que pour les apprécier il n'y a pas besoin d'y aller...

— Parfois l'on dit des bêtises.

— Qu'est-il arrivé à votre père ?

— Mais je vous l'ai dit. C'était un homme gentil, méticuleux, toujours plongé dans la compilation de quelque tome sur « La dialectique de l'époque contemporaine » ou « Les problèmes théoriques de la linguistique soviétique ». Et pendant un certain temps tout cela marcha fort bien. À cinquante ans il avait remporté le prix Lénine, toutes les bibliothèques de l'Union étaient tenues de posséder ses œuvres reliées, imprimées en dizaines de milliers d'exemplaires. Puis arrive Gorbatchev, avec son verre de lait !

— Son verre de lait ?

— Oui. Voyez-vous, pour comprendre que Gorbatchev allait détruire l'Union soviétique, on n'avait pas besoin de l'écouter ; il suffisait de le regarder. Il montait à la tribune et on lui apportait immédiatement son verre de lait. Les gens n'en croyaient pas leurs yeux. Puis il doubla le prix de la vodka. Il voulait mettre tout le monde au lait. En Russie. Vous vous rendez compte ? Après on s'étonne que tout soit parti en vrille.

Quoi qu'il en soit, cela a été la fin pour mon père. Il a tout perdu : son travail, les privilèges, les honneurs. Tout ce qu'il avait réussi à construire en un demi-siècle. La seule chose qu'on lui ait laissée, c'est l'appartement, bourré de livres de critique marxiste illisibles. Mais cela aussi il a été obligé de le vendre, à la fin.

Le plus grave, c'est que tous les critères sur lesquels il avait fondé sa vie sautaient. À l'époque, j'étais au lycée, mais je n'avais pas trop envie d'étudier. Je m'arrangeais, je faisais des petits boulots. Je me procurais des téléviseurs, des magnétophones et je les revendais. Des trucs comme ça. Au bout d'un certain temps je gagnais plus que lui. Et les gens venaient me voir moi, et non pas lui. J'étais un gamin de seize ans qui ne savait rien, mais c'est précisément pour cette raison que j'étais plus adapté au monde nouveau que lui qui savait tout.

À un certain moment, il a cessé de sortir de la

maison. De temps en temps, un autre vestige de l'époque soviétique venait lui rendre visite. Mais ils avaient honte même de leurs souvenirs. Alors ils restaient là, en silence, comme les ruines d'un temple abandonné.

Quand il est tombé malade, cela a presque été un soulagement. « Enfin, j'ai une bonne raison de rester au lit », disait-il. Et il se tenait tranquille, fumant sa pipe en relisant les classiques : Gogol, Pouchkine, Tolstoï.

Durant cette période il est devenu presque gai, comme s'il s'était libéré d'un poids. Ça peut sembler paradoxal, mais la maladie n'est pas forcément une chose sérieuse. Le sérieux, l'effort, le travail sont les prérogatives des gens en bonne santé; ceux qui sont en train de mourir n'ont plus rien à faire, ils peuvent enfin profiter de leurs journées. Pour mon père, au moins, cela a été le cas. Ses ambitions s'étaient finalement endormies, comme les enfants quand ils sont fatigués de jouer. Il lui restait du temps pour se promener le long de l'étang du Patriarche, se chauffer au soleil, lire un livre. Non pas un de ceux qui lui servaient pour ses conférences, non, un beau livre complètement inutile. À la fin, il a eu une attaque et il a dû se faire hospitaliser à la clinique du Kremlin. C'était encore un privilège, mais les temps avaient changé. La star parmi les malades, celle qui catalysait toutes les attentions, ce n'était pas lui, ombre misérable des temps passés, mais une grosse matrone vulgaire, à l'accent de Saratov, qui passait ses journées à décrire ses vacances en Sardaigne, le shopping à Londres, les soirées de Monte-Carlo. Les autres patients, les infirmières et jusqu'aux médecins étaient comme hypnotisés. Ils souriaient, hébétés, aux descriptions de jets privés et de piscines d'eau salée. Les bijoux qui pendaient au cou épais de la mégère et à ses oreilles, la montre Cartier et les derniers gadgets électroniques qu'elle exhibait avec nonchalance témoignaient de la véracité de ses récits. Mon père ne le prenait pas mal. Pour la première fois, il semblait complètement indifférent au jugement du monde. C'était comme si la proximité de la mort lui avait donné un sentiment de contrôle sur sa propre vie, contrôle qu'il n'avait jamais possédé auparavant. Les médecins et les infirmières continuaient à se mettre en quatre pour lui assurer que, non, il n'était pas du tout en train de mourir et que dans quelques semaines il retrouverait une vie normale. Mais lui savait que ce n'était pas le cas et il en tirait un orgueil singulier. « Ils ont honte, tu vois, ils aimeraient me cacher la vérité. Mais moi je sais que je dois mourir et, je peux te dire une chose ? Je suis prêt, bien plus que je ne l'aurais pensé. »

Arrivé au terme de sa vie, c'était comme s'il s'était redressé pour la première fois, faisant preuve d'un courage que lui-même ne soupçonnait pas. C'est alors que nous avons eu les seules vraies conversations de notre vie. Je me plaçais à sa droite, sur une des vilaines chaises en plastique de l'hôpital, et nous passions des après-midi entiers à deviser d'histoire et de philosophie, de choses sans importance, de notre passé et des vieux livres français de grand-père, comme si nous étions à la campagne, vautrés dans les fauteuils en cuir de l'isba, avec l'odeur des bûches de bouleau qui flottait dans l'air. Il avait pris un ton que je ne lui avais jamais connu, caustique, mordant, peut-être un peu désenchanté. Il était brillant, et avait le même genre d'ironie que grand-père. Je ne réussissais pas à croire qu'il avait dissimulé tout cela aussi longtemps. Tout à coup sa carrière de bureaucrate de la connaissance assumait une dimension tragique et absurde.

Puis un jour il est mort. On ne peut pas dire que l'enterrement ait été une grande affaire. Quatre malheureux suivaient le cercueil dans une voiture cabossée, dépassés par des Mercedes de nouveaux riches qui filaient à toute allure.

Vous savez ce que j'ai pensé alors ? Qu'au fond cet homme avait vécu toute sa vie pour se garantir de belles funérailles. Les honneurs, le respect des gens, le salut militaire, la couronne de fleurs du secrétaire général du Parti, le défilé des dignitaires, la nécro dans la *Pravda.* Il n'a rien eu de cela. Mais, même s'il l'avait eu, qu'est-ce qui aurait changé ? Vous n'avez pas idée de combien de gens vivent comme ça. Pour se garantir un bel enterrement. Certains réussissent, d'autres pas. Mais où est la différence ?

Moi, ce n'est pas ce que je veux. Je l'ai pensé jadis et je continue à le penser aujourd'hui. C'est pour ça je crois qu'après la mort de mon père j'ai pris la voie opposée à celle qu'il avait tracée pour moi.

5

Quand on est jeune, on ne se contente pas de faire quelque chose, on veut également le justifier. Mon père voulait que je devienne diplomate. Il me voyait déjà dans un salon de Vienne ou de Paris, occupé à disséquer la littérature russe en compagnie de quelque vieil ambassadeur. Ce que je voulais, moi, en revanche, c'était me débarrasser une fois pour toutes du monde des intentions, des devoirs et des projets. C'est pourquoi je me suis inscrit à l'académie d'art dramatique de Moscou et j'ai commencé à vivre la vie désordonnée des théâtreux.

Au début des années quatre-vingt-dix, Moscou était une ville électrique. Nous venions d'avoir vingt ans et un monde nouveau s'ouvrait à nous, juste au moment où nous avions finalement la force de le conquérir. Les rues de Moscou, les énormes immeubles de Staline, les trottoirs boueux et les grands lustres du métro étaient les mêmes, mais soudain tout semblait enveloppé dans une bulle d'énergie. Nous étions si excités que nous ne dormions jamais plus de trois ou quatre heures par nuit. Je me souviens des cours à l'académie. Pour la première fois, on pouvait non seulement assister à des productions provenant de l'Occident, mais aussi rencontrer des acteurs, des metteurs en scène, discuter avec eux jusqu'à l'aube...

Nous étions convaincus que notre tour était venu de refonder la société sur de nouvelles bases, prisonniers comme nous l'étions de la vieille idée russe selon laquelle l'art n'est pas seulement culture mais construction, prophétie, vérité. Nous venions d'un monde fait de paroles tues ou chuchotées au sein duquel les rares personnes qui avaient le courage de les prononcer ouvertement étaient des fous ou des héros. Nous n'étions pas encore habitués à l'idée qu'elles ne valaient rien, que seules comptaient les actions. Pendant ces années-là, les journaux qui s'occupaient d'art, de littérature vendaient des millions d'exemplaires. Les gens ne pouvaient croire qu'il était enfin possible de lire tous ces mots, libres, sans filtres. Ils n'étaient jamais rassasiés. Imaginez dans quel état nous étions, nous qui vivions dans le mythe de l'art rédempteur. À cette époque, même moi, je faisais encore semblant d'y croire. Vous savez comme sont les jeunes, ils prennent tout diablement au sérieux, c'est la malédiction de cet âge.

Et puis il y avait Ksenia. Je l'avais rencontrée à une fête, une de ces soirées où, à partir d'un certain moment, la moitié des hôtes commence à se taper dessus, pendant que l'autre moitié baise dans les salles de bains. Au milieu de tout cela, une fille sublime se tenait aussi tranquille que si elle commençait une partie de backgammon sur la petite place d'une île grecque.

Je m'étais rapproché d'elle avec une excuse et j'avais essayé de lui raconter une anecdote qui m'avait paru spirituelle sur le moment. Elle m'avait adressé un sourire lunaire, d'une cruauté pure : « Mais quelle histoire fascinante ! Tu en as d'autres de ce genre à raconter ? »

En l'observant de près, ce qui déconcertait, c'était qu'elle n'avait pas le moindre défaut, pas le moindre grain de beauté qui dérangeât la symétrie parfaite de ses traits, si ce n'est l'expression de ses yeux d'où provenait une lumière presque violette.

« Non, c'était la meilleure ! »

Son sourire s'était imperceptiblement adouci. Je ne sais comment, j'avais établi un premier contact avec la planète Ksenia.

Ses parents étaient deux hippies. Il y en avait chez nous aussi, vous savez. Sa mère venait d'Estonie. Là-bas on captait la télévision finlandaise, les modes arrivaient plus vite. Elle avait rencontré un musicien à un concert, du côté de Smolensk ; ils s'étaient plu et avaient conçu Ksenia. Une fille de l'amour, lui avait-on dit. Puis, chacun avait repris son propre chemin. Ksenia avait grandi en suivant sa mère, d'un lieu à l'autre, en auto-stop, d'un bivouac à un rassemblement, d'une école à l'autre, puis à aucune école, toujours sous le regard désapprobateur des gens, avec le sens commun pour ennemi. Les seuls moments de stabilité étaient ceux où sa mère la laissait chez ses grands-parents pour être plus libre de poursuivre ses tocades. Cette éducation discontinue avait provoqué chez Ksenia un haut degré d'indifférence, un style nomade et l'habitude blasée de n'importe quel genre de transgression. Elle donnait, dans la vie de tous les jours, l'impression de patiner sur la glace, dont elle extrayait de temps en temps une étincelle inaccessible au commun des mortels. Comme elle ne se reposait que dans l'excès, les situations les plus banales avaient le pouvoir de la mettre hors d'elle. Très intelligente, mais trop paresseuse pour suivre un processus logique et, en général, distraite, il lui arrivait de pénétrer, grâce à une intuition fulgurante, le cœur d'un problème qui déconcertait ses interlocuteurs. Et à d'autres moments, elle se perdait dans un calcul qu'un enfant de quatre ans aurait résolu sans hésiter. Elle avait la faculté de lire dans les yeux de n'importe quelle personne tout ce qui lui était arrivé, mais elle était tellement concentrée sur elle-même qu'elle oubliait rapidement, et c'était comme si elle n'avait jamais rien vu. Refusant de considérer la vie en termes de carrière ou de projet, elle disait que parler de l'avenir rendait automatiquement les hommes ennuyeux. Son idéal consistait à passer l'après-midi sur un divan à lire et à dormir. Mais il pouvait arriver qu'elle explose en un tourbillon d'activités insensées. Alors elle organisait soudain d'énormes fêtes ou des expéditions en forêt, montait des pièces de théâtre ou bien apprenait à parler le japonais. Tout lui réussissait parce qu'elle avait certains dons, mais elle ne les utilisait jamais longtemps.

Je pensais parfois que même si je vivais mille ans je ne rencontrerais jamais quelqu'un comme elle. Mais on ne peut pas dire qu'elle me rendait la vie facile. Après chaque séparation, aussi brève fût-elle, il fallait tout recommencer depuis le début. Ksenia scrutait la plus petite faiblesse, le regard qui se baisse, une trace de sueur sur le front, une imperceptible hésitation dans la voix, comme une tigresse prête à vous dévorer au premier signe d'infériorité. Ses yeux souriaient encore que déjà ses lèvres frémissaient de rage. Puis les yeux changeaient aussi de couleur. De gris qu'ils étaient ils se faisaient de plus en plus clairs jusqu'à devenir presque blancs. C'était le signe qu'une tempête allait s'abattre sur vous. Alors il fallait convulsivement passer en revue les événements des dernières heures à la recherche d'une cause possible. La plupart du temps vous ne trouviez pas, parce qu'en vérité la crise pouvait avoir été provoquée par n'importe quoi, une impression passagère, le souvenir d'un fait qui avait eu lieu des mois auparavant, un moment d'ennui.

Le scénario était toujours le même : Ksenia

commençait, les yeux en fentes, par vous insulter sauvagement, déversant sur vous la rage impuissante qu'elle avait accumulée depuis le jour de sa naissance. Votre réaction lui était indifférente. Si vous restiez tranquille, le flux des insultes continuait, se gonflait, se nourrissant de votre passivité comme preuve ultime de votre pusillanimité. Si vous réagissiez, que vous essayiez de répondre, ou finalement sortiez de vos gonds, le résultat était le même et Ksenia utilisait vos réponses comme matériau pour de nouvelles invectives. Puis, comme une averse, la rage cessait, et Ksenia perdait jusqu'au souvenir de ce qu'elle avait dit. Elle vous voyait contrarié et elle vous en demandait la raison. Parfois elle vous gratifiait d'une étreinte. Elle avait besoin d'être consolée ; une enfant atterrée que rien, jamais, ne pourrait rassurer.

La force de la terreur qu'instaurait Ksenia venait de son côté imprévisible. Comme les grands dictateurs de l'histoire, Ksenia savait d'instinct que rien n'inspire un plus grand effroi parmi les sujets qu'une punition aléatoire. La punition qui peut frapper à l'improviste, sans aucun motif apparent, est la seule capable de les tenir dans un état d'alerte constant. Le sujet qui sait qu'il suffit de suivre un certain nombre de règles pour être tranquille finit par mûrir un sentiment de sécurité qui peut devenir dangereux, le poussant vers la rébellion. En revanche, celui qui est tenu dans un état permanent d'incertitude est en proie à tout moment à la panique. L'idée de révolte ne l'effleure pas. Il est trop occupé à écarter les foudres qui peuvent s'abattre sur lui sans le moindre préavis.

C'était cela le genre de pouvoir que Ksenia exerçait sur moi. Grand fauve frivole et sans pitié, elle était en même temps complètement privée de défense. Tenaillée par la jalousie, toujours prête à te démasquer : Tu n'es pas celui que tu dis être, toi aussi tu es mesquin, un traître comme les autres. Ce qui est curieux, c'est que les choses se sont finalement déroulées de la façon opposée.

6

Au fil du temps, Ksenia et moi nous étions enfermés dans une bulle ; de notre point de vue, la seule fonction du monde extérieur était de souligner notre isolement. Mais, là, dehors, il y avait une ville débordant de possibilités. Chaque jour ou presque, un ex-camarade de classe venait vous voir avec une idée pour quelque affaire à développer. Et bien que la plus grande partie de ces initiatives fussent absurdes, cela marchait. Ainsi, avant même de vous en rendre compte, vous le voyiez passer de la boutique où il se faisait ressemeler les souliers au Falcon personnalisé qu'il achetait pour emmener sa famille skier dans les Alpes. Un jour, untel venait à son rendez-vous sur la bicyclette du grand-père, et le jour d'après vous le voyiez arriver dans une Bentley blindée, entouré de gardes du corps.

C'est plus ou moins ce qui était arrivé à un type sur lequel je tombais de temps à autre, quand je sortais de ma réserve indienne pour rencontrer quelques vieux amis du lycée réincarnés en hommes d'affaires. Mikhaïl avait été le chef des Jeunes communistes à la faculté d'ingénierie. N'allez pas imaginer un apparatchik du Parti. Dans la dernière phase, le Komsomol n'attirait que les garçons les plus cyniques et ambitieux, ceux qui étaient prêts à tout et ceux qui voulaient de l'argent. À la fin des années quatre-vingt, le seul type d'entreprise autorisé en Union soviétique était la coopérative d'étudiants et ce fut la business school du capitalisme russe. C'est là que s'est formée la majorité des oligarques.

Mikhaïl appartenait à cette race téméraire. Bien qu'à l'époque il ait tenté à plusieurs reprises de m'expliquer, je n'ai jamais compris précisément ce qu'il faisait. Il avait mis au point une combine pour les paiements entre entreprises d'État. En gros, je ne sais comment, il se glissait au milieu et fluidifiait les échanges, empruntant de l'argent aux uns et l'avançant aux autres. Une sorte de petite banque, quelques années avant que les vraies banques ne soient autorisées.

Bien entendu, l'activité de Mikhaïl était assez différente de celle d'un comptable helvétique. Avec les capitaux dont il disposait, il investissait dans toutes sortes de trafics. Il importait des ordinateurs, il produisait des souvenirs pour les touristes, il ouvrait des fabriques de jeans délavés. Il m'a raconté une fois qu'il avait mis la main sur un lot de bouteilles de cognac. À cinquante dollars la bouteille il n'arrivait pas à les vendre. Il avait alors décidé de fixer le prix unitaire à cinq cents dollars et les gens s'étaient rués pour en acheter.

Moscou était comme ça dans ces années-là. Et Mikhaïl était dans son élément. Il était passé en peu de temps des vestons sans forme des magasins soviétiques aux costumes violet foncé d'Hugo Boss, puis aux vêtements faits sur mesure de Savile Row, et son visage de brave garçon à lunettes avait commencé à apparaître dans les pages des nouveaux magazines consacrés à l'élite rapace de la capitale.

Nous nous voyions de temps en temps au bar du Radisson, le seul hôtel de luxe à l'époque. Je me faisais conter ses aventures, avec la vague idée de pouvoir les utiliser à un moment donné pour la pièce de théâtre que je voulais écrire sur les gens comme lui. Ksenia passa me prendre un soir, pour aller je ne sais où. C'était la première fois qu'elle rencontrait Mikhaïl. Après les présentations d'usage, elle l'a fixé en silence un moment : sa petite mine satisfaite, ses yeux perçants à travers les fines lunettes en titane, son costume trois-pièces qui produisait un contraste saisissant avec mon pull débraillé.

« D'où sort cette horrible cravate ? » lui a-t-elle ensuite demandé, à brûle-pourpoint.

J'aurais dû comprendre alors, dès ce premier échange, que mon destin était scellé. Que Ksenia allait choisir Mikhaïl, sa vulgarité et son énergie, ses montres à complication et ses chaussures anglaises. Lui s'en est rendu compte immédiatement. Il lui a répondu avec un sourire sarcastique et le nom d'une boutique de Naples, je crois. Je t'emmènerai quand tu seras à moi, lui promettaient ses yeux.

Et j'ai tout vu. J'ai tout vu tout de suite. Mais je me suis refusé à le croire pendant très longtemps. Ksenia était ma déesse, capricieuse et vindicative, je vivais dans la terreur de ses changements d'humeur et je n'aurais jamais imaginé qu'un sac en crocodile et une suite au Crillon puissent être suffisants pour garantir sa bienveillance. Chaque jour, je déposais à ses pieds les perles que j'extrayais de mes douloureuses élucubrations poétiques, sans voir qu'un bracelet de diamants aurait produit des effets bien plus durables. Il est étrange de constater combien notre cerveau fait d'efforts parfois pour nous cacher la vérité. Nous avons sous les yeux tous les indices et pourtant notre esprit se refuse à assembler les pièces. À partir de cette première rencontre, Mikhaïl se mit à fréquenter assidûment notre maison. Il se présentait seul ou accompagné de jeunes filles sélectionnées aux quatre coins de l'empire pour la luminosité de leur teint et la géométrie de leurs traits. Il nous embarquait dans sa Bentley, ou sa Jaguar, ou dans une énorme Mercedes, et nous conduisait dans le meilleur restaurant géorgien de la ville. Ou bien il arrivait à la maison avec deux serveurs, qui dressaient sur la table de notre petit appartement de banlieue des huîtres et du caviar. Un jour il nous amena même un maître de sushi, directement importé du Japon, qui passa la soirée à couper des morceaux de thon et de sériole sur le minuscule plan de travail de notre cuisine de trois mètres carrés.

Mikhaïl déposait à nos pieds toutes ces merveilles, avec l'air vaguement coupable du marchand qui allume un cierge à l'église. Et moi qui pensais que c'était grâce à je ne sais quelle ancienne déférence envers l'art auquel Ksenia et moi avions décidé de consacrer nos vies... Comme si la culture, en ces années, avait encore la capacité d'exercer quelque empire que ce soit sur le monde réel. Naturellement je me trompais, et Mikhaïl l'avait compris depuis longtemps. Il faisait semblant d'admirer nos misérables perles de boue, un peu comme on le fait pour les dessins des enfants. Et moi, aveugle, je ne voyais pas la condescendance qui se cachait derrière ces galimatias. Comme d'habitude, Ksenia percevait tout, et elle en souffrait. Elle avait déjà commencé à soupçonner que la culture se transformait en ornement à bas prix, un de ces gadgets que les maîtres du monde s'achètent sans y penser. Et maintenant l'arrivée de Mikhaïl, son attitude le lui confirmaient. Dans un premier temps cela l'avait irritée. Elle avait senti bien avant moi la menace existentielle que représentait Mikhaïl. Pas seulement pour notre couple, mais pour notre monde. Toutes ces petites et pauvres choses, ces arabesques faites avec soin, destinées à être balayées par les rêves et les aspirations de millions d'hommes et de femmes sans visage dans le courant de la nouvelle Russie. Nous étions comme les maharajas, accrochés à un luxe oriental fait d'éléphants domestiqués et de blouses brodées, de sirop de cerise et de sorbets aux pétales de rose, quand déjà apparaissaient à l'horizon des bâtiments chargés de voitures de course et de jets privés, de vacances en héliski et d'hôtels cinq étoiles. Nous, avec nos lectures américaines et nos relations berlinoises, nous nous sentions à l'avant-garde du mouvement, alors que nous n'étions que les derniers épigones d'une étoile morte, celle de nos parents, que nous avions tellement méprisés pour leur lâcheté, mais qui nous avaient pourtant transmis la passion des livres, des idées, et des interminables discussions sur les uns et sur les autres. Mikhaïl en était parfaitement conscient. Il habitait avec naturel le monde lumineux et lisse de l'argent, en connaissait la puissance de feu et rien jamais n'aurait pu le faire revenir en arrière. Mais il voulait Ksenia. Et pour cela il acceptait de s'attarder en notre compagnie entre les ruines de la cité des morts.

Les mois passant, Ksenia devint toujours plus sensible à ses tributs. Elle ne m'en parlait pas ouvertement. Mais je la sentais plus nerveuse que d'habitude. Mes défauts, les timidités qu'elle avait au début attribuées à une forme de romantisme désuet, se transformèrent pour elle en autant de chaînes qui limitaient sa croissance, l'emprisonnant dans un monde étriqué, précisément au moment où elle aurait voulu profiter jusqu'au bout des possibilités offertes par la nouvelle ère. Presque chaque jour Mikhaïl se présentait avec de nouveaux dons et de nouvelles propositions. Et bien qu'il s'efforçât de maintenir l'attitude de respectueuse humilité avec laquelle il s'était insinué dans notre existence, je ne pouvais m'empêcher de remarquer que ses façons étaient plus assurées. Les lectures, les concerts, les discussions nocturnes qui avaient marqué la première phase de notre relation avaient pratiquement disparu pour faire place à des activités à densité monétaire plus élevée, dans lesquelles il m'était plus difficile de conserver un rang acceptable. Les inaugurations de galeries et de discothèques, les dîners au White Sun ou à l'Ermitazh, les après-midi de shopping se succédaient à un rythme serré et mon véritable problème commença à devenir l'ennui implacable que toutes ces pirouettes m'infligeaient.

Parallèlement, Ksenia était de plus en plus intoxiquée par le style de vie de Mikhaïl, au point qu'il devint difficile pour nous de renoncer au rendez-vous le plus insignifiant. Toutes mes tentatives de ralentir le rythme des sorties généraient des remarques sarcastiques et des disputes furibondes. « Vadia n'a jamais aimé sortir, disait Ksenia avec une moue de dégoût, tout ce qu'il aime, c'est rentrer à la maison. »

En cela, à la vérité elle avait raison, le problème étant que Ksenia n'était ni assez pure ni suffisamment corrompue pour me comprendre.

Je me souviens de m'être réveillé une nuit et de l'avoir regardée longuement, allongée à côté de moi, avec l'impression qu'elle était déjà partie au loin. À un endroit d'où elle ne serait revenue que pour m'adresser encore quelque mot méprisant. J'aurais tellement voulu la ramener à moi. C'est moi, tu ne vois pas ? Mais qu'avais-je à offrir à la déesse vengeresse qui gisait à mes côtés et qui, par sa respiration régulière, reprenait des forces pour le combat du matin ? Je traversais la vie en prenant des notes, comme pour un examen qui n'avait jamais lieu. Je me sentais si fatigué, et pourtant je n'avais encore rien fait. J'avais tellement d'idées que toute action m'apparaissait comme dérisoire. Mon imagination m'entraînait chaque jour dans quinze existences différentes, mais rien de ce que j'entreprenais dans l'une d'elles n'était utile pour celle d'après. Alors, le seul point de chute digne de mes ambitions était le canapé en velours vert de notre appartement. Par moments, j'avais cultivé l'illusion que Ksenia percevait ma grandeur. Mais, jour après jour, je voyais grandir en elle un sentiment qui avait d'abord pris la forme de l'ironie et qui se transformait à présent en mépris.

Je me sentais comme un de ces jours d'automne où, lorsque j'étais enfant, à la campagne, le brouillard était tellement épais qu'il m'empêchait d'apercevoir ma main en face de mon visage. « Va chercher le soleil », me disait grand-père. Alors je sortais et marchais dans les bois, en grimpant sur une colline qui surplombait la vallée. Et plus j'avançais, plus l'air devenait lumineux jusqu'à ce que, miracle, le soleil se fraye un chemin parmi ces voiles blancs pour révéler un monde où les arbres et les buissons recouverts de givre étincelaient de mille diamants. J'en retirais alors quelques branches ornées de bijoux pour les rapporter à la maison, mais, qui sait comment, la glace fondait en chemin et, une fois rentré, tout ce qui me restait en main était un bouquet insignifiant de petites branches brunes. Je n'ai rien à prouver, avais-je pensé. Je mentais. Je m'enfuyais. Et Ksenia s'en rendait compte. Mon aspiration à la paix était sincère, mais je ne l'avais pas encore méritée. Loin de là.

Soudain, Ksenia a ouvert ses yeux de cendre et fixé son regard sur moi. Sans la moindre surprise, comme s'il avait été naturel de me trouver là, penché sur son sommeil tel un vautour à l'aube. Mais aussi sans la moindre trace d'amitié. Tu es plus forte que moi parce que tu ne m'aimes pas, me suis-je dit à l'époque. Ma souffrance ne faisait que multiplier son ennui.

Un samedi matin, nous étions en dehors de Moscou. Mikhaïl avait organisé une sortie pour aller visiter une vieille datcha qu'il avait l'intention d'acheter. Il traînait derrière lui sa dernière conquête, je crois qu'elle s'appelait Marylène. Elle était française et travaillait pour un gros fonds d'investissement, mignonne, moins flamboyante que les beautés circassiennes dont Mikhaïl était généralement accompagné. Cela avait l'air d'une relation plus sérieuse que d'habitude. Elle, en tout cas, en semblait persuadée.

Le problème, ce jour-là, était que Marylène n'était pas vraiment habituée aux routes de la province russe. Ni à la conduite à la cosaque de Mikhaïl. Après une demi-heure d'acrobaties sur les pistes de terre de la région de Vladimir, elle a été malade. Malgré ses protestations, elle a contraint Mikhaïl à s'arrêter, le menaçant de rentrer à Moscou en stop s'il ne me cédait pas le volant de la Porsche. J'ai essayé de m'y opposer moi aussi, mais ce n'était pas possible, j'ai dû me mettre au volant, avec Marylène comateuse à mes côtés, pendant que Mikhaïl et Ksenia s'installaient derrière nous.

N'étant pas vraiment habitué à conduire un bolide de cent mille dollars sur des chemins caillouteux, j'étais un peu nerveux, je m'en voulais de m'être fourré, pour l'énième fois, dans une situation de laquelle je sortirais perdant, comparé au panache de Mikhaïl. Lui se fichait de moi : « Alors, Vadia, montre-nous ce dont tu es capable. Je parie que dans cinq minutes Marylène me suppliera de reprendre le volant.

— Arrête, Mikhaïl – Ksenia faisait semblant de me défendre –, Vadia conduit très bien. Tu devrais le voir sur le tracteur du grand-père.

— Tu veux dire le carrosse du grand-père. »

Tout le monde s'amusait bien là-derrière. Pendant ce temps-là la Porsche avançait plus ou moins dans la direction que j'indiquais sans trop de conviction. Il y avait quelque chose dans la boîte de vitesses que je n'arrivais pas bien à comprendre, et j'avais adopté la solution consistant à rester en quatrième. À un moment j'ai voulu redresser le rétroviseur. Pendant que je l'ajustais avec des gestes imprécis, j'ai vu l'arrière de l'habitacle. La main de Mikhaïl était posée sur le genou de Ksenia. Elle se tenait là, sans bouger, comme un gros crabe des neiges.

Ce fut une sensation étrange. Je ne saurais pas comment l'expliquer. À la fois un choc et la confirmation d'une chose que je savais déjà. Presque satisfaisante, dans un certain sens. De toute façon je n'ai rien laissé paraître. J'ai continué à conduire et fait comme si de rien n'était le reste de la journée. Quand nous sommes rentrés à la maison j'ai dit à Ksenia que je m'en allais. Elle a essayé de faire une scène. Si je me souviens bien, elle a même dû casser un ou deux verres. Mais au fond elle était soulagée, comme moi, bien que pour des raisons différentes.

7

J'ai emménagé dans une petite pièce, au dernier étage d'un immeuble populaire qu'un ami architecte avait transformé en une sorte de capsule blanche suspendue au-dessus du bourbier turbulent de Moscou. Je m'étais attendu à beaucoup souffrir. Or je me sentais à nouveau léger et fort. De toute évidence, j'étais moins doué que prévu pour les chagrins d'amour. Comme disait je ne sais plus qui, il n'existe pas une seule femme qui soit aussi précieuse que la vérité qu'elle nous révèle en nous faisant souffrir.

Le théâtre, je le savais maintenant avec certitude, ne pouvait pas satisfaire l'ambition que l'abandon de Ksenia avait éveillée en moi. Je ne supportais plus la tristesse mortifère de l'homme de lettres, incapable de produire la moindre joie, son inaptitude face à la réalité contemporaine, le profond chagrin qui l'accompagne où qu'il aille, le deuil de la perte de sa culture et la tentative pathétique de sauvegarder les derniers bibelots. Sans parler de la « vie culturelle », des académies, des prix, de toutes les minuscules intrigues forgées par des artistes médiocres afin de cultiver l'illusion de pouvoir survivre, à défaut de vrai talent.

Je voulais faire partie de mon époque, pas en être le glossateur. Et plus je m'éloignais des étagères de la bibliothèque, plus mûrissait en moi la conviction d'être à la hauteur de n'importe quel destin. J'étais seulement à la recherche de l'instant sur lequel concentrer toute ma vie.

Je m'abandonnai pour la première fois à l'électricité noire qui traversait la ville en cette période. Je fis la connaissance d'un voisin, Maksim, un publicitaire à la tête de Groucho Marx, toujours cintré d'impeccables costumes italiens et entouré de femmes splendides. « Ma laideur me ralentit d'une semaine, disait-il, dix jours au maximum. » Il avait mis au point une technique de petites attentions continuelles qui cueillait complètement par surprise ses victimes, habituées à des cours bien plus expéditives. Et puis il avait de l'esprit, en particulier sur lui-même ; un autre don, l'auto-ironie, très peu répandu dans notre milieu.

Le résultat était qu'après un certain temps, les proies de Maksim non seulement cédaient à ses invitations mais finissaient par tomber amoureuses de lui. Une fois l'obstacle physique dépassé, elles devenaient dépendantes de sa fantaisie, de son intelligence et de sa délicatesse. Elles avaient l'intuition que sous la gentillesse de ses façons se cachait un caractère fort, beaucoup plus inaccessible qu'il n'y paraissait. Les rôles finissaient ainsi par se renverser et celles qui étaient courtisées se transformaient en soupirantes, elles couvraient Maksim d'attentions et cherchaient par tous les moyens à pénétrer le secret de sa douce indifférence. Lui, à dire vrai, n'en profitait pas. Quand il arrivait que les rôles s'intervertissent, il conservait toujours une attitude généreuse à l'égard des guerrières vaincues qui avaient déposé les armes à ses pieds. Seulement, c'était le signal qu'il attendait pour se lancer dans une nouvelle conquête, ce qui produisait inévitablement une chaîne de détonations plus ou moins dévastatrices. Pour ma part, je bénéficiais de l'incessant tourbillon féminin qui l'entourait. Depuis la débâcle de Ksenia j'avais besoin de me changer les idées et il faut bien admettre que sur ce plan, Moscou, au milieu des années quatre-vingt-dix, était le bon endroit. Vous pouviez sortir de la maison un après-midi pour aller acheter des cigarettes, rencontrer par hasard un ami surexcité pour je ne sais quelle raison et vous réveiller deux jours plus tard, dans un chalet à Courchevel, à moitié nu, entouré de beautés endormies, sans avoir la moindre idée de comment vous étiez arrivé là. Ou bien, vous vous rendiez à une fête privée dans un club de strip-tease, vous commenciez à parler avec un inconnu, gonflé de vodka jusqu'aux oreilles, et le lendemain vous vous retrouviez propulsé à la tête d'une campagne de communication de plusieurs millions de roubles.

L'imprévu a toujours été une des grandes qualités de la vie russe, mais à cette époque elle atteignit son paroxysme. Imaginez tous ces hommes, toutes ces femmes, jeunes, pleins de vie, souvent brillants, parfois géniaux, qui pensaient être condamnés à une vie de grisaille et qui maintenant, à l'improviste, voyaient s'ouvrir devant eux les chemins du monde. Ils pouvaient devenir ce qu'ils voulaient, faire de l'argent, traverser la planète, coucher avec des mannequins. Toutes choses dont ils ne soupçonnaient même pas l'existence seulement quelques années plus tôt. Il y avait de quoi perdre la tête. D'ailleurs, beaucoup la perdirent, littéralement. Le niveau de violence était incroyable. Comme si dans la ville on avait distribué aux écoliers de maternelle, en même temps que leurs petits tabliers, un arsenal de fusils semi-automatiques. On tirait de tous côtés et pour les motifs les plus futiles. On voyait des milices privées, petites armées qui escortaient des hommes insignifiants, et on découvrait parfois que l'un d'entre eux avait sauté en l'air. Une bombe, une rafale de kalachnikov. Tout contribuait à alimenter la bulle radioactive de Moscou. Les aspirations accumulées de tout un pays, immergé depuis des décennies dans la sénescente torpeur communiste, convergeaient ici. Et au centre il n'y avait pas la culture, comme le croyaient les intellectuels convaincus d'hériter du sceptre et qui n'avaient rien hérité du tout. Au centre, il y avait la télévision. Le cœur névralgique du nouveau monde qui, avec son poids magique, courbait le temps et projetait partout le reflet phosphorescent du désir.

Convertir mon expérience théâtrale en carrière de producteur de télévision fut comme passer du carrosse à vapeur à la Lamborghini. Un jour j'étais assis autour d'une table de cuisine, à disserter sur Maïakovski en buvant du thé brûlant dans une atmosphère imprégnée de cigarettes sans filtre, et le lendemain je sirotais des cappuccinos dans un open-space conçu par des architectes néerlandais, compilant des présentations PowerPoint et me réjouissant de mes futures vacances à Marrakech. Dans les studios de l'ORT, la première chaîne de la télévision russe, récemment privatisée, on ne produisait pas simplement des émissions, on expérimentait les formes de vie qui seraient adoptées plus tard par l'ensemble des nouveaux Russes. Nous traversions les journées à coups de « *Oh my God !* » et de « *Whatever...* », puis on finissait par discuter les vertus comparées du Sassicaia et du Château-Margaux dans un bar à vins tendance. Les filles se donnaient des airs de *Sex and the City* et les hommes étaient tous des Johnny Depp. La capacité mimétique proverbiale des Russes était mise par nous au service de tout ce qui pouvait être considéré comme *cool*, propageant un *buzz*, générant une *hype*. L'effet d'ensemble était clairement ridicule. Et pourtant, c'est nous qui, dans cette phase, avons reconstruit l'imaginaire collectif du pays. Toutes les autres institutions s'étant écroulées, c'était à la télévision d'indiquer le chemin. Nous avons pris les décombres du vieux système, les HLM de banlieue, les flèches des gratte-ciel de Staline, et nous en avons fait les coulisses de nos reality-shows. Puis nous avons sélectionné les exemplaires les plus typiques de la population russe, le père de famille alcoolisé, la babouchka de province, la petite pute ambitieuse, l'étudiant nihiliste, et nous avons indiqué à chacun la meilleure voie pour entrer et faire partie du nouveau monde.

Première règle : ne pas être ennuyeux. Tout le reste était secondaire. Les notables soviétiques avaient essayé d'asphyxier le pays sous une chape d'ennui impénétrable. Maintenant on pouvait tout se permettre hormis la monotonie. C'est pourquoi presque chaque jour nous accouchions d'une nouvelle idée, un peu plus absurde que la précédente : un reality-show sur deux bandes de gangsters qui luttent pour le contrôle d'une petite ville de province ? Pourquoi pas ! Un documentaire sur les écoles qui apprennent aux jeunes filles à mettre la main sur les nouveaux riches ? Pas mal ! Et l'astrologue qui prévoit le cours des actions ? Et la décoratrice spécialisée dans le style Marie-Antoinette ? Elles aussi, à l'antenne !

Nous faisions une télévision barbare et vulgaire comme le veut la nature de ce média. Les Américains n'avaient plus rien à nous apprendre, en fait c'était nous qui repoussions les frontières du trash. Mais, de temps à autre, l'immémoriale âme russe émergeait des profondeurs. À un certain moment, nous avons eu l'idée d'un grand show patriotique. En demandant à notre public de nous indiquer ses héros, les personnages sur lesquels se fonde l'orgueil de la mère Russie, nous nous attendions aux grands esprits : Tolstoï, Pouchkine, Andreï Roublev, ou que sais-je, un chanteur, un acteur comme cela arriverait chez vous. Mais que nous ont donné les spectateurs, la masse informe du peuple habitué à courber le dos et baisser le regard ? Que des noms de dictateurs. Leurs héros, les fondateurs de la patrie, coïncidaient avec une liste d'autocrates sanguinaires : Ivan le Terrible, Pierre le Grand, Lénine, Staline. On a été obligés de falsifier les résultats pour faire gagner Alexandre Nevski, un guerrier au moins, pas un exterminateur. Mais celui qui a recueilli le plus de voix fut Staline. Staline, vous vous rendez compte ? C'est là que j'ai compris que la Russie ne serait jamais devenue un pays comme les autres. Non pas qu'il y ait eu un vrai doute.

8

À cette époque, le propriétaire de l'ORT était un milliardaire qui s'appelait Boris Berezovsky. À première vue, il ne s'agissait pas d'un oligarque particulièrement crédible. Rien dans sa figure n'inspirait l'autorité ou simplement le respect. Il était petit, gras, myope, constamment agité par quelque idée ou occupé à rire ou à faire rire. Tout le monde connaissait son pouvoir et pourtant il éprouvait l'exigence constante de le souligner. Il adorait être interrompu durant son repas par un coup de téléphone. « C'est Tatiana, disait-il les yeux brillants, la fille du président. » Ou bien : « Ah ! C'est Anatoli », en référence au vice-Premier ministre. Il ne réussissait pas à participer à une conversation plus de quatre minutes sans se lancer dans le récit de ses mirobolants exploits : la fois où il avait débarqué en Tchétchénie et fait libérer les otages, donnant en gage la montre de quatre-vingt mille dollars qu'il portait au poignet ; la fois où, après avoir pris le contrôle de l'Aeroflot, il avait dessiné sur la nappe d'un restaurant les nouveaux uniformes des hôtesses.

Il avait acheté un vieux palais sur la Novokouznetskaïa, un long immeuble blanc, bas, attaché à l'église Saint-Clément. En principe, cela aurait dû être le siège de sa compagnie, mais Berezovsky en avait fait quelque chose de beaucoup plus spécial, une espèce de club, la maison Logovaz, comme il l'appelait, ouverte aux partenaires d'affaires et en général à toutes les personnes qu'il avait envie de fréquenter pour une raison ou pour une autre. Vous pouviez y passer à toute heure du jour et être sûr d'y trouver un bon cigare et un entrepreneur biélorusse ou un général kazakh avec lequel refaire le monde. Il y avait un gigantesque aquarium qui courait le long du mur, une cheminée directement transplantée d'un château bavarois et puis une accumulation insensée d'icônes, de statuettes d'ivoire, de tables marquetées. Des bibelots aux tapis, on voyait que chaque objet avait été sélectionné davantage en fonction de sa valeur monétaire qu'à la suite d'une recherche esthétique. Et pourtant l'effet d'ensemble ne manquait pas d'un certain charme, le produit d'une aventure qui avait bien fini, d'un braquage de banque, d'une soirée triomphale à une table de black jack. La maison de l'Oncle Vania redécorée par James Bond. Ce n'était peut-être pas le sommet du bon goût, mais la majorité de ceux qui entraient avait un seul désir : y rester le plus longtemps possible.

Il faut dire que le club était bien fréquenté. On y trouvait le meilleur de ce que la politique, le commerce, le spectacle et le crime de la capitale étaient capables de produire à cette époque. Et puis, à partir d'une certaine heure, des créatures féminines qui semblaient débarquer d'une autre galaxie faisaient leur apparition. Tout le monde rivalisait pour prendre rendez-vous avec Boris le plus tard possible, parce que se retrouver au club à partir de huit heures du soir signifiait automatiquement être invité à la soirée la plus distrayante de la capitale. Cette heure passée, le travail et le plaisir se fondaient totalement et une réunion sur un projet d'affaires pouvait facilement dégénérer en orgie. Le pouvoir à Moscou est ainsi, il n'a jamais été détaché de la vie. Chez vous, les hommes qui l'exercent ne sont rien d'autre que des comptables. Personnages gris qui se lèvent tôt le matin, mangent un muesli intégral et s'enfilent dans un bureau pendant dix, douze, quatorze heures pour faire ce qu'ils ont à faire. Puis ils montent dans leurs voitures et demandent à leur chauffeur de les ramener à la maison, ou à un dîner avec d'autres ennuyeux ou, dans la meilleure des hypothèses, chez leur maîtresse. Fin de l'histoire. En Russie, cela serait inconcevable : nous avons une conception holistique du pouvoir.

À cette époque, mes petits exploits de producteur de télévision me valaient de temps en temps une invitation à la maison Logovaz. En général, Berezovsky me convoquait pour avoir des nouvelles de tel ou tel projet télévisuel, parfois pour recommander un cousin ou une danseuse. Mais, un soir, la conversation prit un tour inattendu. Nous nous étions installés dans le bureau du premier étage avec son vieil associé géorgien. Tous les deux m'avaient complimenté pour l'audience de la dernière connerie que j'avais produite et demandé vaguement des nouvelles des prochains programmes, mais j'ai vite senti qu'ils avaient une autre idée derrière la tête. À un certain moment, Berezovsky commence à parler politique. Il évoque le sort d'un de ses amis ministre, qui vient à peine d'être flanqué hors du gouvernement. « La politique russe, c'est la roulette russe, dit-il. La seule chose à savoir, c'est si on est prêt à parier, ou pas. »

Puis, se tournant vers moi : « Tu vois, Vadia, la beauté de ce pays c'est que même si tu ne joues pas, tu cours les mêmes risques. Mettons que tu restes tranquille dans ton coin et gères tes affaires : tôt ou tard arrive un type qui va essayer de t'enlever ce que tu as. Et s'il a un peu de pouvoir, ou bien un peu de force, peut-être qu'il va y arriver. Et toi tu te retrouves Gros-Jean comme devant, sans avoir rien fait pour le mériter. Alors, autant jouer à la roulette, non ? »

Le ton qu'employait Boris instillait toujours un doute. Se limitait-il à formuler une observation de caractère sociologique, ou y avait-il dans ses paroles une composante légèrement moins abstraite de menace ?

« C'est ce qui m'est arrivé à moi, tu sais ? J'étais tranquille dans mon coin à faire mes affaires, j'avais construit un business très classe, légitime, moderne, un truc à l'occidentale, avec mon réseau de concessionnaires qui vendaient des tas de voitures aux quatre coins du pays, et voilà qu'un jour, je me retrouve avec un salaud qui veut me souffler l'affaire. Et qu'est-ce qu'il fabrique, ce con ? Il ouvre une concession concurrente ? Il essaye de me battre sur le marché, comme on le ferait en Amérique ou en Europe ? Que non ! Ce gros singe remplit de TNT une vieille Opel et la place sur mon chemin. Comme ça, quand je passe un après-midi en voiture, il appuie sur la télécommande et *boum !* plus de Berezovsky. En tout cas, c'est ce qu'il croit. Seulement ça n'a pas marché, parce que Berezovsky a plus de vies qu'un chat. Tu sais ce qui s'est passé ? Je me suis retrouvé avec la tête de mon chauffeur dans les bras : un morceau de cette foutue Opel lui avait coupé la tête, comme une guillotine. Moi, en revanche, rien. Quelques égratignures, c'est tout. Les gens regardaient ma voiture carbonisée et n'en croyaient pas leurs yeux. »

Boris secouait lui-même la tête, en signe d'incrédulité. « Que veux-tu que je dise, Vadia ? Ce jour-là, j'ai compris que même si tu ne t'occupes pas du pouvoir, le pouvoir s'occupe de toi. Je suis allé en Suisse une quinzaine de jours pour me soigner. Et quand je suis revenu à Moscou, tu sais ce que j'ai fait ? Je me suis inscrit au club de tennis. »

Je connaissais le reste de l'histoire. Tout le monde à Moscou le connaissait. À l'époque de l'attentat, le vieux président était déjà sur le déclin. On le voyait peu au bureau. Il s'était fait construire un club de sport sur la colline des Moineaux et passait son temps à jouer au tennis. Ou à la maison à boire. Autour de lui grenouillait une petite cour de politiciens et de magouilleurs. Des gens qui avaient énormément bénéficié de la proximité du pouvoir, mais qui commençaient à trembler à l'idée que ce pouvoir puisse disparaître. Pour ces hommes, personnages médiocres dont le seul talent consistait à seconder la vanité et les petites faiblesses du chef, Boris était apparu comme une sorte de messie. Son intelligence, son ambition, sa frénésie avaient conquis rapidement la sympathie de la fille du président et, à travers elle, celle du vieil ours en personne. Il faut dire que pour eux, Berezovsky a vraiment représenté une manne tombée du ciel. C'est lui qui les a convaincus que tout n'était pas perdu, que, même cabossé, le président était encore en mesure d'y arriver. « Petit père – j'ai l'impression de le voir pendant qu'il chuchote à l'oreille du vieux –, la Russie a encore besoin de toi, de ton courage, de ton intégrité. Tu ne voudrais quand même pas laisser la mère patrie dans les mains des communistes ? »

Avec ces arguments, Berezovsky s'est fait donner le contrôle de la télévision d'État et à partir de là il a monté une campagne électorale colossale. En deux mois, il a réussi à ressusciter Eltsine dans les sondages, ou plutôt il a coulé tous ses rivaux en donnant l'impression que leur élection aurait coïncidé avec la réouverture immédiate des goulags sibériens et la reprise des queues pour le pain. Le seul problème, c'est qu'à deux semaines du vote, le vieux a fait un autre infarctus. Ce jour-là, en théorie, il aurait dû enregistrer son dernier appel à la nation. L'enregistrement a été annulé, mais, après quelques jours, avec les ragots qui fusaient dans tous les sens, une apparition du président est devenue indispensable. Alors, comme Eltsine n'était pas en état de se rendre à son bureau, Boris a donné l'ordre de transporter les meubles du Kremlin dans la résidence du président de façon à donner l'impression qu'il était pleinement opérationnel. Au moment d'enregistrer le message, Eltsine était si faible qu'il n'était pas capable de rester droit sur sa chaise, c'est pourquoi on lui a glissé une planche derrière le dos pour le soutenir. Restait le problème du discours : le président n'était pas en mesure d'articuler des mots compréhensibles. Alors on lui a demandé de bouger les lèvres comme il le pouvait et tout l'appel a été confectionné en salle de montage, en assemblant des bouts de ses discours précédents.

Le jour des élections, Eltsine était si mal en

point qu'il n'était pas capable d'enfiler son bulletin dans l'urne. Les caméras de Berezovsky l'ont filmé au moment du vote et puis, au montage, les deux médecins en blouse blanche qui soutenaient le président ont disparu. Bien entendu, comme c'est toujours le cas en Russie quand on y met la dose de résolution nécessaire, la manœuvre absurde a réussi et Eltsine a été réélu avec une large majorité. Depuis, le vieil ours était retombé en léthargie et Berezovsky était devenu le vrai patron de la Russie.

Maintenant cet homme se trouvait devant moi : « La politique russe c'est comme la roulette russe, tu es prêt à en courir le risque ou pas ? »

Évidemment que j'avais envie de jouer. D'une certaine façon, jusque-là, je n'avais rien fait d'autre que de m'y préparer.

« Je ne sais pas, Boris, j'aime bien mon travail.

— C'est vrai, tu t'en tires plutôt bien. Ce que je te propose, c'est de passer au niveau supérieur. » Berezovsky me dévisageait avec toute l'intensité dont étaient capables ses lunettes de presbyte. « Que dirais-tu de cesser de créer des fictions pour commencer à créer la réalité ? »

Je n'avais pas la moindre idée de ce dont il parlait. À ses côtés, le Géorgien souriait avec l'attitude bienveillante du cousin de campagne.

« Tu sais que j'ai quelques relations à l'intérieur du Kremlin. » Face à l'évidente modestie de cette affirmation, j'eus l'impression qu'il s'attendait à une quelconque réaction de ma part, mais il n'en fut rien. « Dans le passé, il m'est arrivé de donner, de temps en temps, un coup de main, reprit-il un peu déçu. Mais maintenant le scénario a complètement changé. Il ne s'agit plus de soutenir quelque chose qui existe déjà, il faut inventer quelque chose qui n'existe pas encore.

— Et quelqu'un..., intervint l'associé.

— Et quelqu'un, oui, bien sûr, mais ce n'est pas le problème. En fait, il faut créer une nouvelle réalité. Il ne s'agit pas de remporter une élection, il s'agit de construire un monde. »

Bien que Berezovsky s'en tînt aux généralités, je commençais à comprendre où il voulait en venir. Il restait un peu plus d'un an avant l'élection présidentielle, et après deux mandats et cinq infarctus, le vieil ours était désormais hors jeu. Mais évidemment il y avait pris goût. Et même si cette fois la menace communiste était moins imminente que la fois précédente, il se voyait à nouveau dans le rôle du sauveur de la patrie. Ou dans celui du marionnettiste qui plie la réalité à ses intérêts. Ce qui d'ailleurs, dans sa tête, revenait exactement au même.

« La première chose dont on a besoin, c'est un parti. J'en ai déjà parlé avec Tatiana. Nous devons créer le parti de l'Unité. C'est ce qui manque. Assez de la droite, de la gauche, des communistes, des libéraux, les gens veulent retrouver un sentiment d'unité. La nostalgie qu'ils éprouvent n'est pas pour le communisme en soi, elle est pour l'ordre, le sens de la communauté, l'orgueil d'appartenir à quelque chose de vraiment grand. Les Russes ne sont pas et ne seront jamais comme les Américains. Cela ne leur suffit pas de mettre de l'argent de côté pour s'acheter un lave-vaisselle. Ils veulent faire partie de quelque chose d'unique. Ils sont prêts à se sacrifier pour ça. Nous avons le devoir de leur restituer une perspective qui aille au-delà du prochain versement mensuel pour la voiture. Ce qu'il faut, c'est l'unité. Un mouvement qui redonne de la dignité aux gens. J'ai déjà mis les graphistes au boulot sur le symbole, regarde, Vadia, qu'est-ce que tu en penses ? »

Berezovsky me passa une feuille sur laquelle on pouvait voir le profil stylisé d'un gros ours brun. « Il y a les renards libéraux, les mammouths communistes et puis il y a l'ours, le symbole de l'âme russe, sauvage, puissant et noble. C'est ce qu'il nous faut, Vadia : si les gens ne s'intéressent plus à la politique, nous leur offrirons une mythologie ! »

Je me souviens que Boris était si excité qu'il renversa d'un geste maladroit le porte-plume qu'il avait en face de lui. Cela dit, son raisonnement n'était pas dépourvu de sens. Au début des années quatre-vingt-dix, Gorbatchev et Eltsine avaient fait la révolution, mais le jour suivant la grande majorité des Russes s'étaient réveillés dans un monde qu'ils ne connaissaient pas, dans lequel ils ne savaient pas comment vivre. Avant l'effondrement du rêve américain et de celui de l'Europe, il y a eu l'effondrement du rêve soviétique. Chez vous, personne ne s'en est aperçu parce qu'il vous semblait impossible qu'un rêve fût fait de choses aussi pauvres et grises : une profession respectée de fonctionnaire ou de professeur, une petite Zhiguli, une datcha avec son potager, les vacances à Sotchi ou de temps en temps à Varna, avec les jambes qui trempent dans la mer Noire et la perspective d'une bonne grillade entre amis. Et pourtant ce modèle avait sa force et sa dignité. Ses héros étaient le soldat et la maîtresse d'école, le camionneur et l'infatigable ouvrier : c'est à eux qu'étaient dédiées les affiches dans les rues et les stations de métro. En peu de mois, tout cela a été balayé. Les nouveaux héros, les banquiers et les top-modèles ont imposé leur domination et les principes sur lesquels était fondée l'existence de trois cents millions d'habitants de l'URSS ont été renversés. Ils avaient grandi dans une patrie et se retrouvaient soudain dans un supermarché. La découverte de l'argent fut l'événement le plus bouleversant de cette époque. Et puis la découverte que l'argent pouvait ne rien valoir, avec la chute de la Bourse et l'inflation à trois mille pour cent.

L'intuition de Berezovsky était correcte : le climat était en train de changer, les gens étaient fatigués et voulaient retrouver un peu d'ordre. Le problème consistait à donner une réponse à cette demande avant que quelqu'un d'autre n'y pense.

9

Berezovsky m'avait donné rendez-vous au siège du FSB, l'ancien KGB. Il m'accueillit tout sourire, dans le sombre sépulcre du hall d'entrée comme s'il se trouvait au salon de la maison Logovaz. Il semblait parfaitement à son aise en ce lieu sinistre et, en même temps, il ne résistait pas à la tentation d'essayer de me faire peur. « Sais-tu ce que disaient les Moscovites de la Loubianka à l'époque de l'URSS ? Que c'était l'immeuble le plus haut de la ville car de ses caves on voyait la Sibérie... »

Ça m'a fait rire, c'était le type de plaisanterie qu'aurait faite mon grand-père et que mon père n'aurait pas trouvée drôle. Moi, de mon côté, j'habitais une autre planète : à cette époque je pensais que nous avions laissé ce monde derrière nous, je n'avais pas encore compris que rien ne passe jamais vraiment. J'attribuais notre visite à une forme de courtoisie : en Russie, maintenir des rapports cordiaux avec les services de sécurité est toujours une bonne idée.

Mais, pendant que nous parcourions le long corridor sans fenêtres du troisième étage, Boris m'a démenti : à ce qu'il paraissait, le rendez-vous était lié à notre conversation de l'autre soir. « Le chef du FSB serait un bon candidat. Personne ne le connaît, mais le vieux a confiance en lui : il a fait ses preuves dans les moments décisifs. Il est jeune, compétent, moderne; exactement ce dont la Russie a besoin. Et puis, tu verras, c'est un homme modeste. Il n'a pas voulu occuper le bureau de ses prédécesseurs, il l'a transformé en musée, comme pour dire : cette époque est à jamais révolue. »

En effet, après un bref passage par le secrétariat, nous fûmes introduits dans un cabinet qui aurait pu être le lieu de travail d'un chef de service du ministère des Postes. Son occupant, un blond pâle aux traits décolorés, portant un costume en acrylique beige, arborait une mine d'employé, veinée d'une imperceptible pointe de sarcasme. « Vladimir Poutine », dit-il en me serrant la main.

À cette époque, le Tsar n'était pas encore le Tsar : de ses gestes n'émanait pas l'autorité inflexible qu'ils acquerraient par la suite et, bien que dans son regard on devinât déjà la qualité minérale que nous lui connaissons aujourd'hui, celle-ci était comme voilée par l'effort conscient de la tenir sous contrôle. Cela dit, sa présence transmettait un sentiment de calme.

À son habitude, Boris le noya sous un fleuve de paroles qui allaient toutes plus ou moins dans la même direction : c'était à lui, Poutine, de prendre les rênes de la situation pour faire passer la Russie dans le nouveau millénaire.

Le chef du FSB essayait de résister. « Écoute-moi, Boris, les services secrets ont tous les avantages de la politique sans aucun de ses inconvénients. Moi, je suis ici au centre du système, j'entends et je vois tout ce qu'il y a à savoir et je suis en condition d'intervenir sans trop de complications pour protéger le président et sa famille. Je l'ai fait dans le passé et tu sais que je continuerai à le faire chaque fois que cela sera nécessaire. Si vous m'arrachez d'ici pour me mettre au gouvernement, je me trouverai sous les projecteurs et je ne pourrai plus rien faire. Je finirai broyé comme les autres Premiers ministres de ces dernières années et vous perdrez le plus fidèle gardien de votre tranquillité dans ce palais.

— Je vois ce que tu veux dire, Volodia. Mais tu dois tenir compte d'une chose : si nous ne bougeons pas rapidement, dans un an il n'y aura plus ni président ni famille à protéger. Et selon toi, quelle sera la première chose que fera le nouveau patron du Kremlin quand il prendra possession de son bureau ? Remplacer le chef du FSB, voilà la première chose qu'il fera. »

Blotti derrière son bureau de palissandre, Poutine semblait sincèrement ébranlé. « C'est possible, mais il doit bien y avoir une autre solution ! Stepachine est Premier ministre depuis à peine trois mois, pourquoi ne misez-vous pas sur lui ?

— Ça ne va pas le faire, Volodia. Il est à trois pour cent dans les sondages. Tu sais comment se forme l'opinion publique, il lui faut très peu de temps pour porter un jugement et ensuite il devient presque impossible de le modifier. Les gens ont vu Stepachine à l'œuvre et sont convaincus qu'il n'est pas à la hauteur de la situation. D'ailleurs, franchement, ils ont raison. Tu vois Stepachine guider nos troupes dans le Caucase ? Ce serait comme mettre une kalachnikov entre les mains d'une oie domestique. La Russie a besoin d'un homme, Volodia. Un vrai chef qui la guide dans le nouveau millénaire.

— J'entends bien, Boris, mais qu'est-ce qui te fait croire que ce chef, ce soit moi ? Je suis un fonctionnaire, je n'ai pas fait autre chose, toute ma vie, qu'exécuter des ordres et faire mon devoir. J'ai parlé en public trois ou quatre fois et, je t'assure, avec des résultats qui n'avaient rien de renversant. J'ai vu tant de fois le président à l'œuvre : il rentre dans une salle, renifle l'air et en une seconde il a conquis tout le monde. Il les fait rire, il les fait pleurer, il entre en connexion avec eux comme s'il était assis avec chacun d'entre eux à la table de la cuisine. Encore aujourd'hui, malgré son état, il est capable de le faire. Les gens le voient et ils sont émus. Moi, je ne suis pas fait de ce bois.

— Si je peux me permettre, Vladimir Vladimirovitch, il s'agit exactement de ça. »

Le regard glacial de Poutine se posa pour la première fois sur moi. En même temps, je sentais que Berezovsky m'encourageait à poursuivre.

« Le président est doté d'une personnalité unique qu'il n'y aurait aucun sens à vouloir reproduire. Ses qualités humaines ont été fondamentales pour faire passer notre pays de la vieille Union soviétique à la Russie dans laquelle nous vivons aujourd'hui. Mais, après huit ans de gouvernement et en considérant sa condition physique, son profil est très usé. Les sondages nous disent que les Russes se sentent abandonnés par un homme qu'ils continuent d'aimer, mais qu'ils ont cessé d'estimer. »

Le sujet était délicat. Mais le chef du FSB ne formula aucune objection.

« C'est pourquoi nous considérons qu'il nous faut une figure différente, qui contienne en soi les éléments de la continuité et ceux d'une rupture avec le passé. En devenant Premier ministre, Vladimir Vladimirovitch, vous assumerez automatiquement le rôle de l'autorité légitime, chose fondamentale pour les Russes, qui ne sont pas à la recherche d'aventures et qui désirent, surtout en ce moment, stabilité et sécurité. D'autre part, votre figure produira immédiatement un effet de contraste marqué avec celle du président actuel. Vous êtes jeune, sportif, énergique, vous donnez la sensation de pouvoir assumer totalement la responsabilité du commandement. Votre passé dans les services de sécurité constitue une garantie de fiabilité. Être un homme de peu de mots jouera en votre faveur. Les Russes sont fatigués des bonimenteurs. Ils veulent être guidés d'une main ferme qui ramène l'ordre dans les rues et restaure l'autorité morale de l'État.

« Pour cette raison, la campagne électorale que nous avons en tête ne sera pas faite de rassemblements et de promesses. En fait, ce à quoi nous pensons est l'exact contraire d'une campagne de ce type. Le pari sera de ne pas apparaître comme un homme politique comme les autres.

« Voyez, Vladimir Vladimirovitch, je ne connais pas très bien la politique, mais je sais ce qu'est un spectacle. Puis-je vous poser une question ? Savez-vous quelle est la plus grande actrice de tous les temps ? »

Poutine, inexpressif, secoua la tête.

« Greta Garbo. Et vous savez pourquoi ? Parce que l'idole qui se refuse renforce son pouvoir. Le mystère génère de l'énergie. La distance alimente la vénération. L'imaginaire de la société russe, de quelque société que ce soit, s'articule sur deux dimensions. L'axe horizontal correspond à la proximité du quotidien, et le vertical à l'autorité. Ces dernières années, la politique russe s'est entièrement jouée sur le premier axe, l'horizontal, parce que cette dimension était presque complètement inconnue du temps de l'URSS : à partir de Gorbatchev, qui s'arrêtait pour parler avec les gens – chose que jamais aucun leader soviétique n'aurait faite –, et jusqu'à Eltsine qui, à certains moments, se présentait plutôt comme un compagnon de beuverie que comme un chef d'État.

« Mais aujourd'hui il est clair que le pendule a commencé à bouger dans la direction contraire. L'excès d'horizontalité a porté au chaos, aux fusillades dans les rues, à la banqueroute financière de l'État, à notre humiliation sur le plan international. Si vous me pardonnez ce jeu de mots, on pourrait dire que l'excès d'horizontalité a effacé l'horizon. Pour pouvoir tracer une perspective, il est devenu à nouveau nécessaire de s'élever. Toutes les données dont nous disposons nous disent que les Russes nourrissent aujourd'hui un désir de verticalité, c'est-à-dire d'autorité. Si nous voulions recourir aux catégories de la psychanalyse, nous pourrions dire que les Russes attendent un chef qui fasse oublier le langage de la mère et se remette à imposer la langue du père. Comme le maire de Moscou l'a dit au moment du *default* : "L'expérience est terminée."

— Sauf que ce n'est pas lui qui en sera le bénéficiaire, ajouta Boris, qui avait une série de parties ouvertes avec le premier citoyen de la capitale.

— Sur ce point, je pense que Berezovsky a raison. Loujkov comme l'ex-Premier ministre Primakov sont en tête des sondages parce que, comparés à Eltsine, ils apparaissent comme une occasion de renouvellement. Mais tous les deux sont sur scène depuis de nombreuses années et leur image est presque aussi usée que celle du président. »

À mes côtés, l'un des rares hommes dont l'image publique était encore plus usée que celle des politiciens en question opinait vigoureusement du chef. Je tâchai de l'ignorer en poursuivant mon raisonnement.

« Les Russes, voyez-vous, ont une très mauvaise image de leurs dirigeants. Et quand la politique est aussi décriée, au lieu d'être un avantage, l'expérience se transforme en handicap. Voici pourquoi votre absence d'expérience politique sera un atout, Vladimir Vladimirovitch. Vous êtes neuf, les Russes ne vous connaissent pas et ne peuvent vous associer à aucun des scandales et à aucune des erreurs qu'ils imputent à ceux qui les ont gouvernés ces dernières années. Certes, comme disait Boris, l'opinion publique se forme en peu de temps, vous n'aurez donc que quelques mois pour convaincre les Russes que vous êtes l'homme de la situation. Mais nous, nous sommes persuadés que vous avez les qualités nécessaires pour le faire.

— C'est exact, Volodia, nous en sommes convaincus, intervint Berezovsky. Et puis n'oublie pas que tu ne seras pas seul. Je serai à tes côtés à tout moment pour te conseiller et t'aider chaque fois que tu en auras besoin. »

Je me trompe peut-être, mais à ces mots il m'a semblé voir passer dans les yeux de Poutine, restés complètement immobiles depuis le début de la conversation, un imperceptible éclair d'ironie. Quoi qu'il en soit, ce soir-là Boris retourna au club entièrement satisfait.

« C'est dans la poche, répétait-il à qui voulait l'entendre, nous avons trouvé notre cheval gagnant. On ne peut pas dire que ce soit un Prix Nobel de science, mais, pour ce qu'il doit faire, cela ira très bien. Il a le physique de l'emploi. Il suffira de le mettre dans les mains de nos petits génies de la communication et ils nous le transformeront en nouvel Alexandre Nevski. Ou en Greta Garbo, n'est-ce pas, Vadia ? »

Et il riait comme un petit garçon.

Le fait que j'aie proposé au chef de l'ex-KGB d'adopter une vieille actrice américaine comme modèle lui semblait hilarant. Je hochais la tête et riais avec lui, mais la vérité est que cette première rencontre avec le Tsar m'avait laissé une drôle de saveur en bouche. Je n'aurais su la définir avec exactitude, mais il me semblait que les choses étaient un peu plus compliquées que ne les dépeignait Berezovsky.

Durant toute notre rencontre, Poutine avait fait preuve d'une courtoisie impeccable face à Boris. De déférence même, pendant qu'il écoutait les conseils de l'homme d'affaires. Et pourtant, quand Berezovsky s'adressait à lui, avec la familiarité qui lui était propre, il m'avait semblé percevoir une ombre d'agacement dans le regard du fonctionnaire. Et puis il y avait eu cet éclair d'ironie, à la fin, quand Boris lui avait promis de le guider pas à pas. Comme si la seule idée de pouvoir être guidé par cet homme était apparue du plus grand comique au chef du FSB.

Berezovsky ne s'était évidemment rendu compte de rien, mais moi je n'eus pas longtemps à attendre pour voir mes doutes confirmés. Quelques jours plus tard, je me trouvais en salle de montage quand je sentis la vibration impérieuse de mon portable : « Vadim Alexeïevitch ? Je suis Igor Sechine, le secrétaire de Vladimir Poutine. Le directeur voudrait vous inviter à déjeuner mardi prochain. » Malgré la courtoisie de la formule, la voix à l'autre bout du fil ne donnait pas l'impression de pouvoir envisager l'hypothèse d'un refus. Secrétaire masculin, notai-je au passage : un signe de distinction de la vieille nomenclature soviétique que, contrairement à Berezovsky, j'étais en mesure de reconnaître.

10

Le lieu du rendez-vous était un restaurant français qui venait d'ouvrir dans une rue perpendiculaire à l'Arbat. Le choix m'avait un peu surpris, il ne cadrait pas avec l'idée plutôt austère que je m'étais faite de Poutine au cours de notre première rencontre. Quand j'arrivai, Sechine, le secrétaire, était à la porte. « Dépêchez-vous, Vadim Alexeïevitch, Vladimir Vladimorovitch est déjà à l'intérieur ! » Visiblement irrité à l'idée qu'un personnage insignifiant comme moi puisse faire attendre son chef.

En entrant dans le restaurant je trouvai Poutine seul, assis à une grande table d'angle, un peu en retrait par rapport aux autres. Son expression était détendue, ses gestes calmes. Il émanait de lui une froide impression de puissance qu'il avait évidemment choisi de ne pas déployer la fois précédente.

Il me serra la main sans se lever et, s'adressant au maître d'hôtel qui l'observait avec l'attitude d'un petit rongeur hypnotisé par un serpent à sonnette : « Donnez-nous un conseil, Pavel Ivanovitch.

— Si vous aimez le poisson je vous recommande la saint-jacques à la mousseline de choufleur ou la sole cardinale aux écrevisses flambées. Si vous préférez la viande...

— Un bol de kasha, s'il vous plaît.

— Deux. »

Le maître d'hôtel réprima un frisson et s'éloigna rapidement. Je notai pour la première fois la complète indifférence de Poutine à la nourriture, comme il m'arriverait plus tard de constater la parfaite insensibilité du Tsar aux autres plaisirs qui adoucissent la vie. Comme dit Faust, « qui commande doit trouver son bonheur dans le commandement ».

Entre-temps le chef du FSB était déjà entré dans le vif du sujet : « J'ai beaucoup de respect pour Berezovsky et je lui suis reconnaissant de son offre. Une entreprise comme celle que nous sommes sur le point d'entamer nécessitera un effort immense, et Boris a déjà démontré qu'il est capable de faire des miracles. En même temps, je ne suis pas un vieux monsieur de soixante-huit ans avec cinq infarctus derrière moi. Si je devais décider de me lancer dans cette aventure, je le ferais en comptant sur mes forces, pas sur celles d'un autre. Je suis habitué à exécuter des ordres et, par certains côtés, je trouve que c'est la condition la plus confortable pour un homme. Mais le président de la Russie ne peut ni ne doit être soumis à qui que ce soit.

L'idée que ses décisions soient conditionnées par un intérêt privé quelconque est pour moi tout à fait inconcevable. »

Le regard de Poutine, ce jour-là, était beaucoup plus pénétrant qu'à l'occasion de sa rencontre avec Berezovsky. Il plongeait dans le mien pour comprendre l'effet que ses paroles produisaient sur moi.

« Étant donné la façon dont vous avez été élevé, Vadim Alexeïevitch, je crois que vous pouvez comprendre ce dont je parle. »

C'était évidemment vrai. L'idée que l'État possède une forme de supériorité éthique sur le privé était profondément enracinée en moi. Le spectacle de Boris et de ses collègues déboulant à toute vitesse sur les voies réservées, gyrophares allumés, m'offensait violemment, comme je crois qu'il offensait la majorité des Moscovites.

« Votre analyse de l'autre jour m'a frappé, continua Poutine. Je connais votre parcours. Je pense que vous pourriez apporter une contribution appréciable à mon travail, quel que soit celui-ci, maintenant ou plus tard. Mais nous devons d'abord clarifier un point. Pour autant que je respecte Berezovsky, je ne suis pas disposé à me mettre entre ses mains. Si vous acceptez mon offre, Vadim Alexeïevitch, vous travaillerez exclusivement pour moi. L'administration vous garantira un salaire, inférieur, je le crains, à celui que vous percevez maintenant, et vous ferez en sorte qu'il vous suffise. Je ne tolérerai aucun bonus, aucun bénéfice provenant de Boris ou de qui que ce soit. Si c'est l'argent qui vous intéresse, continuez à travailler dans le privé. Celui qui est au service de l'État doit privilégier l'intérêt public à tout autre, y compris le sien. Si vous assumez cet engagement, je crois qu'il n'est pas nécessaire de vous dire que je dispose de moyens pour m'assurer que vous le respectiez. »

On ne peut pas dire qu'il était en train de perdre du temps. Lors de ma brève carrière de producteur de télévision, je m'étais habitué à être courtisé et j'aurais volontiers retourné à l'envoyeur la sèche proposition du chef du FSB. Mais le problème était que son analyse s'avérait correcte. Il avait compris que l'argent m'intéressait moins que d'autres choses, certainement moins que la possibilité de participer à une entreprise comme celle que Poutine semblait avoir en tête. Autant éviter de tourner autour du pot et aller à l'essentiel. Par la suite, je noterais que le Tsar opère toujours de la sorte. Il saisit le fond du problème plus rapidement que les autres et n'hésite pas à brûler les étapes. Les politesses et les formules de courtoisie, très peu pour lui.

« J'ai réfléchi à votre concept de verticalité. Il est intéressant mais ne peut rester suspendu en l'air comme un ballon rouge. Il doit être calé à terre et appliqué à un cas concret. Le pays est en plein chaos et demande un guide sûr, mais imaginer pouvoir résoudre tous les problèmes en une seule fois serait une illusion. Nous avons besoin d'une scène bien définie, dans laquelle restaurer la verticalité du pouvoir de façon immédiate et spécifique. Le risque sinon est de se perdre et d'apparaître impuissants comme tous les autres.

— Effectivement, Vladimir Vladimirovitch, mais il y a les circonstances, les imprévus.

— Faites-moi confiance, Vadim Alexeïevitch, les imprévus sont toujours le fruit de l'incompétence. D'ailleurs, n'est-ce pas votre Stanislavski qui a dit que la technique ne suffit pas et que pour arriver à la création véritable il faut de l'imprévu ? »

Dans les yeux de Poutine brillait à nouveau la lumière ironique que j'avais cru entrevoir à la Loubianka, mais plus franche cette fois-ci. Quant à moi, j'étais abasourdi. J'aurais juré jusqu'à la semaine précédente qu'il connaissait à peine le nom de Stanislavski.

« L'arène idéale est sous nos yeux, reprit Poutine. La patrie est sous pression. Les intégristes islamiques ne se contentent plus de la Tchétchénie, ils visent à s'emparer du Daguestan puis de l'Ingouchie, de la Bachkirie et jusqu'au cœur du pays. Si nous les laissons faire, dans quelques années il ne restera plus aucune trace de la Fédération.

— Pardonnez-moi, Vladimir Vladimirovitch, j'y réfléchirais à deux fois avant de m'engager dans ce bordel. Ces dernières années, la Tchétchénie a tué plus de carrières politiques à Moscou que d'ennemis sur le champ de bataille.

— Parce qu'aucun de ces politiciens n'a affronté l'affaire avec assez d'énergie. Ils voulaient faire la guerre sans le dire, une guerre humaine, à l'américaine, et voyez comme cela s'est terminé. Ils se sont fait massacrer par les islamistes. Moi, je vous parle d'autre chose. Gagner le prix Nobel de la paix ne m'intéresse pas. Ce qui m'intéresse, c'est de vaincre les séparatistes et la menace qu'ils représentent pour l'intégrité de la Fédération de Russie.

— Je ne discute pas les raisons géopolitiques, Vladimir Vladimirovitch, je n'y entends rien. Ce que je peux vous dire, en revanche, c'est que politiquement c'est un suicide.

— C'est là que vous faites erreur, Vadim Alexeïevitch, vous vous êtes laissé convaincre par les Occidentaux qu'une campagne électorale consiste en deux équipes d'économistes qui se disputent autour d'un dossier en PowerPoint. Ce n'est pas le cas : en Russie, le pouvoir, c'est autre chose. »

Ce jour-là, je ne compris pas avec précision à quoi faisait allusion Poutine. Mais je sortis de ce déjeuner avec une certitude : Berezovsky avait commis une très grave erreur. L'homme avec lequel je venais de partager le repas ne consentirait jamais à laisser qui que ce soit le guider. On pouvait peut-être l'accompagner, et c'était mon intention d'essayer de le faire, mais certainement pas le conduire. Et Boris avait intérêt à s'en rendre compte au plus vite.

11

Celui qui habite le Kremlin possède le temps. Tout change autour de la forteresse pendant qu'à l'intérieur la vie semble s'être arrêtée, seulement rythmée par les solennels coups de l'horloge de la tour Spassky et les rondes des sentinelles de la garde présidentielle. Depuis des siècles, celui qui franchit le seuil du gigantesque fossile qu'Ivan le Terrible a voulu au centre de Moscou sent sur lui la main d'un pouvoir sans limites, habitué à broyer les destins des hommes avec la même facilité qu'on caresse la tête d'un nouveau-né. Cette force se répand en cercles concentriques par les rues de la ville, conférant à Moscou cette aura de menace permanente qui constitue une grande partie de son charme. La masse disgracieuse de la Loubianka, les sept tours qui cernent les avenues du centre et, aujourd'hui, les gratte-ciel de Moscou-City et les villas rococo de la Roublevka ne sont que le reflet de la sombre énergie provenant du cœur de la forteresse.

Mais, pendant l'été 1999, le charme s'est brisé. Des salles du palais présidentiel ne provenait plus que le souffle alcoolique d'un ours sibérien, gras et fatigué, entouré d'une petite cour de familiers couverts de diamants, de plus en plus effrayés d'assister à la décomposition de l'homme auquel ils devaient leur fortune. Eltsine était devenu un poids. Non seulement il n'était plus capable de les protéger, mais il risquait de les précipiter tous dans l'abîme.

À l'extérieur, la ville animale sentait que la morsure de l'autorité s'était relâchée. Moscou n'était plus la capitale de l'empire. Elle était devenue la métropole des portables qui sonnaient pendant les représentations du Bolchoï et des fusils automatiques qui servaient à régler les comptes entre mafieux qui imposaient la loi de la jungle. Ce n'était plus le Kremlin qui donnait le *la*, mais l'argent. Et les Mercedes blindées des oligarques parcouraient les rues du centre comme au temps des tsars les cochers des nobles se frayaient un chemin à travers les foules à coups de fouet. Pendant que les gens du peuple, le petit peuple docile de Moscou, rentrant à la maison après le travail, n'avaient même plus assez d'argent pour allumer le chauffage.

Les premiers jours d'août, le vieil ours désigna un nouveau Premier ministre, inconnu de la plupart des gens. La nomination de Vladimir Poutine fut accueillie par un scepticisme général. Il s'agissait du cinquième chef de gouvernement qu'Eltsine intronisait en un peu plus d'un an. « Cela ne vaut pas la peine de ratifier cette charge, avait déclaré le chef de la Douma, de toute façon dans deux mois quelqu'un d'autre prendra sa place. » Poutine voyait l'affaire d'un autre œil. Il savait qu'il avait peu de semaines pour imprimer sa marque sur l'opinion publique et il n'avait pas l'intention de perdre de temps.

Nos bureaux ne se trouvaient pas au Kremlin mais à l'intérieur de l'ancien palais des Soviets, surnommé la Maison blanche : un énorme bloc de naphtaline posé sur le bord de la Moskova, qui n'avait pourtant pas sauvé le pays des mites. À l'origine, c'était le Soviet suprême de l'empire soviétique qui s'y réunissait, à présent, plus modestement, le gouvernement de la Fédération de Russie. Après que le vieil ours lui avait envoyé quelques coups de canon dans un moment d'agacement, une entreprise suisse l'avait réarrangée en quelques mois, mais on ne peut pas dire qu'on y respirât un sens d'efficacité alpine. Les corridors étaient peuplés de personnages rassurants, à l'aspect archaïque, vêtus de gris et de marron. Figures hors du temps qui semblaient sculptées dans la cire ; résidus d'un monde fondé sur la durée, l'exact contraire de ce qu'il y avait là-dehors, le tourbillon affolé des dollars et des caméras d'où je provenais.

À l'étage du Premier ministre, on avait libéré une vingtaine de pièces pour les nouveaux arrivants. Nous nous étions installés là : Poutine, son secrétariat, les conseillers économiques et militaires, le staff de la communication. On travaillait jour et nuit : ces parois aseptisées suffisaient à peine à contenir la violence de nos ambitions. À quelques mètres de distance, en revanche, la vie des employés s'écoulait placide comme la berceuse d'une babouchka du dix-neuvième. Par la suite, je me rendrais compte que c'est toujours comme ça dans les ministères. Un petit groupe travaille frénétiquement dans une pièce et tous les autres ne foutent rien. Il y a très peu de relations entre les uns et les autres. Quelques regards respectueux, pas toujours dépourvus d'ironie. En attendant que cela passe aussi, cette énième invasion derrière laquelle l'herbe repoussera tôt ou tard.

Je ne pense pas qu'ils aient compris que nous étions les bons, ceux qui étaient destinés à durer. Comment l'auraient-ils pu ? Nous ressemblions à tous les autres. Les professionnels aux costumes faits sur mesure, les ordinateurs portables, la superbe de ceux qui ont toutes les réponses parce qu'ils comprennent l'anglais. À leurs yeux, pourtant, j'étais différent. Parfois un de ces spectres ministériels me bloquait dans un corridor. « Je peux vous importuner un instant, Vadim Alexeïevitch ?

— Bien sûr, je vous écoute.

— Je voulais vous dire que j'ai connu votre père. Un grand homme. C'étaient les beaux jours ! On ne fait plus de personnages comme lui ! »

Certains le faisaient par flatterie, certes. Mais

la plupart des fois, ces ombres qui interrompaient un instant ma course le faisaient seulement pour établir un contact. Cela les rassurait que parmi nous il se trouve quelqu'un qui avait connu l'ancien monde. Et vous savez quoi ? Cela me rassurait, moi aussi. Chaque fois qu'un de ces personnages qui semblaient sortir d'un livre de Gogol prononçait le nom de mon père, je me sentais pénétré d'une chaleur qui me ramenait à mes années d'enfance, aux manteaux de fourrure et aux voitures de service, aux pirojki et aux côtelettes de la rue Granovskovo. Je lisais dans leurs yeux la même nostalgie, ils m'avaient vu enfant, et sinon moi, quelqu'un comme moi, leur fils peut-être. À l'époque, ils avaient de quoi être fiers. Ils travaillaient au Soviet suprême, au Comité central. Ils rentraient à la maison et racontaient à leurs enfants : « Aujourd'hui j'ai vu le camarade Gromyko, il rentrait de Kaboul, il avait l'air satisfait, on voit que les choses vont mieux là-bas en Afghanistan. »

Déjà tout était fini, mais ils y croyaient encore, ou en tout cas ils pouvaient faire semblant sans que personne ne songe à les démentir. Maintenant, ils avaient perdu jusqu'au droit de feindre. Il leur restait l'orgueil de la durée, le privilège d'observer les nouveaux arrivants avec les yeux de jadis. En les fréquentant, j'avais l'impression de me rapprocher de mon père, je comprenais pour la première fois ce qui lui était arrivé. Je découvrais avec une certaine surprise qu'il y avait en moi aussi un gène capable de s'adapter à ce type d'existence : vivre comme on lit un paquet de journaux, avec le désir de s'en libérer.

Certes, je travaillais dix-huit heures par jour : avec le Premier ministre je prenais part à une succession ininterrompue de réunions, au cours de chacune desquelles se prenaient des décisions historiques. Mais plus je m'enfonçais dans la routine du gouvernement des hommes, plus le monde me semblait plein de malentendus, voué aux explications inutiles et aux occasions perdues. Immense affaire, jamais terminée, qui consomme des vies entières sans laisser de traces : comment avais-je pu penser entamer la surface de la mer muette et indifférente ?

C'est alors que s'est produit l'imprévu. Une nuit d'automne, peu après minuit, quand le bon peuple moscovite venait de se retirer sous ses couvertures, abandonnant la ville aux mafieux et aux top-modèles, un énorme grondement a déchiré les ténèbres de la capitale. Rue Guryanova, à la périphérie de Moscou, des centaines de kilos d'explosifs ont littéralement coupé en deux un immeuble résidentiel de neuf étages. Surprises dans leur sommeil, des dizaines de familles ont été englouties par l'explosion. Quatre jours plus tard, une seconde explosion à cinq heures du matin. Un autre immeuble de la banlieue détruit, plus de cent victimes.

Par la suite, certaines personnes ont dit que les bombes avaient été placées par les amis de

Poutine, les agents des services de sécurité. Franchement, je ne saurais dire quelle est la vérité. Si ce secret en est bien un, grâce à Dieu personne ne l'a partagé avec moi. Cela dit, d'après mon expérience, les choses sont en général plus simples qu'il n'y paraît. Il est clair qu'en politique guérir vaut mieux que prévenir. Si vous déjouez un attentat avant qu'il ne se produise, personne ne s'en rend compte, tandis que réagir avec force, épingler les coupables, cela, oui, produit du capital politique. Mais, d'ici à dire que les bombes ont été placées par le FSB plutôt que par des terroristes tchétchènes, il s'en faut.

Quoi qu'il en soit, ces bombes ont été notre 11 Septembre, avec deux années d'avance, elles ont complètement transformé la scène. Jusque-là, la guerre en Tchétchénie était une question lointaine qui ne concernait que les familles qui avaient des fils militaires là-bas. Il s'agissait d'une petite minorité. Mais, quand les immeubles des banlieues de Moscou ont commencé à sauter en l'air au cœur de la nuit, emportant des centaines de bons citadins russes qui dormaient du sommeil du juste, alors pour la première fois, les Russes se sont retrouvés avec la guerre à la maison.

Notre peuple est valeureux, habitué au sacrifice. Mais je dois dire que je n'avais jamais vu une panique comme celle qui s'est produite après l'explosion des bombes. Les gens n'avaient plus le courage de rentrer chez eux pour dormir. Ils organisaient des rondes nocturnes autour des maisons et si par hasard un inconnu un peu barbu se promenait dans les parages, il risquait de se faire tabasser à mort.

Heureusement, à ce moment-là, il y avait à la tête de l'État quelqu'un capable de donner une réponse. Rétrospectivement, les gens tendent à attribuer au Tsar des pouvoirs surnaturels, mais la vérité est que la seule qualité indispensable à un homme de pouvoir c'est la capacité de saisir les circonstances. Ne pas prétendre les diriger, mais les saisir d'une main ferme.

Poutine n'a jamais aimé s'exprimer en public mais il est clair que le peuple avait besoin d'entendre sa voix. Nous étions au Kazakhstan pour une visite d'État. Tant mieux, les ors du Kremlin auraient été hors sujet : on voulait un lieu plus simple, l'atmosphère d'urgence d'un conseil de guerre improvisé. La conférence de presse commença par quelques questions techniques : le délai des secours, l'état des enquêtes. Le Premier ministre répondit avec le calme qui le caractérise, précis, sans un poil d'émotion : en fonctionnaire ascétique que les Russes commençaient à connaître. Puis un journaliste lui posa une question un peu plus polémique : « Il paraît qu'en réponse aux attentats, vous avez donné l'ordre de bombarder l'aéroport de Grozny. Vous ne pensez pas que des actions de ce genre risquent d'aggraver la situation ? »

À ce point, il s'est produit un phénomène qu'aujourd'hui encore je ne saurais tout à fait expliquer. Poutine est resté silencieux pendant un moment. Et quand il a repris la parole, il n'avait pas changé d'expression, mais sa présence avait assumé une consistance différente, comme si son corps avait été immergé dans une cuve d'azote liquide. Le fonctionnaire ascétique s'était soudainement transformé en archange de la mort. C'était la première fois que j'assistais à un phénomène de ce genre. Jamais, même sur les scènes des meilleurs théâtres, je n'avais été témoin d'une transfiguration de ce genre.

« Je suis las de répondre aux questions de ce type, a-t-il sifflé sans même regarder le journaliste qui la lui avait posée. Nous frapperons les terroristes où qu'ils se cachent. S'ils sont dans un aéroport, nous frapperons l'aéroport, et s'ils sont aux chiottes, excusez mon langage, nous irons les tuer jusque dans les cabinets. »

Dit ainsi, cela peut sembler banal et certes un peu vulgaire, mais vous n'avez pas idée de l'impact que cette phrase a produit sur le public. C'était la voix du commandement et du contrôle. Depuis longtemps les Russes ne l'entendaient plus, mais ils l'ont tout de suite reconnue, parce que c'était celle à laquelle étaient habitués leurs pères et leurs grands-pères. Un immense soupir de soulagement a balayé les avenues de Moscou et ses banlieues tremblantes, les forêts et les plaines infinies de la Sibérie. Au sommet, il y avait à nouveau quelqu'un capable de garantir l'ordre.

Ce jour-là, Poutine est devenu Tsar à part entière. Et, quant à moi, je me suis rappelé une leçon de grand-père. « Sais-tu quel est le problème ? m'avait-il demandé un jour alors que nous nous baladions dans les bois de sa campagne. L'œil humain est fait pour survivre dans la forêt. C'est pour cette raison qu'il est sensible au mouvement. N'importe quelle chose qui bouge, même à la périphérie la plus extrême de notre regard, l'œil la capte et transporte l'information au cerveau. En revanche, tu sais ce que l'on ne voit pas ? » J'avais secoué la tête. « Ce qui reste immobile, Vadia. Au milieu de tous les changements, nous ne sommes pas entraînés à distinguer les choses qui restent les mêmes. Et c'est un grand problème parce que, quand on y pense, les choses qui ne changent pas sont presque toujours les plus importantes. »

C'est une leçon que je n'ai jamais oubliée. Aucun d'entre nous ne l'a fait. C'est pour ça que quand le Tsar parle de politique il ne donne jamais de chiffres : il parle le langage de la vie, de la mort, de l'honneur, de la patrie. Le gouvernement des hommes n'est pas une activité qui peut être laissée à une bande de lâches, trop paresseux pour faire de l'argent, trop timides pour devenir rock stars. Comptables à la recherche de gloire, homoncules qui pensent que la politique se réduit à l'administration d'un immeuble.

Ce n'est pas du tout ça. La politique a un seul but : répondre aux terreurs de l'homme. C'est pourquoi au moment où l'État n'est plus capable de protéger les citoyens de la peur, le fondement même de son existence est remis en discussion. Quand, à l'automne 1999, la bataille du Caucase se déplace à Moscou, et que les immeubles de neuf étages commencent à s'effriter comme des châteaux de sable, le bon citoyen moscovite, déjà désorienté de son côté, voit pour la première fois face à lui le spectre de la guerre civile. L'anarchie, la dissolution, la mort. La terreur primordiale, que le démantèlement même de l'Union soviétique n'avait pas réussi à éveiller, commence à pénétrer les consciences. Qu'est-ce qui va m'arriver ?

La verticale du pouvoir est la seule réponse satisfaisante, l'unique capable de calmer l'angoisse de l'homme exposé à la férocité du monde. Voilà pourquoi, après les bombes, son rétablissement est devenu plus que jamais la priorité du Tsar. Sortir de la logique occidentale du gadget, du débat entre bureaucrates qui confrontent des courbes statistiques pour construire un système qui satisfasse les exigences fondamentales de l'homme : telle est la mission à laquelle nous nous sommes attelés à partir de ce moment. La politique des profondeurs, jour et nuit, sans aucune interruption.

12

Le matin du 31 décembre 1999, quand vos journaux étaient pleins d'articles ridicules sur le bug du millénaire qui risquait de ficher en l'air les ordinateurs et de faire tomber les avions, Poutine m'a convoqué dans son bureau. « Dis-moi, Vadim, est-ce qu'à l'académie d'art dramatique on vous a appris à sauter en parachute ? »

Cela m'a paru une question d'un goût douteux et je suis resté silencieux.

« Mais on vous aura au moins appris à faire semblant, non ? »

L'habituelle lueur d'ironie brillait dans l'œil du Tsar. Debout à ses côtés, Sechine jouissait de la scène avec la volupté du doberman qui a finalement reçu à manger le petit chat qu'il avait observé dans le jardin du voisin. Comme je continuais à me taire, Poutine a ajouté sur un ton sec : « En tout cas, prépare-toi, on part dans l'après-midi. »

En effet, quelques heures plus tard nous avons gagné l'aéroport militaire, où nous attendait un vol pour la capitale du Daguestan. Puis, de là, nous sommes montés dans trois hélicoptères dirigés vers Goudermes, en Tchétchénie. À bord se respirait déjà un peu de l'air d'excitation et de folie qui entoure la guerre, où simplement rester vivant constitue en soi une décharge d'adrénaline. Pour moi, c'était une nouveauté : à dix-huit ans les derniers restes des privilèges paternels m'avaient permis de sécher le service militaire. Maintenant, pendant que j'écoutais distraitement les plaisanteries que Poutine échangeait avec les officiers, et que je respirais pour la première fois les vapeurs de la guerre, je commençais à comprendre comment certains hommes peuvent les apprécier au point de les préférer à n'importe quelle autre drogue. Contrairement aux hélicoptères civils dans lesquels j'avais eu l'occasion de monter jusque-là, celui-ci ne présentait pas la moindre ouverture vers l'extérieur. Nous nous trouvions dans une cabine blindée, suspendue sur la nuit du Caucase, et ce simple fait avait transformé en quelques minutes des étrangers en frères, unis, plus que par la peur, par l'exigence de ne pas en laisser transparaître la moindre trace, de l'éviter avec le maximum de soin. Malgré le bruit assourdissant produit par les pales de l'hélicoptère, tout le monde avait envie de faire la conversation. Nous avons commencé par échanger des souvenirs de Nouvel An de notre enfance. Certains avaient grandi dans des villages perdus, qui à Kazan ou à Novossibirsk, mais il était clair qu'aucun d'entre nous n'avait jamais imaginé pouvoir passer un jour la fin de l'année à bord d'un hélicoptère en compagnie du Tsar. Poutine, du premier rang où il se trouvait, se tournait tout le temps de notre côté, et à l'expression de ses yeux on comprenait que son émerveillement était encore plus grand. Au fond, maintenant, le tsar c'était lui.

À un certain moment, quelqu'un s'est rendu compte que les douze coups de minuit étaient sur le point de sonner et Sechine, qui à l'époque ne s'était pas encore familiarisé avec les grands crus français, a sorti une bouteille de champagne moldave. Nous avons trinqué à la santé du peuple russe, puis à celle des troupes auprès desquelles nous nous rendions mais, précisément à ce moment, les pilotes nous ont annoncé qu'ils n'étaient pas en mesure d'atterrir : ils avaient besoin d'une visibilité de cent cinquante mètres et il n'y en avait que cent, ou quelque chose comme ça. L'atmosphère a immédiatement changé. Le Tsar a tenté d'insister pour que nous atterrissions, mais quand il a compris que cela ne serait pas possible il s'est muré dans le silence. Les hélicoptères ont rebroussé chemin et tout le monde a considéré que la mission avait avorté. Au fond, des troupes à passer en revue, il y en avait aussi au Daguestan, disaient les uns et les autres sur un ton mondain, nous irions à Goudermes une autre fois.

Personnellement, je me suis bien gardé de formuler des propositions, quelles qu'elles soient.

Conseiller à un prince d'abdiquer n'est jamais une bonne idée, y compris dans les cas les plus anodins. En fait, à peine les hélicoptères se sont-ils posés à nouveau sur la piste d'où nous étions partis que nous avons compris que si c'était en Tchétchénie que le Tsar voulait fêter le Nouvel An, c'est là que nous irions, même au risque de sauter sur une mine ou de finir dans une crevasse. À une heure du matin nous sommes montés dans les jeeps et nous sommes dirigés vers les cols. Pendant un temps infini, plongés dans une complète obscurité, nous avons longé les ravins du Caucase : sans rien voir, on ne percevait dans les ténèbres que la présence d'un paysage noir, battu par le vent et le froid, et l'irrésistible volonté de l'homme qui nous conduisait. Il a fallu presque quatre heures, mais nous sommes arrivés à Goudermes peu avant l'aube. Les soldats étaient somnolents et surpris. Ils ne pouvaient croire que le Tsar se soit donné tout ce mal pour venir les voir. La plupart n'étaient que des gamins en uniforme, ils se frottaient les yeux comme dans un conte de fées.

Après avoir passé brièvement les troupes en revue, nous nous sommes retrouvés sous une tente avec une trentaine d'officiers. Là, on percevait une situation réduite à ses traits essentiels, comme à l'âge de fer. Certes, la visite des autorités impressionnait, mais nous étions dans un endroit où l'autorité se conquérait sur le champ de bataille. La proximité de la mort simplifiait de beaucoup la situation ; il n'y avait plus de place pour les politesses. Les hommes observaient Poutine avec ce mélange de déférence et d'ironie qui caractérise le rapport des Russes avec le pouvoir. Ils semblaient en attente. Un caméraman qui avait fait le voyage avec nous filmait la scène. Il était difficile de ne pas jouer les touristes. Pour célébrer la nouvelle année, le commandant de l'unité avait prévu un toast. Tous les regards étaient braqués sur le Tsar. Mais, alors qu'il avait déjà la coupe en main, Poutine a marqué une pause.

« Attendez un instant, a-t-il dit en faisant circuler son regard de verre sur l'assistance, j'aimerais boire à la santé des blessés et adresser mes vœux à tous les présents mais nous avons beaucoup de problèmes et de graves tâches devant nous. Vous le savez très bien. Vous connaissez les plans de l'ennemi. Nous les connaissons nous aussi. Nous savons quelles seront leurs provocations, même à l'avenir. Et nous savons où elles auront lieu. Nous n'avons pas le droit de nous octroyer une seconde de faiblesse. Pas même une seule seconde. Si nous baissons la garde, ceux qui sont morts seront morts en vain. C'est pourquoi je vous suggère de remettre les verres sur la table. Nous boirons ensemble, mais plus tard. »

Je ne le lui avais pas suggéré. Je ne crois pas qu'il ait prémédité ce geste. Mais il a frappé les personnes présentes comme s'il leur avait versé un seau d'eau glacée sur la tête. À cet instant, le Tsar et les militaires sont devenus une seule et même chose, comme une famille au cœur d'un incendie, tenue ensemble par l'amour et l'orgueil. Puis, entouré par les officiers, le Tsar a distribué des médailles et des couteaux de chasse aux soldats : « Vous n'êtes pas en train de combattre seulement pour défendre l'honneur et la dignité du pays, leur a-t-il dit. Vous êtes ici pour mettre un terme à la désintégration de la Russie. »

Ce soir-là, aux infos, les Russes ont pu voir leurs soldats, les yeux humides, déterminés et fiers comme cela n'était plus arrivé depuis des années. Parce qu'à leur tête il y avait à nouveau un chef.

C'est là que j'ai commencé à soupçonner Poutine d'appartenir à ce que Stanislavski appelait la race des grands acteurs. Il y a, voyez-vous, trois types d'interprètes. Le premier possède le talent instinctif qui, quand il est en forme, réussit à entraîner son public ; mais pas dans les mauvais jours, où il devient emphatique et gênant. C'est le type de comédien qui peut détruire à lui tout seul une production entière. Puis il y a l'acteur méthodique, celui qui étudie, qui fait des exercices de respiration, passe ses nuits à répéter les gestes et les intonations. Celui-là, c'est le contraire, avec lui vous ne risquez pas d'éprouver de grandes émotions, mais il ne déçoit pas. Il fait toujours ce qu'il a à faire et l'on peut compter sur ses immuables clichés en toutes circonstances. Poutine n'est ni l'un ni l'autre. Comme tous les grands politiques, il appartient au troisième type : l'acteur qui se met lui-même en scène, qui n'a pas besoin de jouer parce qu'il est à tel point pénétré par le rôle que l'intrigue de la pièce est devenue son histoire, elle coule dans ses veines. Quand un metteur en scène se trouve avoir entre les mains un phénomène de ce genre, il n'a presque rien à faire. Il doit se contenter de l'accompagner. Éviter de lui compliquer la vie. Lui donner une petite poussée de temps en temps, légère. Cette campagne électorale s'est déroulée ainsi. En théorie, j'aurais dû en être le metteur en scène, le stratège, comme disait Boris, qui pensait qu'il l'était lui. Or il n'en était rien. Aux commandes, il y avait déjà Poutine. Seul.

Pendant que tout cela arrivait, Berezovsky continuait à habiter dans le monde des rêves. Il harcelait le Tsar de coups de téléphone et de demandes de rendez-vous. Il se proposait comme médiateur en Tchétchénie, comme ambassadeur en Europe, comme directeur de campagne à Moscou. Il n'y a rien de pire que le virus de la politique. Surtout quand il frappe ceux qui n'ont pas d'anticorps pour le tenir sous contrôle. Boris était un homme très intelligent. Mais l'intelligence ne protège de rien, même pas de la stupidité.

Je me souviens d'une rencontre dans le bureau du Tsar, à la Maison blanche. Berezovsky, qui n'avait pas vu Poutine depuis des semaines, était encore plus agité que d'habitude. « Nous sommes en train de devenir trop négatifs, Volodia, trop sombres. C'est bien, la guerre, on a compris que tu es un grand général, tu nous conduiras à la victoire, je te ferai construire un arc de triomphe si tu veux. Mais tu sais ce qu'a fait Jules César quand il est rentré des Gaules ? Il s'est couvert de dettes jusqu'au cou pour offrir aux Romains trois semaines de fêtes. *Panem et circenses*, Volodia, ça te dit quelque chose ? Toi, tu n'as même pas à te couvrir de dettes parce que c'est moi qui payerai la facture. Mais offrons quelque chose à ces pauvres Russes, sinon, au lieu de voter, ils vont se jeter par les fenêtres ! »

En réalité, celui qui était sur le point de se jeter par la fenêtre, c'était lui, Berezovsky, et le Tsar le savait très bien. Il avait besoin de se sentir indispensable et il sentait qu'au contraire son utilité diminuait jour après jour. La non-campagne que j'avais mise au point pour Poutine ne lui coûtait pas un rouble, alors que Boris avait besoin d'accumuler des crédits. Il voulait que nous fassions appel à lui, à ses télévisions, à ses caisses noires pour financer des spots publicitaires, de l'affichage, des meetings. « On me dit que vous avez renoncé jusqu'aux espaces publicitaires gratuits à la télévision ? Si vous continuez comme ça, les gens oublieront que tu es candidat, Volodia. Ils penseront que tu es en train d'ouvrir la voie pour Loujkov ou pour Primakov.

— Ne sois pas ridicule, Boris. » C'était la première fois que j'entendais le Tsar s'adresser à

Berezovsky sur un ton aussi tranchant. « Nous sommes le gouvernement. Notre campagne c'est l'information, les choses que nous faisons, l'histoire que nous écrivons. Personne ne croit plus à la publicité, les faits sont la seule publicité qui nous intéresse. »

Berezovsky se retira comme s'il avait été mordu par un scorpion. Un bref moment je pensai qu'il s'était enfin rendu compte de son erreur d'évaluation. Mais naturellement je me trompais. Boris était allé beaucoup trop loin. Des années de paris gagnés et de pouvoir illimité l'avaient engraissé comme un veau prêt pour l'abattoir. Il n'était plus capable de mesurer correctement les rapports de force. Plutôt que d'analyser les dynamiques objectives qui se développaient sous ses yeux, il avait pris l'habitude de tout juger en termes de relations personnelles. Certes, son aide avait été importante pour l'ascension du Tsar. Et, j'ajouterais, Poutine n'est pas un ingrat. Il n'est pas de ceux qui, quand ils accèdent au pouvoir, récompensent ceux qui les ont aidés en les envoyant travailler dans les mines de sel. En cela Berezovsky avait vu juste : le Tsar connaît et cultive le sens de la reconnaissance.

Mais il s'agit bien d'un homme de pouvoir. Il en a le goût, le sens et la nécessité. Je ne sais pas comment Boris avait pu imaginer qu'une fois monté sur le trône, le Tsar accepterait de partager le sceptre avec lui. Ou même seulement tolérerait de maintenir un rapport d'égal à égal avec un de ses sujets. Il suffisait de l'observer un moment pour s'en rendre compte. Mais voilà justement le problème : Berezovsky n'avait jamais passé un seul instant à observer Poutine sérieusement. Il l'avait connu en exécuteur silencieux et jamais au grand jamais il ne lui était venu à l'esprit que son impénétrable réserve puisse cacher autre chose qu'une nature serviable et dépourvue de fantaisie.

Il est vrai que chacun d'entre nous fait mieux certaines choses que d'autres, mais j'ai rarement vu une combinaison d'intelligence pointue et de stupidité abyssale comme celle de Berezovsky. Il était capable de monter les systèmes les plus compliqués, de faire apparaître des trésors du vide, comme un génie de la bouteille. Mais il y avait des choses qui lui échappaient et qui seraient apparues évidentes au dernier de ses sous-fifres. En définitive, je crois qu'il était si profondément concentré sur lui-même qu'il n'avait jamais eu le temps d'observer les autres. Un défaut qu'il a fini par payer très cher.

13

Le Tsar a restauré la verticale du pouvoir en Russie et les électeurs lui en ont été reconnaissants. Nous avons gagné les élections au premier tour, sans ballottage. Mais la lutte contre les forces qui faisaient craindre la dissolution du pays n'en était qu'à ses débuts, car les ennemis les plus dangereux se trouvaient à l'intérieur de notre camp. Après l'élection de Poutine, Berezovsky s'est mis en attente. Il a cessé d'accabler le Kremlin de coups de téléphone, auxquels personne ne répondait. Un de ses journalistes a critiqué la pompe de l'inauguration. D'autres ont ironisé sur la formation du gouvernement. Mais on comprenait que Boris attendait autre chose : l'occasion de faire comprendre au Tsar qui était celui qui commandait vraiment. Et l'occasion s'est un jour présentée.

Mi-août, Poutine a quitté Moscou pour se rendre en vacances à Sotchi. À l'époque, le Tsar se contentait encore de peu, en matière de distractions. Il n'avait pas fait la connaissance de

Berlusconi, ne s'était pas non plus familiarisé avec les Patek Philippe édition limitée ni avec les yachts de cent vingt mètres de long. Quelques jours de luxe étatique dans la vieille résidence estivale des secrétaires du PCUS, en compagnie de son épouse et de ses filles, une promenade en bateau et un barbecue de brochettes de porc et d'esturgeon les journées de soleil suffisaient amplement à satisfaire les goûts simples du fonctionnaire qu'il avait à peine cessé d'être.

Mais, peu de jours après son arrivée à Sotchi, la tranquillité du Tsar a subi une brusque interruption quand un sous-marin nucléaire de la marine russe a coulé pendant un exercice dans la mer de Barents. Il y avait à bord une centaine de membres d'équipage : certains d'entre eux sont morts sur le coup tandis que les autres étaient piégés au fond de la mer. Au début, nous avons cherché à garder le secret, comme on l'avait toujours fait, mais deux jours plus tard, la nouvelle, on ne sait comment, a commencé à filtrer.

Berezovsky a bondi comme un ours à l'affût sur le bord de la rivière. L'ORT a interrompu sa programmation pour couvrir l'événement en continu. Ils ont loué un hélicoptère pour survoler la zone où avait coulé le sous-marin. Ils sont allés dans les capitales européennes pour interviewer des experts qui se demandaient pourquoi les autorités russes refusaient leur assistance pour venir en aide à leurs marins. Ils ont mis à l'antenne des ingénieurs qui analysaient les probabilités d'asphyxie, des psychologues qui décrivaient dans les moindres détails le sens de « claustrophobie ». Et puis, surtout, les familles. Ils sont allés chercher un à un les parents de ces malheureux qui étaient emprisonnés à l'intérieur du sous-marin. Chaque babouchka avait son histoire déchirante à raconter, chaque fiancée un portrait du héros disparu au fond de la mer pendant qu'il se prodiguait pour la défense de la patrie : tous étaient en colère contre les autorités qui au début avaient fait comme si de rien n'était, puis s'étaient montrées incapables d'entreprendre la moindre action de sauvetage.

Ils sont en train d'étouffer là-dessous ! Nos garçons sont en train de mourir asphyxiés ! Un seul cri angoissé s'élevait des viscères du peuple russe. Ou du moins c'est ce que donnait à entendre la télévision de Berezovsky. Et où était le Tsar pendant que tout cela avait lieu ? Sur la mer Noire, en vacances ! En train de faire du ski nautique ! Un incapable. Un monstre. Les commentateurs n'y allaient pas de main morte. Pour la première fois, le détachement du Tsar qui avait tant contribué à sa popularité apparaissait comme un trait négatif, inhumain.

Je me suis précipité à Sotchi dès que possible. Au début, ce n'était pas clair pour moi non plus, le fait que Poutine n'ait pas accouru sur place.

« Que veux-tu que je fasse, m'a-t-il répondu. Ils sont tous morts, c'est évident. Nous ne pouvons pas le dire parce que nous n'avons pas encore réussi à les atteindre, mais il est évident que c'est le cas. Tout le cirque de Berezovsky n'est rien d'autre que cela : un cirque. »

C'était vrai, bien entendu. Boris avait monté le chapiteau, placé les gradins et il attendait maintenant que Poutine descende s'exhiber dans l'arène. Le Tsar, qui ne supportait pas l'idée de se trouver dans la position de la bête sauvage dressée, ne voulait pas lui faire ce plaisir. « Dites que je ne veux pas gêner les opérations de secours », avait-il ordonné à son porte-parole. Et c'était la version que nous étions obligés de répéter à l'extérieur. Mais cela ne marchait pas ; c'était un argument rationnel au beau milieu d'une explosion d'hystérie, était-il possible que Poutine ne s'en rende pas compte ?

Un soir, cela devait être le deuxième ou le troisième jour après le début de la crise, nous étions devant le journal télévisé. Le Tsar mettait un point d'honneur à suivre le JT même en temps normal, et au cours de ces journées il n'en ratait pas un. Après avoir passé les habituels reportages sur l'impuissance de la marine, l'absence de Poutine, l'effarement des étrangers et le désespoir des familles, le présentateur s'est tourné vers la caméra : « Étant donné que les autorités ne font rien, a-t-il dit, l'ORT a décidé d'organiser une souscription pour les familles des marins. Appelez ce numéro si vous voulez aider les parents des héros abandonnés à leur destin par l'État russe. » Alors Poutine a explosé.

« Tu te rends compte, Vadia ? Ceux qui ont

détruit l'État pendant dix ans, qui ont tout volé, qui ont mis l'armée sur le pavé, ont maintenant le courage d'organiser des collectes pour les familles des victimes ! Des collectes ! Ces salauds feraient mieux de vendre leurs chalets de Saint-Moritz ! Appelle-moi ce fils de pute, appelle-le sur son portable ! »

Il n'a pas eu besoin de préciser à qui il faisait allusion. Pendant un moment, Berezovsky a écouté en silence le Tsar déverser sur lui toute son indignation. J'avais l'impression de le voir, vautré sur un fauteuil au bord de sa piscine, avec l'expression d'un chat persan particulièrement content de lui plaquée sur le visage. Puis il lui a demandé : « Mais, Volodia, dis-moi juste une chose : pourquoi es-tu au bord de la mer Noire ? Tu devrais être sur place, en train de coordonner les opérations. Ou en tout cas à Moscou. »

Aveuglé de colère, le Tsar a répondu sans réfléchir : « Et toi, pourquoi es-tu sur la Côte d'Azur, Boris ?

— Mais enfin, Volodia, je ne suis pas le président, tout le monde se fout de savoir où je suis ! »

Il avait tout à fait raison. Mais, comme ça arrive souvent, cela n'a pas amélioré sa position.

« Boris, est-ce que tu te rends compte que ta chaîne est en train de mettre à l'antenne des putes qu'on paye pour jouer le rôle des femmes et des sœurs des marins ? Vous êtes la télévision d'État et vous complotez contre la présidence ? Aurais-tu perdu la tête ? »

À l'autre bout du fil, Berezovsky s'énervait à son tour. « Mais qu'est-ce que tu racontes, Volodia ? Ce ne sont pas des actrices, ce sont leurs vraies femmes ! Si tu étais allé les voir au lieu d'écouter tes sbires du FSB, tu le saurais ! »

La conversation a continué sur ce registre pendant un moment, puis Boris a enfin changé de ton : si Poutine se rendait à la rencontre des parents des marins, l'ORT garantirait une couverture favorable, a-t-il assuré.

Pour le Tsar, l'idée de se faire dicter sa conduite par Berezovsky était intolérable. Mais que pouvait-il faire d'autre à ce moment-là ? Soudain, c'était comme si lui aussi gisait dans ce sarcophage d'acier au fond de la mer. Et que la seule personne capable de le remonter à la surface était Boris.

Quand il a raccroché, le visage du Tsar ressemblait à un masque de cire.

« Rentrons à Moscou et organisons cette foutue rencontre, a-t-il dit dans un murmure. Puis, dès que nous serons sortis de ce bordel, nous nous occuperons de ton ami. »

14

Parmi les récits du front d'Isaac Babel, il y en a un qui s'intitule « Ma première oie ». Il raconte l'histoire du premier jour d'un jeune Juif enrôlé dans l'Armée rouge pendant la campagne de 1920. À peine est-il arrivé que ses compagnons de régiment, des cosaques analphabètes, commencent à le prendre pour cible à cause de ses lunettes et de son petit air d'intellectuel. L'un d'entre eux se lève sans dire un mot et jette sa valise au milieu de la rue, puis se retourne et lance des cris moqueurs. Que fait alors le jeune homme ? Il ne pleurniche ni ne proteste mais, apercevant une oie qui se déplace tranquillement, il l'attrape d'un geste vif, lui écrase la tête de son brodequin puis l'empale sur son sabre et la porte à la cuisinière qui ne voulait pas lui servir son dîner. « Cuisine-moi ça », lui dit-il. À partir de ce moment, évidemment, les cosaques l'accueillent parmi eux. Il porte peut-être des lunettes, le petit Juif, mais au fond c'est un brave garçon et qui sait se faire respecter.

Voilà. Berezovsky a été ma première oie. Je venais du théâtre, mon père était un intellectuel et je devais faire comprendre aux cosaques que je n'étais pas un bon à rien. Lui enlever la télévision a été la chose la plus simple du monde. Berezovsky ne contrôlait pas la majorité, seulement quarante-neuf pour cent. Le reste appartenait à l'État. Il a suffi d'appeler le directeur général de l'ORT et de lui dire que désormais il recevrait ses directives du Kremlin, plutôt que des salons de la maison Logovaz.

— Un geste plutôt brutal.

— Bah, vous savez ce qu'on dit : la pitié du bourreau consiste dans la précision de son geste. C'est vrai, Boris n'a pas pris ça très bien. D'un jour à l'autre, les directeurs de sa télévision cessent de lui répondre au téléphone. Son journaliste préféré est renvoyé sur-le-champ. Même les soubrettes qui animent le club-house de la Novokouznetskaïa cessent de passer à l'antenne. Berezovsky est devenu fou. Il a commencé à harceler le monde entier d'invectives furibondes. Et comme Poutine ne lui répondait pas, il m'appelait moi et se défoulait en m'accusant de n'importe quel méfait, y compris certains que je n'avais pas commis.

Tout cela était normal. N'importe qui aurait fait la même chose, à sa place. Mais Berezovsky n'était pas n'importe qui. Et c'est pour cette raison qu'au lieu d'accepter la défaite, il a commis une erreur fatale : il a convoqué une conférence de presse pour dénoncer l'abus de pouvoir et le risque d'un tournant autoritaire en Russie. Il s'est présenté devant les caméras de télévision jacassant de la liberté de la presse et de droits violés comme s'il était Soljenitsyne. Alors, les gens l'ont pris pour ce qu'il était. Un affairiste sans scrupules qui s'accrochait à son pouvoir compromis par l'ascension du Tsar.

Berezovsky était très brillant mais il n'avait pas étudié l'histoire. S'il l'avait fait, il aurait compris que, contrairement aux lois de la nature, les règles du pouvoir changent. La montée en puissance des oligarques s'était produite pendant cette sorte d'entracte féodal qui avait suivi la chute du régime soviétique. Boris et les autres étaient alors devenus les colonnes d'un système dans lequel le pouvoir du Kremlin dépendait substantiellement d'eux, de leur argent, de leurs journaux, de leur télévision. Quand ils avaient décidé de parier sur Poutine, les oligarques pensaient simplement changer de représentant, pas changer de système. Ils avaient pris l'élection du Tsar pour un simple événement, alors qu'il s'agissait du commencement d'une nouvelle époque. Une époque dans laquelle leur rôle était destiné à être revu.

Qui connaît la Russie sait que chez nous le pouvoir est sujet à de périodiques mouvements telluriques. Avant qu'ils ne se produisent, on peut tenter d'en orienter le cours. Mais, une fois qu'ils sont survenus, tous les engrenages de la société se repositionnent en conséquence, selon une logique aussi silencieuse qu'implacable. Se rebeller contre ces mouvements est aussi vain que serait le fait de s'opposer à la rotation de la Terre autour du Soleil.

Non seulement Berezovsky mais aussi tous les oligarques aimaient à se présenter comme les piliers de la démocratie et ils s'attendaient à ce que les gens érigent des barricades en leur défense. Mais ils surestimaient leur popularité. En revanche, nous, nous la connaissions. Relisez Aristote : le premier geste du démagogue, une fois arrivé au pouvoir, est le bannissement des oligarques. Les gens voyaient Boris et ses compagnons comme des profiteurs qui avaient accaparé l'immense patrimoine de l'Union soviétique à coups de marteau sur les dents. Et puis, une fois conquise leur montagne d'argent, ils avaient ôté leurs gilets pare-balles, enfilé leurs costumes faits sur mesure et ils avaient proclamé : plus de coups de marteau, on suit désormais le fair-play de la Chambre des lords. Au fond, il est logique que beaucoup d'entre eux se soient exilés à Londres. C'est d'ailleurs là que s'est rendu Berezovsky quand il a finalement compris l'ampleur de ses erreurs d'appréciation.

Peu avant son départ, j'allai le voir une dernière fois, à la maison Logovaz. Le Tsar m'avait prié de lui faire savoir qu'il le considérait toujours comme un ami. « Fais-lui comprendre qu'il doit se tenir à l'écart de la politique une fois pour toutes, m'avait-il dit. En ce qui me concerne, s'il le fait, il peut rester tranquillement à Moscou pour gérer ses affaires. Ou bien il peut s'en aller à l'autre bout du monde. Mais s'il s'occupe de politique il nous trouvera toujours sur son chemin. »

Peu de choses sont plus tristes que les lieux de pouvoir abandonnés, où les fantômes du passé sont plus forts que les hommes en chair et en os qui s'obstinent à les habiter. À la maison Logovaz, je me retrouvai face à un Berezovsky déjà pratiquement seul. Bien que je me sois efforcé de transmettre le message du Tsar en termes amicaux, il ne le prit pas très bien. Au début il essaya de se retenir, mais plus nous avancions dans la conversation et plus il donnait libre cours à la rage qu'il avait accumulée ces derniers mois.

« Poutine est un tchékiste, Vadia : de la race la plus féroce, celle qui ne fume ni ne boit. Ce sont les pires, parce qu'ils cultivent les vices les plus cachés. Il mettra la Russie aux fers. Tout ce que nous avons fait ces dernières années pour devenir un pays normal sera balayé. Même toi, Vadia, tôt ou tard. En fait, toi tu l'as déjà ton collier, tu es le petit caniche du tchékiste. Comme ton père, on voit que vous avez cela dans le sang, la soumission. Des aristocrates ? Vous êtes des serfs, tous tels que vous êtes, depuis des générations ! »

Ses paroles glissaient sur moi sans laisser de

traces, comme un ruisseau de montagne sur la roche. Je pensais mollement que Custine lui aurait donné raison, dommage que Boris ne l'ait jamais lu, cela lui aurait été utile. Il poursuivait et se contredisait.

« Mais on ne vous laissera pas le faire, Vadia. Il y a les Européens, les Américains. Les Russes ont connu la démocratie pour la première fois. La guerre civile éclatera... »

Sur la guerre civile, je dois avouer que j'ai eu envie de rire : comme le disait ce diplomate français, l'avantage de la guerre civile sur l'autre, c'est qu'on peut rentrer manger chez soi.

« Bravo, rigole, Vadia. – Boris était de plus en plus perturbé. – Vous êtes en train de construire un régime pire que l'Union soviétique. Au moins, à l'époque, la férocité des chiens de garde du KGB était contrôlée par les hommes du Parti. Maintenant le Parti n'existe plus et les tchékistes ont pris le pouvoir directement. Qui mettra un frein à leur arrogance, à leur envie, à leur profonde stupidité ? Toi, Vadia ? Ou bien un de tes amis du théâtre ? Le KGB sans le Parti communiste n'est qu'un gang de bandits ! »

Je me retins difficilement de rappeler à Berezovsky notre première rencontre avec Poutine à la Loubianka, la désinvolture avec laquelle lui-même était allé pêcher le successeur d'Eltsine dans les méandres de ce sinistre cachot. Ses insultes me laissaient indifférent, mais je dois admettre que sa parfaite mauvaise foi commençait à me taper sur les nerfs.

« Heureusement qu'il y a les médias, la presse. Ils se sont habitués à la liberté et ne se la laisseront pas ôter comme ça, crois-moi.

— Allons bon ! Mais Boris, ce n'est pas toi qui disais qu'un journaliste s'achète avec de la petite monnaie ? C'est un domestique, disais-tu, auquel tu permets de s'asseoir à tes côtés, tu te donnes la peine de lire un ou deux de ses éditoriaux et il t'appartient, il se gonfle d'importance comme un vieux paon. Mais peut-être que je me trompe, Boris, ce n'était pas toi. »

Je n'aurais pas dû, je sais. Mais il y a une limite à la patience, non ? Boris s'interrompit soudain, comme s'il avait vu un fantôme. C'était son reflet : le spectre des Berezovsky du passé. Il le savait lui aussi, pas besoin d'insister.

Maintenant il m'observait avec tristesse. Il s'était fait vieux soudain. Sa saison était terminée et ne reviendrait plus. Il pouvait garder son argent, ça oui. Il allait devenir un de ces hommes riches, que l'on fait semblant d'écouter parce qu'ils payent l'addition à la fin du dîner et c'est tout. Ses opinions n'auraient plus d'influence sur le cours des événements.

« Bravo, Vadia, tu es devenu l'un d'entre eux. Tu as gardé quelques enregistrements pour me faire tomber ? Tu les as fait écouter au Tsar comme l'aurait fait Sechine ? Cela a bien marché pour toi jusqu'à présent ; le seul problème, c'est que tu n'es pas comme eux et tu ne le seras jamais. » La voix de Berezovsky s'était muée en un sifflement de haine. « Ce sont des bêtes féroces, Vadia. Ils viennent du néant, ils se sont fait un chemin à coups de massue, sans règles, sans limites. Ils ont faim, une faim atavique. Ils ont été humiliés, ils viennent de siècles d'humiliation. Ils doivent tout prendre, tout de suite, parce qu'ils savent que la roue tourne. Qu'est-ce que tu peux en savoir, toi ? Pour les gens comme toi, la roue ne tourne jamais.

— C'est possible, Boris, je ne sais pas. Ce que je sais, c'est que la Russie s'est toujours faite comme cela, à coups de hache. »

Berezovsky m'adressa finalement un demi-sourire. Le numéro était terminé, il était le premier à le savoir. Il ne restait rien d'autre à faire que de se lever et de s'en aller. Il y avait une certaine dignité mélancolique chez le vieil acteur obligé de tirer sa révérence. En tout cas, c'est ce que je pensai ce soir-là en sortant pour la dernière fois de la maison Logovaz.

15

La politique est un drôle de métier. Pour y faire carrière, il faut rester arrimé au territoire. Interpréter les aspirations de la femme au foyer, du cheminot, du petit commerçant. Puis, quand vous arrivez au sommet, elle vous jette sur la scène globale. Soudain, les grands de ce monde deviennent des pairs. Et ils forment déjà un cercle, parce qu'ils y sont depuis quelque temps, ils ont eu le temps de se connaître entre eux, d'apprendre les codes de base. Vous, en revanche, n'êtes qu'un débutant propulsé sur la scène pour une représentation surprise. Dans votre pays, vous pouvez être respecté ou craint, mais ici vous n'êtes que le dernier arrivé. Vous devez recommencer à zéro, tout réapprendre, à partir de la façon de marcher, d'adresser un salut. Les réunions du G8, les assemblées de l'ONU, les forums de Davos : chaque occasion a ses rituels. Vos nouveaux amis se montrent affables, chacun d'entre eux paraît désireux de vous donner un coup de main. Mais il ne faut pas se faire d'illusions. Chacun d'entre eux a un plan pour vous baiser.

Pendant que Berezovsky prenait son envol pour Londres, nous prenions la direction inverse : d'abord Tokyo, puis New York. À JFK, notre ambassadeur auprès des Nations unies nous accueillit au pied de l'avion avec un petit cortège de voitures et de SUV noirs, précédés par une voiture de police. Sortis de l'aéroport, nous avancions comme des escargots, nous nous arrêtions aux feux rouges, de temps en temps une sirène se faisait entendre quand quelque conducteur distrait se glissait dans le convoi. Il n'y avait aucune trace ici de la suprématie hiératique qui distingue le pouvoir à Moscou. Arrivés au Waldorf Astoria, nous nous sommes rendu compte que l'hôtel recevait plusieurs autres délégations en plus de la nôtre. Le protocole du Kremlin avait réservé une vingtaine de chambres, mais au-dessus de nous les Saoudiens occupaient les trois derniers étages avec un faste impérial.

La semaine de l'Assemblée générale de l'ONU est une orgie de pouvoir, mais aussi un bain d'humilité. Ici, des hommes habitués à la satisfaction immédiate de leurs désirs réapprennent les vertus de l'attente : les cortèges de voitures blindées et de gardes du corps créent des embouteillages interminables sur la Deuxième Avenue, les délégations chargées de testostérone se percutent dans les corridors bondés du Palais de Verre, les chefs de gouvernement, habitués aux salons dorés, se blottissent derrière des paravents provisoires pour conduire des négociations capitales. Et au milieu de tout ça, évidemment, les Américains trouvent toujours le moyen de vous faire sentir leur supériorité. Un jour, nous étions en train de sortir de l'hôtel pour aller à CNN quand l'agent du Secret Service assigné à notre délégation nous a tous obligés à nous arrêter. « C'est le Freeze, nous a-t-il expliqué : quand le président des États-Unis bouge, personne d'autre n'a le droit de faire un pas. » Je me souviens encore de l'expression du Tsar pendant qu'il attendait sur le trottoir que notre convoi reçoive l'autorisation de se remettre en marche. Puis, quand nous sommes arrivés au studio de télévision, nous avons été accueillis par une espèce de saltimbanque au visage familier. La chemise rose, les bretelles noires. Face à Larry King, le Tsar semblait vêtu en premier communiant.

« C'est comment, de faire l'espion ? lui a demandé le type pendant l'émission.

— Pas très différent de faire le journaliste, lui a répondu Poutine. Il s'agit de recueillir des informations, d'en faire une synthèse et de les présenter à celui qui doit les utiliser pour prendre une décision.

— Et vous, vous aimiez le faire ?

— Je dirais que oui, travailler dans le renseignement m'a permis d'élargir ma vision et de développer certaines qualités, dans le traitement des gens. J'ai appris à distinguer la priorité de ce qui est moins important et, sous cet angle, cela m'a été très utile.

— Parfait ! Nous serons de retour avec le président Poutine sur *Larry King Live* après cette pause publicitaire, ne partez pas ! »

À cette époque, nous prenions encore tout très au sérieux, mais New York est une telle fête foraine que nous nous sommes un peu laissés aller. J'ai toujours eu l'impression que Manhattan était la grille d'un jeu de table, sur laquelle les participants vont et viennent en métro, avec les taxis jaunes ou les *towncars* noires, selon les niveaux auxquels ils sont arrivés. Ville dépourvue de toute sagesse, vouée à la répétition infinie, mais chargée d'énergie. Notre cortège n'avait pas la majesté moscovite, mais il avait quand même fière allure. Nous passions du vernissage d'une exposition à un dîner de gala. Et partout, nous étions accueillis avec cette expansive cordialité américaine sous laquelle on perçoit, presque toujours, une veine de condescendance.

Le sommet avec Clinton s'est déroulé plus ou moins de la même façon. Le président a eu l'amabilité de venir à notre rencontre au Waldorf Astoria. Il s'est présenté avec cet air de vieux briscard, la poignée de main légendaire, ses deux mains enveloppant la vôtre comme un boa constricteur, la voix rauque et le bon sourire de l'éleveur du Midwest qui, quand descend le soir, raconterait au coin du feu les histoires de sa vie. Mais nous savions que derrière cette apparence rustique se cachait un mécanisme sophistiqué et implacable. Clinton l'étudiant surdoué de Yale et d'Oxford, Clinton le plus jeune gouverneur des États-Unis, Clinton l'animal politique qui survit à tout scandale et finit toujours par l'emporter sur ses adversaires. Surtout, Clinton le président qui avait géré d'une main de fer le démantèlement de l'empire soviétique, reprenant la moitié de l'Europe sans jamais rien concéder, agrandissant l'Otan presque jusqu'à nos frontières et laissant les vautours démembrer, morceau par morceau, ce qui restait de notre système productif.

Pourtant, il a commis une erreur dès le premier échange. Il a demandé au Tsar des nouvelles d'Eltsine, son vieil ami Boris. Et il ne s'est pas rendu compte qu'en faisant cela il réactivait le souvenir d'une humiliation qu'aucun d'entre nous ne pourrait jamais digérer. Comme je vous l'ai déjà dit, les Russes ont l'habitude des sacrifices, mais aussi du respect. Dans toute notre histoire, nos souverains ont toujours été traités comme des grands de ce monde et personne n'a jamais pu faire valoir une supériorité sur eux. Quand Roosevelt rencontrait Staline ou, au cours des décennies successives, Nixon Brejnev ou Reagan Gorbatchev, deux grandes puissances se confrontaient et personne n'aurait jamais pensé le contraire. Après la chute du Mur, tout cela est devenu plus difficile pour nous. Pourtant, les formes, le respect des formes, auraient pu nous sauver. Mais Eltsine est tombé dans le piège de la chaleur clintonienne, il était convaincu d'avoir trouvé un ami. Ou en tout cas un allié bien disposé qui l'aurait aidé à remettre la Russie debout. Il a baissé la garde. Et de poignée de main en tape dans le dos, il a glissé jusqu'à cette séquence terrible qui s'est imprimée comme une marque d'infamie dans la rétine de chaque Russe.

Essayez d'imaginer la scène : une journée d'automne, toujours à New York. Le président américain et le président russe viennent de conclure un accord bilatéral à la bibliothèque Franklin D. Roosevelt et ils se trouvent à présent à l'extérieur pour une déclaration à la presse. Colonnes néoclassiques, drapeaux, garde présidentielle en grand uniforme et, sous la tribune, deux citrouilles en hommage à cette fête barbare que, comme d'habitude, les Américains ont réussi à infliger au monde entier. Clinton prend brièvement la parole, puis la cède à Eltsine qui commence à haranguer la foule, visiblement pas tout à fait sobre. Pendant que la voix de notre président résonne, Clinton éclate de rire. C'est inhabituel, mais ce n'est pas grave, il arrive aussi à l'homme le plus puissant de la terre de rigoler. Le problème, c'est que Clinton ne s'arrête pas. Il ne parvient pas à s'arrêter : le vieil ours, titubant, ridicule, le fait littéralement s'esclaffer. Clinton a les larmes aux yeux, le visage écarlate, il est en plein fou rire. Cloués devant la télévision, nous les Russes l'implorons intérieurement d'arrêter. Nous connaissons Eltsine, ses habitudes, ses faiblesses. Mais c'est le président de la Fédération de Russie, que diable, l'État le plus vaste de la planète, une superpuissance nucléaire ! Rien, Clinton ne réussit plus à se contrôler. Maintenant, il chancelle lui aussi, donne de grandes tapes sur les épaules d'Eltsine qui, bien que bourré, apparaît légèrement gêné. Une nation entière, cent cinquante millions de Russes, plonge dans la honte sous le poids du fou rire du président américain.

C'est cette scène qui est apparue au Tsar quand Clinton lui a demandé des nouvelles du vieux Boris. Alors, il lui a fait comprendre tout de suite qu'avec lui ce serait différent. Plus de claques dans le dos ni de gros rires. Clinton a été déçu, c'est évident. Il pensait que désormais tous les présidents russes ne seraient que de braves portiers d'hôtel, gardiens des plus vastes ressources de gaz de la planète pour le compte de multinationales américaines. Pour une fois, lui et ses conseillers sont repartis un peu moins souriants que lorsqu'ils étaient arrivés. Mais à quoi s'attendaient-ils ?

« Si les cannibales prenaient le pouvoir à Moscou, s'est épanché le Tsar pendant le vol du retour, les États-Unis les reconnaîtraient immédiatement en tant que gouvernement légitime, à condition qu'ils ne touchent pas à leurs intérêts et continuent à les traiter en patrons. Le problème, c'est qu'ils croient avoir gagné la guerre froide, tu comprends ? Alors que l'Union soviétique ne l'a pas perdue. La guerre froide s'est arrêtée parce que le peuple russe a mis fin à un régime qui l'opprimait. Nous n'avons pas été vaincus, nous nous sommes libérés d'une dictature. Ce n'est pas la même chose. Les Occidentaux ont, eux aussi, contribué à la démocratisation de l'Europe de l'Est, mais ils ne devraient pas oublier que la plus grande contribution a été donnée par les Russes. C'est nous qui avons fait tomber le mur de Berlin, pas eux qui l'ont abattu. C'est nous qui avons dissous le pacte de Varsovie, nous qui avons tendu la main vers eux en signe de paix, pas de reddition. Ce serait bien qu'ils s'en souviennent, de temps en temps. »

16

À mon retour des États-Unis, j'ai décidé de prendre une soirée de liberté. À cette époque je n'avais plus beaucoup de temps, mais il m'arrivait encore de fréquenter parfois le milieu des artistes moscovites que j'avais quitté quand j'avais commencé à travailler avec le Tsar. Aussi irritants que puissent être les tics nerveux par lesquels ils tentaient de se donner de l'importance, leur gaieté surjouée constituait un répit bienvenu par rapport à la vigilance rapace de chaque instant de mes collègues du Kremlin. Il y avait notamment parmi eux un personnage qui exhibait toutes les affectations du grand écrivain sans jamais s'être donné la peine d'en produire les œuvres. Limonov, il s'appelait Édouard Limonov. Après avoir passé de nombreuses années en Amérique et à Paris, il était rentré à Moscou avec des idées combatives. Il cultivait vis-à-vis de l'Occident un ressentiment d'autant plus féroce qu'il avait été alimenté d'humiliations, principalement de caractère monétaire, subies au cours de son séjour prolongé dans ces régions. Au début des années quatre-vingt-dix il avait créé le Parti national-bolchevique. On ne comprenait pas s'il s'agissait d'une opération politique ou d'une performance artistique, mais ce qui apparaissait clairement dès son nom c'était le désir de générer le maximum de chaos. S'étant débarrassé depuis longtemps de tous les ennuyeux avantages de la respectabilité qui emprisonnaient encore les gens comme moi, Édouard avait obtenu en échange l'accès à une gamme infinie de plaisirs plus intenses, qu'il partageait avec ses proches avec la générosité d'un pacha du Moyen-Orient. Il était toujours entouré d'une bande de personnages improbables qu'il appelait « mon avant-garde révolutionnaire ».

« Tu peux bien rigoler, Vadia, mais je suis en train de créer une armée, répétait-il. Le problème ce ne sont pas les soldats, ceux-là ne sont pas difficiles à trouver : les gens sont tellement désespérés. Le problème, ce sont les commissaires du peuple, des gens capables de faire de la propagande, de prendre la parole face aux masses. À ce stade de la lutte, ce sont eux l'arme stratégique, les propagateurs de l'idéologie, les multiplicateurs de la révolution nationale-bolchevique. Mais ne t'en fais pas, Vadia, quand nous prendrons le pouvoir, nous te laisserons ton petit bureau au Kremlin : un honnête professionnel de la propagande peut toujours être utile... »

Ce soir-là, Édouard m'avait donné rendez-vous au 317, un faux pub irlandais près de la Maison blanche, dont il avait fait son quartier général. Pour y parvenir on devait se frayer un chemin entre des dizaines de motos garées à l'extérieur et, une fois entré, on se trouvait plongé dans une ambiance à la *Mad Max*, où les bikers néofascistes côtoyaient les intellectuels anarchistes, les punks et les rares créatures de sexe féminin qui osaient s'aventurer dans ces lieux.

Quand j'arrivai, Limonov était déjà assis dans un coin avec une bouteille de vodka à moitié vide sur la table : la soirée promettait.

« Tu sais quel a été le commencement de la fin, Vadia ? » Édouard affectionnait les entrées en matière théâtrales.

« Non, Édouard, mais je t'en prie, éclaire-moi.

— Richelieu, Vadia. Le cardinal des *Trois Mousquetaires* a vraiment existé, tu sais.

— Oui, Édouard, je te rappelle que tu n'es pas en train de parler à un de tes skinheads décervelés.

— Oui, d'accord, bref, en tout cas c'est lui qui a interdit les duels. Il a fait une loi pour empêcher deux mâles adultes de se défier à coups d'épée, tu te rends compte ? L'homme occidental ne s'en est jamais remis. De là au congé paternité, ça s'est fait dans la foulée. »

Limonov considérait le congé paternité récemment introduit dans certains pays européens comme le comble de l'abjection, le symbole d'une existence désolante d'animaux domestiques.

« Ils regardent la télévision, garent leur voiture, se consacrent à un travail peu fatigant et parfaitement ennuyeux ; quelques décennies ainsi, un ou deux emprunts, les vacances au bord de la mer et leur vie est terminée, avant même qu'ils ne s'en rendent compte, une vie intégralement gâchée, le seul crime vraiment impardonnable. »

J'avais entendu un certain nombre de fois les arguments d'Édouard, les mêmes qu'il répétait dans ses livres, dans ses interviews, dans ses discours aux membres de son avant-garde révolutionnaire. Ce soir-là pourtant il était curieux de notre voyage à New York, dont il avait lu quelques comptes rendus dans les journaux.

« Comment s'est passée la balade ? »

Je tentai d'éviter cette conversation, n'ayant pas trop envie de discuter de politique internationale avec Édouard. « Bah ! Tu sais bien comme c'est là-bas. Toujours plutôt amusant, je dirais.

— C'est amusant, New York. Il suffit d'éviter les Américains. »

J'éclatai de rire, mais comme d'habitude il parlait sérieusement. Bien qu'il dénoyautât un paradoxe après l'autre, Limonov ne plaisantait jamais, c'était une de ses caractéristiques.

« Tu es déjà allé à un de ces dîners ? Tous les hommes ont étudié à Princeton ou à Yale, toutes les femmes à Vassar ou Brown. Ils ont tous des enfants du même âge, qui vont dans les mêmes écoles. Les hommes travaillent dans une banque *downtown*, les femmes font du shopping chez Barney's. Ils ont tous une maison d'été aux Hamptons et une pour l'hiver à Palm Beach. Si tu finis à une de ces tables, l'unique option raisonnable est le cyanure. Quand j'étais plus jeune, je pouvais au moins essayer de me taper une de ces petites épouses blondes aux toilettes. Mais maintenant il ne me reste que le cyanure. Heureusement qu'on ne m'invite plus à ces dîners.

— Qu'est-ce que tu veux y faire, mon vieux, le charme discret de la bourgeoisie. C'est la même chose partout.

— Non, Vadia, l'Amérique a détruit la bourgeoisie. »

L'idéologue en chef du Parti national-bolchevique avait soudain pris une expression de profonde tristesse pour déplorer la disparition de la bourgeoisie anglo-saxonne.

« La bourgeoisie, elle, au moins, avait des valeurs, ces gens ne croient que dans les chiffres. Ce qui est amusant, c'est qu'ils ne se connaissent même pas entre eux, ils sont le fruit d'une loterie qui se renouvelle de génération en génération : intelligents, ambitieux, avec le culte du travail et de l'information exacte, ennuyeux comme des rats morts. Le problème n'est pas l'impérialisme des États-Unis. Je ne suis pas fâché contre eux à cause d'Allende ou de conneries de ce genre. L'exercice d'un pouvoir, même violent, fait partie de la nature de n'importe quel empire et tout compte fait ils ne sont pas pires que tant d'autres qui sont venus avant, nos tsarévitchs blancs et rouges inclus. Le problème, c'est le contenu de la culture américaine. Une dé-civilisation qui a rendu impossible la véritable grandeur pour garantir un Happy Meal à tout le monde. »

Édouard s'interrompit un instant pour mordre à belles dents le hamburger qu'il avait commandé, sans que cela paraisse déranger le moins du monde son argument.

« Ce qui est intéressant, c'est que les gens comme toi pensent qu'il s'agit d'un modèle à suivre. Mais en fait les Américains sont des zombies ; il n'y a pas de péché plus grand que de dilapider sa vie, Vadia. Ils ne sont même pas effleurés par l'idée que le but de l'existence humaine puisse ne pas être de vivre le plus confortablement ou le plus longtemps possible. C'est quand j'ai vu qu'Eltsine prenait ce chemin et qu'il voulait transformer la Russie en une succursale low cost de l'hospice américain que j'ai décidé de fonder le Parti national-bolchevique. Et tu sais pourquoi je l'ai appelé comme ça ? Pour vous mettre en rage, pour concentrer en un seul nom tout ce que vous considérez comme le mal, toutes les idées qui menacent le petit consommateur satisfait à quoi vous avez réduit l'homme.

— *Les passions font vivre l'homme, la sagesse le fait seulement durer.* »

Limonov me regarda de travers. Il n'aimait pas être interrompu, d'autant moins par de vieilles citations qui banalisaient ses illuminations.

« C'est tout à fait ça, reprit-il. Dans le Parti national-bolchevique, nous avons rassemblé des ex-staliniens et des ex-trotskistes, des homosexuels et des skinheads, des anarchistes, des punks, des artistes conceptuels et des fanatiques religieux, des bouddhistes et des orthodoxes. Quand nous avons organisé notre premier congrès, le plus compliqué a été de les disposer dans la salle de façon qu'ils ne se fracassent pas le crâne à tour de rôle. Quand j'y repense, je ne sais toujours pas comment nous avons fait... »

Édouard éclata de rire. Puis, avec l'aide d'une rasade de vodka, il recouvra son sérieux.

« Ce n'est pas l'idéologie qui les tient ensemble, Vadia, c'est le style de vie. Tu crois que le programme les intéresse le moins du monde ? Ce que ces jeunes veulent, c'est fuir la banalité, l'ennui. C'est une étincelle d'héroïsme en chacun d'eux qui n'attend que d'être nourrie. La Troisième Rome, la Russie impériale, Stalingrad, peu importe ! L'essentiel est de faire appel à quelque chose de grand. S'il veut rester en vie, chaque peuple doit croire que ce n'est qu'en lui que réside le salut du monde, qu'il vit pour se tenir à la tête des autres nations ! Les Occidentaux veulent nous voir à genoux. Ils ont adoré Gorbatchev et Eltsine. Ils feront semblant de vous adorer, vous aussi, Vadia, tant que vous maintiendrez un comportement de valet. Et en attendant ils emporteront les derniers restes. »

Ce soir-là, je me gardai bien de dire à Limonov que ses élucubrations coïncidaient, du moins en partie, avec notre expérience. La chose, franchement, me préoccupait un peu. J'avais toujours considéré Édouard comme un sociopathe brillant, complètement dénué de sens politique. Il martelait les mêmes concepts depuis bon nombre d'années sous le regard amusé de ses amis. Épater le bourgeois, attirer l'attention, faire écarquiller les yeux des jolies filles qui ne manquaient jamais dans son cercle, cela nous semblait être les uniques buts de ses tirades. Maintenant, je commençais à trouver un sens différent à ses envolées lyriques. Je ne serais pas arrivé au point de lui donner raison, certainement pas. Mais, pour la première fois, ses arguments m'apparaissaient pour ce qu'ils étaient. Non pas le fruit d'une analyse rigoureuse, mais certainement une intuition à ne pas prendre à la légère, malgré les bouffonneries de Limonov. Peut-être que l'imitation forcenée de l'Occident dans laquelle nous nous étions lancés à la fin des années quatre-vingt n'était pas la bonne voie. Peut-être le moment était-il arrivé de prendre un autre chemin.

17

C'était l'heure de la nuit où la mort entre dans le monde et, pendant que je parcourais les longs corridors blancs du Kremlin, j'avais la sensation de me trouver dans le seul endroit de toute la Russie qui ne fût pas immergé dans les ténèbres. Le palais du Sénat, où se trouve le bureau de Poutine, n'a pas l'importance glaçante de celui des tsars. Ici le pouvoir ne se disperse pas en glissant sur les miroirs de salons inutiles, mais se concentre et agit. C'est pourquoi Lénine en avait fait le siège de son gouvernement et depuis c'est dans ces petites salles, meublées avec un goût sommaire, que le destin du plus vaste pays de la terre se décide. En arrivant dans l'antichambre du président, j'adressai l'habituel salut muet aux portraits des tsars qui ornaient les murs et à la statue du samouraï japonais que Poutine avait choisi d'ajouter aux jeunes gens en chair et en os de sa garde. Le chef du secrétariat particulier me fit signe de passer, le président m'attendait. En entrant dans son bureau, je le trouvai assis derrière sa table de travail plutôt que sur le divan qu'il choisissait habituellement pour nos conversations privées. Très mauvais signe. Le grand lustre en bronze était éteint pour une fois. Seule la petite lampe de table éclairait le bureau du Tsar, créant une atmosphère de recueillement studieux. Je m'installai dans un des deux fauteuils, incommodes, qui faisaient face au bureau de Poutine.

Le Tsar lisait un document et resta silencieux quelques minutes. Puis, sans quitter des yeux la feuille qu'il avait devant lui : « Où en est mon indice de popularité, Vadia ?

— Autour de soixante pour cent, président.

— Bon. Et tu sais qui est plus haut que moi ?

— Personne, président. Le concurrent le plus proche est autour de douze pour cent.

— Ce n'est pas vrai, Vadia. Lève ton regard, il y a un leader russe qui est plus populaire que moi. »

Je ne comprenais pas où il voulait en venir.

« Staline. Le Petit Père est, aujourd'hui, plus populaire que moi. Si nous étions face à face aux élections il me mettrait en pièces ! »

Le visage du Tsar avait pris la consistance minérale que j'avais appris à reconnaître. Je m'abstins de formuler le moindre commentaire.

« Vous, les intellectuels, vous êtes convaincus que c'est parce que les gens ont oublié. D'après vous, ils ne se souviennent pas des purges, des massacres. C'est pourquoi vous continuez à publier article sur article, livre sur livre à propos de 1937, des goulags, des victimes du stalinisme. Vous pensez que Staline est populaire malgré les massacres. Eh bien, vous vous trompez, il est populaire *à cause* des massacres. Parce que lui au moins savait comment traiter les voleurs et les traîtres. »

Le Tsar fit une pause.

« Tu sais ce que fait Staline quand les trains soviétiques commencent à avoir une série d'accidents ?

— Non.

— Il prend Von Meck, le directeur des chemins de fer, et le fait fusiller pour sabotage. Cela ne résout pas le problème des chemins de fer, en fait cela peut même l'aggraver. Mais il donne un exutoire à la rage. La même chose se produit chaque fois que le système n'est pas à la hauteur. Quand la viande vient à manquer, Staline fait arrêter le commissaire du peuple pour l'Agriculture, Tchernov, l'envoie au tribunal et celui-ci, comme par magie, confesse que c'est lui qui a fait abattre des milliers de vaches et de cochons pour déstabiliser le régime et fomenter une révolte. Puis il y a pénurie d'œufs et de beurre. Alors il arrête Zelenski, le chef de la commission pour le Plan, et celui-ci, peu après, admet avoir répandu des clous et du verre pilé dans les réserves de beurre et avoir détruit cinquante camions d'œufs. Une onde d'indignation mêlée à un certain soulagement traverse le pays : tout s'explique ! Le sabotage est une explication beaucoup plus convaincante que l'inefficacité, Vadia. Quand il est découvert, le coupable peut être puni. Justice est faite, quelqu'un a payé et l'ordre est rétabli. C'est ça le point fondamental. »

Le Tsar fit une autre pause, que dans des circonstances différentes je n'aurais pas hésité à définir comme théâtrale. Puis il reprit d'un ton neutre : « J'ai donné l'ordre d'arrêter ton ami Khodorkovski demain à l'aube. Nous enverrons aussi des caméras, tout le monde doit voir que personne n'est au-dessus de la sacro-sainte colère du peuple russe. »

J'étais abasourdi. Au cours des dernières années, Mikhaïl était devenu l'entrepreneur le plus riche du pays, pas nécessairement plus honnête que les autres, mais avec une tête de brave garçon qui se présentait comme un nerd de la Silicon Valley, les tee-shirts, les lunettes, les fondations de bienfaisance et les grands discours toujours bourrés de nobles idéaux. Vos journaux et vos télévisions l'adoraient, ils en avaient fait une espèce d'icône du nouveau capitalisme russe. L'idée de le flanquer en prison comme un criminel quelconque était pratiquement inconcevable. Mais il est vrai que le Tsar ne serait pas arrivé là où il était arrivé en restant dans le domaine du concevable.

Je n'ai pas douté un instant de la nature irrévocable de cette mesure. L'homme qui me fixait de l'autre côté de son bureau ne m'avait pas demandé mon avis, il s'était limité à me communiquer une décision. À moi d'en gérer les conséquences. Les médias, même russes, crieraient au scandale. Nous aurions pu minimiser, la présenter comme une sorte d'arrêté administratif, mais cela n'aurait pas changé grand-chose. À ce point, autant y mettre le paquet. Si Mikhaïl devait devenir l'exutoire de la colère du peuple russe, il fallait que son humiliation fût complète. Assez des photos du golden boy de la finance, bienfaiteur souriant des orphelins et des veuves, j'allais faire en sorte, à partir de maintenant, que les seules images en circulation soient celles de Khodorkovski vêtu en prisonnier derrière les barreaux. Le message devait être clair : de la une de *Forbes* à la prison, il n'y a qu'un pas si le Tsar décide de te le faire franchir. La dégradation publique de Mikhaïl deviendrait un avertissement pour les autres oligarques et un spectacle servi en pâture à la rage du bon peuple russe.

Vous penserez peut-être que j'y ai mis du mien, que cela m'a fait plaisir d'humilier mon vieux rival, mais je peux vous assurer que non. Celui qui cherche à se venger pour un tort subi se condamne à en rester otage, moi je m'étais libéré de la pensée de Mikhaïl et Ksenia depuis longtemps, au point que même la nouvelle de leur mariage n'avait pas réussi à entamer mon indifférence. Être obligé d'y revenir n'a pas été agréable, mais s'y opposer n'aurait eu aucun sens. Rien n'est plus difficile que de prendre une décision, mais une fois qu'elle est prise, il faut tout oublier, excepté ce qui peut la faire aboutir.

Khodorkovski fut arrêté à l'aube, dès que son jet toucha la piste de la ville sibérienne où il était allé conclure je ne sais quelle affaire. Les images du milliardaire menotté, escorté par des soldats des troupes spéciales, firent le tour du monde. Et eurent pour effet immédiat de rappeler que l'argent ne protège pas de tout. Pour vous, Occidentaux, c'est un tabou absolu. Un homme politique arrêté, pourquoi pas, mais un milliardaire, ce serait inimaginable, parce que votre société est fondée sur le principe qu'il n'existe rien de supérieur à l'argent. Ce qui est amusant, c'est que vous continuez à appeler les nôtres des « oligarques », tandis que les vrais oligarques n'existent qu'en Occident. C'est là que les milliardaires sont au-dessus des lois et du peuple, qu'ils achètent ceux qui gouvernent et écrivent les lois à leur place. Chez vous, l'image d'un Bill Gates, d'un Murdoch ou d'un Zuckerberg menotté est totalement inconcevable. En Russie, au contraire, un milliardaire est tout à fait libre de dépenser son argent, mais pas de peser sur le pouvoir politique. La volonté du peuple russe – et celle du Tsar, qui en est l'incarnation – prévaut sur l'intérêt privé quel qu'il soit.

À six semaines du vote, l'arrestation de Khodorkovski est devenue le manifeste de la non-campagne du Tsar pour les élections de cette année-là. Je me suis limité à transformer la chute de Mikhaïl en un format télévisuel à succès. Cela n'a pas été difficile, car la tête d'un puissant qui roule sur le sol a toujours été l'un des spectacles les plus affectionnés des masses. La mise à mort d'un important console la multitude de sa médiocrité. Je n'ai peut-être pas tellement réussi, se dit l'homme de la rue, mais au moins je ne me retrouve pas au sommet de la potence. À chaque époque, les exécutions publiques ont été un divertissement apprécié. La première fois que la guillotine a été introduite, les chroniques de la Révolution française racontent que les Parisiens se plaignaient de ne pas bien voir et criaient « rendez-nous nos fourches ». Puis, lorsqu'ils se sont rendu compte combien elle était efficace et quel supplément de terreur elle suscitait chez les condamnés, ils ont commencé à prendre goût à cette nouvelle technologie. Disons-le franchement : il n'y a pas de dictateur plus sanguinaire que le peuple ; seule la main sévère mais juste du chef peut en tempérer la fureur.

Les premiers jours de décembre, les élections ont été un triomphe. Le lendemain du vote, le Tsar a confessé à la télévision qu'il était resté debout toute la nuit. Pas pour suivre les résultats, à propos desquels il ne nourrissait pas la moindre inquiétude, mais parce que son labrador Koni avait accouché de sa première portée. Moi, de mon côté, je n'avais pas de chien pour m'occuper, c'est pourquoi la nuit des élections je m'étais retrouvé à la maison, seul avec une carafe de vodka et une pile de livres d'histoire. Depuis la dernière conversation avec le Tsar, j'avais commencé à concevoir mon rôle de façon différente. En me plongeant dans les chroniques des procès staliniens des années trente, je m'étais rendu compte qu'il s'agissait déjà, au fond, de mégaproductions hollywoodiennes : la voie soviétique au show-business. Le procureur et les juges travaillaient pendant des mois sur le scénario, que les accusés étaient appelés à jouer, encouragés par divers moyens de pression que les producteurs du film avaient sur eux. Il y avait celui qui avait une famille à protéger, celui qui avait à cacher un secret, celui qui, simplement, était sensible aux menaces et à la douleur physique. À la fin, chacun se décidait à jouer son rôle et le spectacle pouvait commencer.

Aucun détail n'échappait à l'attention des producteurs, le mélange de réalité et de fiction devait être irréprochable. Le public, celui qui était admis à assister au procès, et surtout les millions de personnes restées à la maison, informées par la radio et la *Pravda*, devaient traverser les mêmes émotions qu'en regardant un film de la Metro Goldwyn Mayer. L'appréhension, l'angoisse, l'horreur face au Mal. Puis la sérénité profonde qui dérive de la résolution d'un conflit et du triomphe du Bien. Il n'y a pas de limites à la capacité créatrice d'un pouvoir disposé à agir avec la détermination nécessaire, pourvu qu'il respecte les règles fondamentales de chaque construction narrative. La limite n'est pas constituée par le respect de la vérité, mais par le respect de la fiction. Le moteur primordial dont il faut tenir compte reste la colère. Vous, les Occidentaux bien-pensants, croyez qu'elle peut être absorbée. Que la croissance économique, le progrès de la technologie et, que sais-je, les livraisons à domicile et le tourisme de masse feront disparaître la rage du peuple, la sourde et sacro-sainte colère du peuple qui plonge ses racines dans l'origine même de l'humanité. Ce n'est pas vrai : il y aura toujours des déçus, des frustrés, des perdants, à chaque époque et sous n'importe quel régime. Staline avait compris que la rage est une donnée structurelle. Selon les périodes, elle diminue ou elle augmente, mais elle ne disparaît jamais. C'est un des courants de fond qui régissent la société. La question alors n'est pas d'essayer de la combattre, mais seulement de la gérer : pour qu'elle ne sorte pas de son lit en détruisant tout sur son passage, il faut prévoir constamment des canaux d'évacuation. Des situations dans lesquelles la rage puisse avoir libre cours sans mettre le système en péril. Réprimer la dissidence est grossier. Gérer le flux de la rage en évitant qu'elle s'accumule est plus compliqué, mais beaucoup plus efficace. Pendant de nombreuses années, mon travail, au fond, n'a été rien d'autre que cela.

18

À partir de l'arrestation de Khodorkovski et de la triomphale réélection de Poutine, quelque chose a changé dans la nature du gouvernement russe. La lutte pour le pouvoir ne s'est pas interrompue, bien au contraire. Mais elle s'est déplacée de l'arène publique à l'antichambre du Tsar. À partir de ce moment-là, la Cour s'est remise à déterminer le sort de l'État. Et le front du souverain a, comme au temps de Nicolas Ier, recommencé à être l'unique source de toutes les joies et de toutes les douleurs des courtisans.

Si vous en avez une fois l'occasion, essayez d'observer les lions et les singes au zoo. Quand ils jouent, cela veut dire que les hiérarchies sont claires et que le chef contrôle le tout. Sinon, ils sont chacun dans leur coin, inquiets et apeurés. En rétablissant la verticale du pouvoir, Poutine a donné le *la* au bal des courtisans : un exercice de dextérité dont les règles remontent à la nuit des temps et dont le rythme est déterminé par les mouvements ascendants et descendants des participants. Il y a ceux qui occupent un bureau proche de celui du Tsar et ceux qui sont sur sa ligne de téléphone directe. Il y a ceux qui l'accompagnent en mission à l'étranger et ceux qui vont en vacances à Sotchi. Il y a ceux qui obtiennent un strapontin au gouvernement et ceux qui ne sont pas renouvelés à la tête d'une entreprise publique. Aucun indice, aussi petit soit-il, ne peut être négligé : le plan de table à un dîner de gala, le temps d'attente dans l'antichambre du président, le nombre d'agents de sécurité. Le pouvoir est fait de minuties. Rien n'échappe à l'intérêt obsessif du courtisan parce qu'il sait que l'essence de la hiérarchie réside dans le détail. Et que même une minuscule perte de contrôle peut ouvrir une fissure dans l'édifice. Seul le dilettante néglige ces aspects, les considérant indignes de son attention ; le professionnel sait qu'aucun détail n'est trop petit pour mériter son attention.

Les tours du Kremlin sont nombreuses, les oscillations constantes, et qui veut être de la partie doit avoir la capacité de les mesurer avec la précision d'un sismographe de l'Institut de géophysique de Moscou. Activité exténuante qui nécessite une pratique ininterrompue ; quelle que soit la rencontre, publique ou privée, elle sert à tâter le pouls de la situation, à vérifier que l'équilibre des forces reste intact. Vous connaissez le ruban des cotations boursières, celui qui défile en permanence sur les murs des salles des marchés ? C'est à ça que ressemble la Cour. Seulement, au lieu de figurer sur les écrans, les cotations défilent sur le front et les lèvres des courtisans. Chaque dîner, chaque conversation devient un relevé de Bourse : qui monte, qui descend, chaque joueur un tant soit peu sérieux sait que le Kremlin ne rend pas heureux, mais rend impossible de l'être ailleurs.

Moi, je ne peux le nier, j'ai glissé dans le nouveau régime avec le naturel de celui qui avait dans le sang au moins trois siècles de courbettes. Mais il faut admettre que d'autres, bien que ne disposant pas d'un tel patrimoine génétique, m'ont rapidement surclassé. Sechine, par exemple, le secrétaire de Poutine. Je vous ai déjà parlé de lui, il ouvrait les portes, passait les coups de fil. Comme beaucoup d'hommes de son espèce, il a longtemps tiré sa force du fait qu'il était sous-évalué. Les gens le voyaient là, sa petite mallette à la main, les yeux baissés en présence du Tsar, et on le prenait pour un mélange de dactylo et de majordome. En quatre ans au Kremlin, il est devenu le prototype du courtisan, sûr de lui, dominateur ; le monde lui appartenait tant que le chef n'était pas aux alentours. Il suffisait que celui-ci lui jette un coup d'œil et il redevenait une brebis tremblante.

Sur les vols d'État, quand tout le monde ôtait son veston pour être plus à l'aise, lui gardait sa cravate en signe de respect pour le Tsar. Avant de rencontrer Poutine, il avait travaillé pour le KGB au Mozambique. Dieu seul sait ce qu'il avait fait là-bas. Il y retournait de temps en temps. Pour lui, débarquer d'un Antonov sur une piste africaine, avec une escorte de soldats des troupes spéciales et un message à remettre au dictateur local de la part du Tsar, était un genre de vacances. Dans la journée, les coups de mortier scandaient le passage des heures. La nuit, on dînait en bord de piscine pendant que l'orchestre jouait une musique de cocktail. Comme aller à Capri ou à Saint-Tropez pour une personne normale.

Son approche de la nature humaine était si primitive que les hommes plus sophistiqués avaient de la peine à la comprendre. « Les choses sont plus compliquées », soutenaient-ils. « Mon cul », répondait Sechine. Et les faits lui donnaient presque toujours raison.

Un jour, j'ai découvert qu'il était diplômé en philologie et j'ai eu l'idée absurde que nous pouvions avoir quelques passions en commun. À la première occasion, j'ai essayé de l'interroger sur ses auteurs préférés. Nous étions dans son bureau : « Je n'ai pas lu un livre depuis le jour de mon diplôme, m'a-t-il répondu d'une voix monocorde. Seulement ceci », et il a fait un geste pour indiquer la pile de notes blanches, sans en-tête, rédigées par les services de sécurité.

Dans toute transaction, il y a des tâches que personne n'a envie d'accomplir mais dont chacun a besoin ; c'est là la part de Sechine. Avec Khodorkovski en prison se posait le problème de ce qu'on allait faire de sa société, Ioukos. Les libéraux présents à l'intérieur du gouvernement voulaient la lui laisser, mais il est clair que l'intention du Tsar n'était pas seulement de punir un individu, il s'agissait de démanteler un système. Et puis Ioukos était la première entreprise russe. La plus admirée. La plus riche. Un butin de guerre capable d'éveiller les appétits des bêtes les plus féroces du Kremlin.

Sechine en a fait une seule bouchée. Un séquestre judiciaire, une vente aux enchères publique avec un seul participant et Ioukos a fini dans l'escarcelle d'un conglomérat public dont Igor avait été nommé président quelques mois plus tôt. Vos journaux ont crié au scandale et l'ont qualifié de vol. Mais l'histoire est un peu plus compliquée. Sechine est un *silovik*, un « homme de la force » issu des services de sécurité. Ils ont toujours été essentiels en Russie, les hommes de la force : militaires, espions, policiers. Grâce à sa proximité avec le Tsar, Sechine est devenu leur point de référence. Il est clair que dans votre hypocrisie, vous les Occidentaux, vous pensez que la force est un truc un peu archaïque. Vous croyez en les règles, vous, avec vos avocats qui échangent des mails certifiés et trouvent des solutions à coups de millions de dollars d'honoraires. Vous adorez les réunions à Davos et les études de l'OCDE, les archi-stars qui construisent des gratte-ciel à Rotterdam et à Pékin et les chefs qui ouvrent des bistrots gastronomiques à Bali ou à Zermatt. L'idée d'une cravate vous met mal à l'aise, c'est devenu la marque du subalterne, du concierge d'hôtel, de l'employé d'agence de location de voitures. Imaginez alors l'uniforme du militaire ou du policier : une relique de musée, bonne pour les enfants en excursion scolaire.

Remarquez, j'étais comme vous. J'avais passé trop de temps à feuilleter vos revues en sirotant des cappuccinos. Le démembrement de Ioukos me semblait une opération barbare, le retour de vieilles habitudes que nous avions cherché à laisser derrière nous. Dieu sait que Khodorkovski ne m'était pas sympathique, mais l'idée qu'il soit remplacé par un tchékiste me glaçait.

Un soir, Poutine m'a convoqué dans son bureau. C'étaient les jours cruciaux où il fallait prendre une décision sur le sort de l'entreprise. Le Tsar venait de rentrer d'un sommet international, si agité et fatigué qu'il ne parvenait pas à s'asseoir et tournait nerveusement dans la pièce. « C'est toujours la même histoire. On me traite comme si j'étais le président de la Finlande. Pire, parce que pour eux, la Finlande est un pays civilisé, tandis que nous sommes la Russie sauvage, une espèce de clochard alcoolisé qui rôde devant la porte. Peut-être qu'ils ont raison. Nous avons été les premiers à nous comporter comme des mendiants, un sourire pour tout le monde et l'assiette pour les aumônes bien en vue. »

Le Tsar resta silencieux pendant un moment, puis reprit sur un ton plus bas.

« Je me souviens des clochards, quand j'étais gosse à Leningrad. Tu sais, les enfants du quartier leur donnaient des coups de pied. Et plus ils criaient, plus ils les frappaient. Juste comme ça, pour s'amuser. Tous sauf un. Ce n'était pas le plus grand, il était assez mal en point, je crois qu'il s'appelait Stepan. Tu sais ce qu'il avait de différent ? Il était fou, complètement imprévisible. Tu t'approchais de lui, juste pour lui dire bonjour, et il était capable de te casser une bouteille sur la tête, comme ça, sans aucune raison. On racontait des tas d'histoires étranges sur lui, les gens disaient qu'il avait des pouvoirs, qu'il avait fait disparaître des personnes. On le voyait de loin et quand il commençait à sourire il nous faisait encore plus peur que quand il hurlait. On partait à toutes jambes, les costauds du quartier changeaient de rue pour ne pas tomber sur Stiva le fou. La seule arme qu'a un pauvre pour conserver sa dignité est d'instiller la peur.

— Le problème, président, c'est que pour faire peur à nos adversaires, nous risquons aussi de faire peur aux marchés. Et on ne peut pas se le permettre. »

Poutine eut un frémissement et, pour la première fois depuis que je le connaissais, j'aperçus un éclair de haine dans son regard.

« Mets-toi une chose en tête, Vadia, les marchands n'ont jamais dirigé la Russie. Et tu sais pourquoi ? Parce qu'ils ne sont pas capables d'assurer les deux choses que les Russes demandent à l'État : l'ordre à l'intérieur et la puissance à l'extérieur. Seulement deux fois, pour deux brèves périodes, les marchands ont gouverné notre pays : quelques mois après la révolution de 1917, avant l'avènement des bolcheviques, et quelques années après la chute du Mur, pendant la période d'Eltsine. Et quel a été le résultat ? Le chaos. L'explosion de la violence, la loi de la jungle, les loups qui sortent des forêts et entrent dans les villes pour dévorer la population sans défense. »

Le ton glacial du Tsar multipliait l'effroi du tableau qu'il dépeignait.

« Ton ami Khodorkovski s'habillait comme un entrepreneur californien, mais c'était un loup des steppes. Il n'a rien inventé, il n'a rien créé. Il s'est simplement emparé d'un morceau de l'État, en profitant de la faiblesse et de la corruption de ceux qui auraient dû le protéger. Tu sais combien il a payé ses concessions pétrolifères en 1995 ? Trois cents millions de dollars. Et combien elles valaient deux ans plus tard sur le marché ? Neuf milliards. Quel extraordinaire entrepreneur, n'est-ce pas ? Un génie ! Tous pareils, les oligarques. Des génies. Et maintenant ils viennent nous faire la morale sur le respect de la loi. Et ils financent nos opposants parce qu'ils trouvent que nous sommes un peu mal élevés. On ne les écoute pas assez. Peut-être que dans quelque temps on me remplacera par un diplômé de Harvard, un fantoche qui leur fera faire bonne figure au forum de Davos, qu'en dirais-tu ? »

Moi, naturellement, je ne disais rien.

En se défoulant, le Tsar recouvrait ses esprits. Il alla s'asseoir derrière son bureau en me faisant signe de prendre place sur le fauteuil en face de lui.

« Nous devons retrouver notre souveraineté. Et, Vadia, le seul moyen que nous ayons, c'est de mobiliser toutes les ressources que nous possédons. Notre PIB est celui de la Finlande ? Peut-être. Mais nous, nous ne sommes pas la Finlande :

nous sommes la plus grande nation qui existe sur terre. La plus riche, aussi. Seulement, nous avons permis à notre richesse, à la richesse collective qui revient de droit au peuple russe, d'être volée par une bande de malfaiteurs. Ces dernières années, la Russie a créé une aristocratie offshore, des gens qui accaparent nos ressources mais ont le cœur et le portefeuille ailleurs. Nous reprendrons le contrôle des sources de richesse de notre pays, Vadia : le gaz, le pétrole, les forêts, les mines, et nous mettrons cette richesse au service des intérêts et de la grandeur du peuple russe, non pas de quelque gangster avec villa sur la Costa del Sol.

« Il n'y a pas que l'économie. Regarde l'armée. Eltsine ne savait pas quoi faire de l'armée. Il la craignait un peu, il la méprisait un peu, il a évité ainsi de s'en occuper, il l'a laissée pourrir loin des projecteurs de la nouvelle Russie, des boutiques et des gratte-ciel. C'est ainsi que nous sommes devenus une espèce de pays sud-américain, avec des généraux qui jouent aux gangsters ou entrent en politique, des soldats qui crèvent de faim et se vendent en échange d'un paquet de cigarettes. Maintenant, nous sommes en train de remettre l'armée dans la verticale du pouvoir, ainsi que les services de sécurité. La force a toujours été le cœur de l'État russe, sa raison d'être. Notre devoir n'est pas uniquement de restaurer la verticale du pouvoir. Nous devons créer une nouvelle élite de patriotes, prêts à tout pour défendre l'indépendance de la Russie. »

À cette époque, je prenais encore les discours du Tsar au pied de la lettre. Je ne pouvais pas savoir à quel point le sentiment de revanche qui se cachait derrière eux était profond, ni que le vide qu'ils masquaient se révélerait impossible à combler, mais ce soir-là je compris que la guerre contre les oligarques n'était que le début. Il ne s'agissait pas seulement de reprendre le contrôle de quelques entreprises échues dans les mauvaises mains. Il s'agissait de mobiliser toutes les ressources, tous les éléments de force de la Russie pour retrouver notre place sur la scène mondiale. Une démocratie souveraine, tel était l'objectif. Pour le réaliser, nous avions besoin d'hommes d'acier, capables d'assurer la fonction primordiale de tout État : être une arme de défense et d'attaque. Cette élite existait déjà. C'étaient les *siloviki*, les hommes des services de sécurité. Poutine était un des leurs. Le plus puissant, le plus avisé. Le plus dur. Mais toujours un des leurs. Il les connaissait, il avait confiance en eux et en personne d'autre. Il les a placés un à un dans des positions de commandement. Au sommet de l'État, certes, mais aussi à la tête d'entreprises privées, qu'il a récupérées une à une des mains des affairistes des années quatre-vingt-dix. L'énergie, les matières premières, les transports, les communications. Les hommes de la force ont remplacé les oligarques dans tous les secteurs. C'est ainsi qu'en Russie l'État est redevenu la source de toute chose.

Vous dites qu'il en est sorti un système corrompu ? Un système où les ministres sont en même temps des chefs d'entreprise, comme voudraient le démontrer les blogueurs moscovites avec des jeans à trois cents dollars qui s'obstinent à dénoncer nos villas, nos bateaux, nos jets privés ? On raconte pourtant que quand il était le premier lord de l'amirauté, Winston Churchill avait l'*Enchantress*, le yacht de la marine, à sa disposition, à bord duquel il entretenait ses amis milliardaires, qu'il remerciait ainsi de l'hospitalité qu'ils lui avaient offerte en Suisse ou sur la Côte d'Azur. Pendant la Première Guerre mondiale, le duc de Westminster lui prêtait sa Rolls, et quand il voyageait aux États-Unis, ses amis industriels lui mettaient à disposition des wagons de train privés. En Californie, il habitait chez William Randolph Hearst à San Simeon ou dans une suite au Biltmore payée par je ne sais qui. Tout cela l'a-t-il empêché d'être un des plus grands hommes d'État du vingtième siècle ? Bien sûr que non, et c'est même l'exact contraire. Pourquoi un homme d'État devrait-il vivre comme un employé des postes ?

Cette idée que les hommes publics doivent mener une vie de pauvres types est profondément immorale. L'État doit tenir son rang. Ses serviteurs ne peuvent pas être des nuls qui n'ont pas réussi dans le privé : des gens qui se présentent partout la main tendue pour demander la charité. Notre chef-d'œuvre a été la construction d'une nouvelle élite qui concentre le maximum de pouvoir et le maximum de richesse. Des hommes forts, capables de s'asseoir à n'importe quelle table sans le complexe de vos politiciens loqueteux et de vos businessmen impuissants. Des personnages complets, capables d'utiliser toute la gamme des instruments qui servent à produire un impact sur la réalité : le pouvoir, l'argent, même la violence, quand cela est indispensable. Vos pseudo-dirigeants ne sont pas équipés pour faire face à une élite de ce genre, qui semble venir directement d'un autre âge, du temps glorieux des patriciens de la Rome antique, celui des fondateurs des empires de tous les temps.

Le pouvoir ne corrompt pas nécessairement, il peut rendre un homme meilleur, pourvu qu'il soit capable de le gérer. Tous les chefs demandent plus que toute autre chose de la loyauté, mais nombreux sont ceux qui commettent l'erreur de la chercher parmi les médiocres et les faibles. Grave erreur : ce sont toujours les premiers à trahir. Les faibles ne peuvent pas se permettre le luxe de la sincérité. Ni celui de la fidélité. Le Tsar sait que la loyauté est un trait de ceux qui peuvent la cultiver; les forts, ceux qui sont suffisamment sûrs d'eux-mêmes pour l'alimenter. Cela dit, il est évident que, par rapport à d'autres endroits, la lutte pour le pouvoir en Russie est encore un processus sauvage et fantaisiste : tout peut arriver à n'importe quel moment. Les règles sont féroces parce que la mise en jeu est elle-même féroce.

19

J'atterris à Nice un matin d'automne. L'air sentait le sel et la résine. Deux sbires, vêtus en Prada, m'attendaient sur la piste pour me conduire au château de la Garoupe. Ce qu'ils appelaient château était en réalité une villa plutôt disgracieuse, construite par un baron anglais au début du vingtième siècle, puis successivement enlaidie par divers propriétaires. À l'origine, les alentours étaient un paradis, mais avec le temps Antibes était devenu une espèce de station quatre étoiles et, bien que les villas du cap aient conservé une ou deux étoiles de plus, on ne peut pas dire qu'elles fussent épargnées par le processus général d'enlaidissement qui venait de trouver en Berezovsky un nouvel acteur enthousiaste.

Boris s'était acheté à coups de millions plusieurs maisons contiguës qu'il avait réunies en une seule et grandiose propriété. Il m'accueillit dans la cour, apparemment de bonne humeur, vêtu en financier en vacances, pantalon de sport, chemise à rayures. Un air de mélancolie surexcitée émanait de sa personne. « Sur cette plage, Picasso dessinait sur le sable, me raconta-t-il en faisant le tour du propriétaire. Dans cette pièce, Cole Porter a composé *Love for Sale.* » Dans sa bouche, la culture des années vingt se transformait en argument de vente d'agent immobilier.

Une fois installé dans le bureau du premier étage, je lui exposai le motif de ma visite. Nos services avaient récolté la rumeur – à dire vrai quelque chose de plus consistant qu'une simple rumeur – selon laquelle Berezovsky était devenu l'un des principaux soutiens de l'opposition ukrainienne, qui commençait à inquiéter sérieusement le Tsar. L'idée de perdre le contrôle de ce qui était, depuis des siècles, une partie intégrante du territoire russe le rendait littéralement fou. « Va voir ce connard, m'avait-il dit, explique-lui qu'il dépasse les bornes et essaye de le raisonner. »

C'était ce que j'étais en train d'essayer de faire mais, comme d'habitude, sans grand succès. Les discours de Boris se caractérisaient par une qualité circulaire qui le ramenait toujours plus ou moins au point de départ.

« Tu sais quel est le problème, Vadia ?

— Bien sûr que je le sais, Boris, le problème c'est que Poutine est un espion.

— Non, écoute-moi, Vadia, ce n'est pas un espion. Ton chef travaillait pour le contre-espionnage. Ce n'est pas la même chose du tout ! Tu sais quelle est la différence ? Que les espions cherchent des informations exactes, c'est leur métier. Le métier des gens du contre-espionnage en revanche est d'être paranoïaques. Voir des complots partout, des traîtres, les inventer quand on en a besoin : ils ont été formés comme ça, la paranoïa fait partie de leurs obligations professionnelles. Dans la tête du Tsar, rien n'arrive jamais spontanément. Les médias sont toujours manipulés. Les manifs, l'indignation des gens, rien n'est jamais comme cela en a l'air. Il y a toujours quelqu'un derrière qui tire les ficelles, un marionnettiste qui poursuit son propre dessein. C'est ce qu'il a pensé au moment du sous-marin, quand les journalistes faisaient simplement leur métier et que les gens avaient toutes les raisons du monde d'être en colère. Et c'est ce qu'il pense maintenant en ce qui concerne l'Ukraine. Comme si ces pauvres Ukrainiens n'avaient pas leurs raisons pour se rebeller contre les bandits qui les gouvernent.

— Ils ont certainement de bons motifs, Boris, mais en plus ils ont aussi les trente millions de dollars que tu leur as fait parvenir.

— Et alors? Ça s'appelle la politique, Vadia. Et tu sais quoi? Ça s'appelle la démocratie. Mais tu as déjà oublié ce que ce mot veut dire. »

Au-delà des fenêtres, le paysage un peu usé de la Riviera mitigeait la portée des mots de Berezovsky.

« Sais-tu qui sont les principaux soutiens de l'opposition ukrainienne, Boris? Tu veux que je t'en fasse la liste? Il y a la CIA. Il y a le

Département d'État américain. Il y a les grandes fondations américaines, l'Open Society de George Soros. Et puis il y a toi, l'homme qui s'est battu à nos côtés pour sauver la Russie du désastre, celui qui disait qu'il fallait restaurer l'autorité du Kremlin.

— Et alors ? C'est vous qui m'avez jeté dehors. Je te rappelle que je ne suis pas ici par choix personnel. Je vis en exil, Vadia. Parce que, si j'essayais de mettre un pied en Russie, je serais fichu en prison comme ton ami Khodorkovski. Vous m'avez tout enlevé, Vadia, tu t'attends à quoi, à ce que je vous remercie ? »

Je posai mon regard sur les tables d'acajou et sur le trumeau Louis XV, sur les candélabres de bronze, les feuilles d'acanthe, les bustes de marbre. Le tout légèrement inadapté à cette demeure, qui restait une maison de bord de mer, mais Berezovsky n'avait jamais été un adepte du style minimaliste. Il avait suivi mon regard.

« Tout cela est à moi, Vadia. Je l'ai gagné à la sueur de mon front. Même si vous le vouliez, vous ne pourriez rien y faire.

— Soyons justes, Boris. Jusqu'ici, malgré vos différends, le Tsar a conservé son amitié pour toi. C'est pour ça que tu as eu la possibilité de vendre les parts des sociétés que tu possédais en Russie. Pour combien ? Aux alentours d'un milliard trois cents millions de dollars, si je ne me trompe ?

— Beaucoup moins qu'elles ne valaient.

— Tout de même, c'est suffisant pour vous garantir une vie confortable, à toi et à tes héritiers, me semble-t-il.

— Si j'avais voulu une vie confortable, je serais resté à l'université, à enseigner les maths, Vadia. »

Un instant, le spectre de Berezovsky en vieux prof en pull shetland et pantalon de velours se faufila entre nous.

« Ce que j'essaye de te dire, Boris, c'est que tu ne dois pas sous-évaluer ce que tu as. À ta place, n'importe qui d'autre en profiterait.

— Et sinon il se passe quoi ? Vous m'envoyez un de vos tueurs à gages ? Regarde autour de toi, Vadia, moi aussi j'ai des sbires. Et les miens sont meilleurs que les vôtres parce que je les paye dix fois plus.

— Ne sois pas grossier, Boris. Je ne suis pas venu jusqu'ici pour te menacer. Seulement pour faire appel à ton esprit patriotique. Je comprends ton ressentiment, mais je ne peux pas croire que tu t'aveugles au point de te retourner contre ta propre patrie.

— La Russie de Poutine n'est pas ma patrie, Vadia. Je ne la reconnais plus. Avec tous nos défauts, pour la première fois dans l'histoire russe, nous avions réussi à construire un pays libre, dans lequel les personnes pouvaient dire et faire ce qu'elles voulaient. Pour la première fois en onze siècles d'histoire, Vadia, tu te rends compte ? Et en quelques années vous avez tout foutu en l'air, tout. Vous avez retransformé la

Russie en ce qu'elle a toujours été : une énorme prison.

— Les Russes ne sont pas trop à plaindre, Boris. Ils ont cent vingt chaînes de télévision.

— Mais qui racontent toutes la même chose, Vadia, comme au temps de Brejnev. »

J'allais lui répondre quand nous fûmes interrompus par un majordome vêtu de blanc venu annoncer le déjeuner. Nous descendîmes les escaliers pour rejoindre un petit groupe de personnes réunies dans le salon.

« Mes amis, permettez-moi de vous présenter Vadim Baranov, le vrai cerveau de mon ami Vladimir Poutine, Tsar de toutes les Russies. »

En aucune circonstance, Berezovsky n'aurait renoncé à une hyperbole. Les regards des commensaux se tournèrent vers moi avec un intérêt modéré. C'étaient les yeux fatigués de ceux qui fréquentent habituellement des lieux comme le château de la Garoupe. Une vieille dame élégante. Un promoteur immobilier dans la cinquantaine qui portait les boutons de manchette défaits pour laisser voir que sa veste était faite sur mesure, deux jeunes filles décoratives qui parlaient entre elles. Un professionnel nordique, l'air efficace, visiblement mal à l'aise dans cette atmosphère balnéaire.

J'étais sur le point de me jeter sur le plateau des apéritifs, seul antidote à l'ennui mortel qui s'annonçait, quand soudain je ressentis une forte concentration d'énergie, comme une onde radioactive en provenance de la salle à manger. En me tournant, j'en découvris l'origine. Au-delà de la double porte en verre grande ouverte se dressait une créature parfaite, présence sidérale. Légèrement bronzée, elle portait une tunique de lin blanc qui lui laissait les genoux découverts. Ses yeux gris de requin me contemplaient sans la moindre émotion. C'était Ksenia. Elle n'avait rien perdu de sa splendeur, qui apparaissait, au contraire, exaltée par le passage du temps. Une sorte de vertu guerrière avait remplacé, dans ses traits, l'air d'enfant capricieuse que je connaissais. Dans la salle à manger de Berezovsky, Ksenia dégageait la beauté d'une armée déployée en ordre de bataille. Nous nous sommes salués sans sourire. Tout, dans le passé comme dans le présent, nous imposait de nous comporter en ennemis. Et pourtant je ne percevais aucune hostilité de sa part, et n'éprouvais moi-même aucune inimitié à son égard. Il me semblait au contraire avoir retrouvé un talisman, depuis trop longtemps oublié, dont le passage du temps n'avait pas le moins du monde altéré le pouvoir.

Ma principale occupation pendant le déjeuner fut de ne pas la regarder. Dans un premier temps, on ne peut pas dire que la conversation me fut d'une aide quelconque. Le cinquantenaire bronzé, qui s'était effectivement révélé être une espèce de super agent immobilier londonien, comparait les prestations des terminaux d'aviation privée de Nice et de Cannes. Une des jeunes filles racontait le vernissage d'une galerie d'art contemporain de Monte-Carlo. Quelqu'un stigmatisait l'introduction des cartes de crédit à l'Hôtel du Cap. Mon attention était concentrée sur les petits homards qui nous avaient été servis, déjà abondamment décortiqués pour nous épargner le moindre désagrément.

À un certain moment, Berezovsky dirigea la conversation vers le sujet préféré de tout Russe : la Russie, les Russes, nos idiosyncrasies et nos paradoxes. Il s'adressa à ses hôtes avec le ton qu'il réservait jadis à ceux qui fréquentaient la maison Logovaz.

« Vous et nous n'appartenons pas à la même race, vous savez. Nous avons la peau blanche, bien sûr, et il y a d'autres choses que nous avons en commun, mais entre un Russe et un Occidental il y a la même différence de mentalité qu'entre un habitant de la Terre et un Martien. Permettez-moi, baronne, de vous raconter l'histoire d'un personnage du début du siècle passé, probablement un aïeul de notre Vadia. »

Là, les regards de l'assemblée se tournèrent brièvement vers moi avant de se focaliser à nouveau sur notre amphitryon.

« Donc, ce Sergueï était un membre de l'aristocratie et lorsque avait éclaté la révolution d'Octobre, il était allé combattre les bolcheviques dans le Nord. Quand les rouges ont balayé les derniers résistants, il a pris le chemin de l'exil, d'abord à Berlin, puis à Paris, où il est immédiatement devenu un des piliers de la communauté des Russes blancs. C'était un monde fait de princes qui buvaient avec des voleurs de chevaux, de cosaques qui se recyclaient comme videurs de boîte de nuit ; tout ce petit monde vivant très au-dessus de ses moyens, avec l'idée que tôt ou tard les bolcheviques se feraient jeter et que les palais et les campagnes reviendraient en la possession de leurs légitimes propriétaires. "L'année prochaine à Saint-Pétersbourg !", entonnaient-ils en levant leurs verres, faisant semblant de ne pas comprendre que leur temps était fini pour toujours. »

À ce moment-là, la baronne, qui appartenait manifestement à cette noblesse de service anglaise qu'on loue à bas prix pour un week-end ou pour siéger dans un conseil d'administration, poussa un soupir douloureux. Berezovsky poursuivit son chemin.

« Sergueï était toujours le premier à donner le signal de la fête et le dernier à se lever de table : qualité, comme vous le savez, que les Russes respectent le plus. Mais, après quelque temps, ses finances ont commencé à s'en ressentir, il ne lui restait presque plus rien. Jusqu'au soir où, dans un restaurant, un de ses amis l'a pris à part et lui a dit : "Avec l'argent qui te reste, Sérioga, tu as à peine de quoi t'acheter une licence de taxi. Écoute-moi, pense à l'avenir, sinon tu finiras sous le pont de l'Alma." Qu'aurait fait à ce moment n'importe lequel d'entre vous, Occidentaux de bon sens et à la bonne éducation ? »

Et là, Boris s'interrompit pour jeter un regard emphatique sur les convives.

« Je vais vous dire ce que vous auriez fait, vous auriez ôté tranquillement vos bottes, vous auriez mis votre béret de chauffeur de taxi et vous vous seriez résigné à une vie de courses entre l'Étoile et la gare de Lyon, ce qui était la chose logique à faire. En revanche, qu'a fait Sergueï ? Il a réfléchi un moment. Il a serré les épaules de son ami. Puis il s'est levé, s'est dirigé vers le maître d'hôtel et avec le même ton qu'il avait employé pour donner l'ordre de la dernière charge de son régiment contre les bolcheviques à Arkhangelsk, il a ordonné : "Champagne pour tout le monde !" Voyez, ça, ce sont les Russes. Des gens qui offrent une dernière tournée de champagne avec l'argent de la licence de taxi ! »

La baronne eut un petit rire exquis. C'était la moindre des choses, vu qu'apparemment le maître de maison avait raconté cette histoire à son profit. Personnellement, j'avais des doutes sur l'authenticité de cette anecdote ; il me semblait que Kessel, dans ses récits de jeunesse, avait raconté une histoire semblable. De plus, j'avais comme l'impression que Berezovsky l'avait déterrée à mon intention. Je suis un vrai Russe, me signifiait-il : je ne renoncerai jamais à ma folie contre une licence de taxi.

« Il ne me semble pas qu'il y ait de quoi se vanter, Boris. » Ksenia prenait la parole pour la première fois. « Regarde-les tous, à travers les vieilles rues du centre de Moscou, avec leurs Mercedes noires et les SUV qui les escortent et les gyrophares illégaux et les antennes pour crypter les portables. Tu n'as pas l'impression qu'ils sont en train de jouer ? Qu'ils sont simplement en train de chercher à s'approprier un rôle dans une version russe de *Mission impossible* ?

— Tout le monde joue partout, je le crains.

— Mais il n'y a que les Russes pour le faire aussi mal.

— Je ne sais pas comment se passent les choses en Russie – le promoteur avait décidé de s'aventurer dans la conversation –, mais en Afrique, par exemple, il y a aussi un côté pratique. Un policier sait que si tu as de l'argent pour acheter une grosse voiture, tu as aussi de l'argent pour acheter son chef. C'est pour cela qu'il reste à l'écart des Mercedes 600. »

Ksenia le regarda comme si elle enlevait un morceau de boue de sa chaussure. « Dans notre cas, ça n'a pas fonctionné. Nous avions une flottille de Mercedes, mais les flics sont quand même arrivés. »

Silence, sourires gênés. Cette fois, les regards évitèrent prudemment de se tourner vers moi. Je savais d'expérience que l'essentiel lors d'une agression verbale est de ne pas changer de posture corporelle, de rester impassible tout en préparant la contre-attaque. Sans sourciller le moins du monde, j'optai donc pour une manœuvre de diversion.

« Tu vois, Boris, contrairement à ce que tu penses, la Russie n'est pas une république bananière ! »

C'était une énormité, bien sûr. Mais qui aurait le courage de contredire une énormité quand elle sort de la bouche du pouvoir ? Surtout durant un dîner mondain. Même le maître de maison n'osa pas répliquer. C'eût été un signe de faiblesse et, au cours des années, Berezovsky avait appris, à ses dépens, le prix des signes de faiblesse. Après une brève hésitation, la conversation reprit sur des rails moins accidentés. J'eus un instant l'impression de voir briller dans les yeux de Ksenia une flamme lointaine, qui aussi soudainement s'éteignit.

20

Quelques jours après mon excursion sur la Côte d'Azur, la situation en Ukraine a dégénéré. Soutenus par les Américains, les rebelles ont refusé de reconnaître le résultat des élections, occupant la place principale de Kiev avec leurs chants, leurs rubans orange, leurs joyeux slogans pro-occidentaux. Soudain, des commissions d'observateurs internationaux, des délégations du Congrès américain, des missions diplomatiques de l'Union européenne se sont matérialisées du néant : toutes concordaient pour juger illégitime le résultat des élections gagnées par le candidat pro-russe. On venait à peine de voter en Afghanistan, en Irak, avec les bombes qui explosaient dans les rues et les troupes américaines qui occupaient les bureaux de vote – là-bas, clairement, aucun problème, tout était régulier. Mais pas en Ukraine, bien sûr que non. Il fallait revoter parce que le résultat n'était pas le bon. Alors, le gouvernement ukrainien a été obligé de convoquer de nouvelles élections et, cette fois, le candidat pro-américain a gagné, celui qui voulait faire entrer l'Ukraine à l'Otan. L'Ukraine – la patrie de Khrouchtchev et de Brejnev, le siège de notre flotte militaire – à l'Otan !

Ils l'avaient appelée la « révolution orange ». Révolution, oui ! C'était l'assaut final à ce qui restait de la puissance russe. L'année précédente, cela avait été la Géorgie. Là-bas, ils l'avaient baptisée la « révolution des roses » ! Et dans ce cas aussi, le résultat de cette poétique révolution, faite de jolies filles et de nobles idéaux, avait consisté à porter au pouvoir un espion de la CIA. Il n'y avait pas besoin d'une boule de cristal pour imaginer l'étape suivante : la Russie. Une belle révolution colorée à Moscou, un nouveau président, avec un master de Yale en poche, et le triomphe des États-Unis aurait été complet. Le jeune Bush aurait pu se produire dans une de ces mascarades qui lui plaisaient tellement. « *Mission accomplished* », et cette fois directement sur la place Rouge.

Les hommes de la force se sont aussitôt mis au travail. Pour eux, il s'agissait de mettre en place les contre-mesures habituelles, d'expulser les infiltrés occidentaux, de neutraliser les agitateurs, de renforcer le contrôle sur les médias. Certes, toutes ces dispositions étaient utiles, mais personnellement je doutais de leur efficacité. Dans les cas de ce genre, l'utilisation de la force est toujours une preuve de négligence, qui naît du manque d'imagination et ne résout que rarement les problèmes de façon durable.

Mon approche a été différente. À ce moment-là, je me suis souvenu d'un curieux personnage que j'avais rencontré une ou deux fois en fréquentant Limonov. Alexandre Zaldostanov était un colosse de presque deux mètres, toujours vêtu de cuir noir et doté d'une crinière fournie qui lui descendait sur les épaules. En apparence, un motard comme les autres, dans la vaste galerie d'énergumènes dont Édouard aimait s'entourer. Il avait attiré mon attention parce qu'une fois, alors que nous dînions avec Limonov et ses « commissaires du peuple », pendant que ses collègues se gavaient de cuissots de porc frits, il mangeottait des crevettes à la vapeur et une salade de haricots et de grenade. « Mes parents étaient médecins à Kirovograd, m'avait-il expliqué. Et moi aussi, je suis diplômé du troisième institut médical de Moscou, j'étais chirurgien esthétique. »

À un certain moment, il avait dû réaliser qu'il était plus amusant de fracasser les mâchoires que de les reconstruire. Mais il avait conservé une finesse qui faisait défaut à la plupart de ses compagnons. À la fin des années quatre-vingt, il avait fondé un des premiers clubs de motards de l'Union soviétique, sur le modèle des Hells Angels. Au début, les Loups de la nuit étaient des centaures qui circulaient sur leurs vieilles motos soviétiques à la recherche d'occasions de bagarre, démolissaient les vitrines et échappaient à la police : les typiques rebelles un peu naïfs qui peuplaient les périphéries de nos villes en cette période. Après que l'URSS s'était écroulée, ils avaient fait un saut qualitatif et s'étaient transformés en une bande criminelle qui vivait de racket et de trafics en tout genre. « On avait l'impression de vivre dans un film de science-fiction, m'avait raconté une autre fois Zaldostanov, la civilisation s'était écroulée et nous avions hérité du monde. Ou du moins de ce qu'il en restait. » Slaves, Tchétchènes, Ouzbeks, Daguestanais, Sibériens : ce qui les unissait n'était pas seulement la passion pour les grosses cylindrées, c'était le goût de l'aventure. Presque tous exhibaient d'énormes tatouages. Des aigles impériaux, des christs-rois, des portraits de Staline. Peu importait la cohérence, tout ça, aux yeux des Loups de la nuit, c'était des symboles de la grandeur russe, la seule chose essentielle pour eux. C'est pour cela qu'ils s'étaient retrouvés autour de Limonov.

Édouard était un intellectuel, pas stupide du tout, et donc, par définition, inutilisable. Mais ce n'était pas le cas d'Alexandre. Zaldostanov, lui, était un vrai patriote, un homme d'action et un chef de bande. Peut-être le moment était-il arrivé de donner un débouché à sa rage. Et à celle de tous ces braves garçons qui l'entouraient, dont aucun, si je me souviens bien, ne pesait moins de cent dix kilos.

Je lui avais donné rendez-vous au bureau. Zaldostanov se présenta dans sa veste de cuir, avec une barbe de trois jours et une légère expression de je-m'en-foutisme. Mais c'était un homme intelligent, il ne pouvait pas être indifférent au lieu dans lequel il se trouvait. Non seulement il n'avait jamais mis les pieds au Kremlin, mais l'idée que cela puisse arriver un jour ne l'avait jamais effleuré. À la façon dont il se déplaçait, aux regards furtifs qu'il lançait autour de lui, je comprenais que le motard considérait cette convocation comme une sorte d'événement miraculeux.

J'ai pu constater à plusieurs reprises que les rebelles les plus féroces sont parmi les sujets les plus sensibles à la pompe du pouvoir. Et plus ils grognent quand ils sont devant la porte, plus ils glapissent de joie une fois passé le seuil. Contrairement aux notables, qui cachent parfois des pulsions anarchiques sous l'habitude des dorures, les rebelles sont immanquablement éblouis comme les animaux sauvages face aux phares des routiers.

Zaldostanov cherchait à se donner une contenance, mais j'avais l'impression de lire dans ses pensées. Nous passâmes les premières minutes à évoquer les temps héroïques du Parti national-bolchevique, glissant pour le moment sur le nom d'Édouard, qui venait à peine de compléter ses deux premières années de prison. Mais il n'y avait pas de temps à perdre et je décidai de lui donner le coup de grâce.

« Le président est informé de notre rencontre et t'envoie ses salutations. »

À ces mots, les cent quarante kilos du motard me donnèrent un instant l'impression de flotter sur sa chaise. Zaldostanov était en train de vivre un des temps forts de son existence.

« Ces dernières années, j'ai continué à suivre tes activités et je dois te dire que je suis très impressionné, Alexandre. Vous êtes formidables. Vous prenez ces jeunes et vous leur donnez une maison, une discipline. Vous transformez ces vagabonds à la dérive en soldats, en personnes capables d'accomplir des actions extraordinaires. J'ai vu que vous aviez monté une véritable entreprise, avec le bar, les concerts et même le merchandising !

— Ils trouvent chez nous les deux choses qu'ils cherchent : la fraternité et la force, répondit sobrement l'énergumène.

— Eh bien, justement, fraternité et force, voilà le sujet. Si je me souviens bien, vous n'êtes pas une simple bande de motards. Vous êtes surtout de vrais patriotes russes. »

Zaldostanov acquiesça : « Foi et Patrie, Vadim Alexeïevitch. Nous allons de Satan à Dieu, nous conduisons dans la direction opposée. Nous sommes prêts à tabasser, mais pas pour un kilo de cocaïne. Nous avons d'autres valeurs.

— C'est exact, Alexandre. Les loups ne sont pas que des prédateurs, ce sont aussi les gardiens de la forêt. »

Le motard me regarda, légèrement perplexe. J'exagérais un peu, peut-être ? Je décidai d'en venir au fait. « Tu as vu ce qui s'est passé en Ukraine ?

— Oui, il y a eu une révolution.

— Ce n'est pas exactement cela, Alexandre. Une révolution vient du bas, pour donner le pouvoir au peuple. En Ukraine, ç'a été un coup d'État. Et tu sais qui a pris le pouvoir ? » Zaldostanov m'écoutait, l'air concentré, sans rien dire. « Les Américains, Alexandre. La révolution orange n'est pas née sur la place Maïdan, elle est née à Langley, en Virginie. Mais il faut admettre que, par rapport au passé, ils ont bien fait les choses à la CIA. Dans le temps, ils payaient les généraux. Un coup d'État militaire balancé au bon moment et l'affaire était dans le sac. Ils ont agi comme ça pendant des années et ça marchait très bien. Mais aujourd'hui c'est devenu plus compliqué, il y a Internet, les portables, les caméras. Alors, tu sais ce qu'ils ont fait ? Ils ont changé de méthode. En fait, ils l'ont inversée : au lieu de partir du haut, ils ont décidé de partir du bas. C'est le pouvoir qui épouse le contre-pouvoir. Ils ont étudié les techniques de leurs ennemis. Les guérillas, les pacifistes, les mouvements de jeunes. Et ils ont compris comment ça fonctionnait. »

Ou du moins, c'était ce dont le Tsar était intimement persuadé.

« Regarde l'Ukraine, Alexandre. Ils ont créé une organisation de jeunes, ils ont organisé des concerts sur la place Maïdan, ils ont monté une ONG pour surveiller les élections, comme ils disent, des médias qu'ils appellent indépendants, contrôlés, comme par hasard, par les oligarques les plus antirusses qui soient. Même le ruban orange. Je parie qu'ils ont fait un sondage pour choisir la couleur. Tout est calculé, comme le lancement d'une nouvelle lessive. Ou plutôt d'une boisson pour adolescents. Parce que l'ingrédient principal est l'énergie, la frustration des jeunes, leur désir de changer le monde. Les Américains l'ont compris et en tirent profit.

« Au fond, Édouard avait raison, tu sais. À la base de tout il y a une demande existentielle, celle qui habite tous les jeunes. Que dois-je faire de ma vie ? Comment est-ce que je peux faire la différence ? Ce n'est pas une question politique. Mais il y a des moments dans l'histoire dans lesquels, si un système n'est pas capable de donner une réponse satisfaisante à cette question, il peut être balayé. Il est normal que les plus entreprenants parmi les jeunes aient envie de faire des choses, qu'ils soient à la recherche d'une cause. Et d'un ennemi. Ce que nous devons faire, c'est leur donner cette cause et cet ennemi avant qu'ils ne les choisissent eux-mêmes.

« Seulement, ce n'est pas nous qui pouvons le faire. Regarde autour de toi, Alexandre : ici il n'y a que des bureaucrates en costume-cravate, des hommes politiques, des hommes de parti. Nous représentons le pouvoir, nous ressemblons à ce type du film dont parle toujours Édouard, celui qui répond « plastique » au jeune diplômé qui lui demande ce qu'il doit faire de sa vie. Nous sommes les adultes, l'ennemi.

— Tandis que moi...

— Toi aussi, tu es un adulte, Alexandre. Mais tu as suivi une voie différente. Tu n'as pas fait de compromis. Tu incarnes la liberté, l'aventure. Ton énergie vitale est intacte. Il suffit de te regarder pour le sentir. Les jeunes le sentent. Tu les comprends. Tu sais ce qu'ils veulent. Tu sais comment leur parler et quoi leur dire. Tu peux être leur guide pour qu'ils ne tombent pas dans la trappe des Américains. Tu peux les conduire vers les vraies valeurs. La Patrie. La Foi.

— Peut-être, mais tout seul, vous savez...

— Tu ne seras pas seul, Alexandre. Derrière toi, il y aura le Tsar, qui te protégera. Lui n'est pas comme nous, ici au Kremlin. Ce n'est pas un bureaucrate en costume-cravate. Le Tsar est comme vous. Il appartient à la race des conquérants. Il est fait pour être votre chef, le chef de tous les vrais patriotes de ce pays. N'est-ce pas lui qui a remis debout la Russie ? Pourquoi crois-tu que les Américains veulent se libérer de lui ? Parce qu'ils ne supportent qu'une Russie à genoux, ils n'acceptent pas que quelqu'un puisse s'opposer à leur hégémonie. Et puis, je te le dis, il est comme vous. Il a le culte de l'exercice physique, de la compétition. Il fait du judo, il va à la chasse, il adore la vitesse...

— Vous pensez qu'il viendrait à un de nos rassemblements ?

— Mais bien sûr, il n'attend que ça ! Et ce qui est bien, c'est que je n'aurai pas besoin de le convaincre quand il saura que vous êtes de son côté, que vous voulez l'aider à combattre pour la grandeur de notre patrie, la Russie qui a toujours su refouler les assauts, Napoléon, Hitler. Maintenant, c'est à nous de faire notre devoir. »

Zaldostanov ne m'écoutait plus. Il se voyait déjà en selle sur sa moto, cheveux au vent, au côté du Tsar, comme une espèce de cosaque post-atomique.

« Mais nous ferons encore plus. Nous organiserons ensemble le Maïdan russe. Un rassemblement pour tous les jeunes patriotes de notre pays, un lieu où ils pourront se retrouver et se regarder en face. Et commencer la lutte contre le véritable ennemi, la décadence de l'Occident, ses fausses valeurs qui créent des divisions et des frustrations !

— Oui, le Maïdan russe, un truc énorme... »

Zaldostanov avait commencé à s'enthousiasmer : il se rendait compte peu à peu que mon plan lui permettrait de concilier les rêves de gloire de ses vingt ans avec la satisfaction des légitimes ambitions monétaires du quarantenaire qu'il était devenu.

« Nous organiserons aussi d'autres rassemblements, des concerts, des camps d'été. Et puis des écoles de formation, des journaux, des sites Internet : tout ce qui sert à former une génération de patriotes. Nous devons donner l'assaut à la médiocrité du quotidien, Alexandre ! Offrir à nos jeunes une véritable alternative face au matérialisme occidental. La Russie doit devenir un lieu où on peut défouler sa rage contre le monde et rester un fidèle serviteur du Tsar. Les deux choses ne sont pas contradictoires, bien au contraire.

— Pratiquement, vous voulez rendre la révolution impossible. »

Bien qu'enthousiasmé, le motard n'avait rien perdu du solide bon sens que j'avais détecté en lui dès le début.

« Disons que nous voulons en abolir la nécessité, Alexandre. Quel besoin y a-t-il de faire la révolution si le système l'incorpore ? »

21

Le jour de notre rencontre, bien que je ne lui aie pas servi une goutte de vodka, Zaldostanov quitta le Kremlin en état d'ivresse. Ce qu'il ignorait, c'est qu'après lui j'avais rendez-vous avec le leader d'un groupe de jeunes communistes qui m'avaient frappé par leur vivacité. Ensuite, j'ai rencontré l'intrigante porte-parole d'un mouvement de renaissance orthodoxe. Et après elle, le chef des ultras du Spartak. Et puis le représentant d'un des groupes les plus populaires de la scène alternative. Ainsi, peu à peu, je les ai tous recrutés : les motards et les hooligans, les anarchistes et les skinheads, les communistes et les fanatiques religieux, l'extrême droite, l'extrême gauche et presque tous ceux qui étaient au milieu. Tous ceux qui étaient susceptibles de donner une réponse excitante à la demande de sens de la jeunesse russe. Après ce qui s'était passé en Ukraine, nous ne pouvions plus nous permettre de laisser sans surveillance les forces de la colère. Pour construire un système vraiment fort, le monopole du pouvoir ne suffisait plus, il fallait celui de la subversion. Encore une fois, il s'agissait au fond d'utiliser la réalité comme matériel pour instaurer une forme de jeu supérieur. Je n'avais pas fait autre chose dans la vie que de mesurer l'élasticité du monde, son inépuisable propension au paradoxe et à la contradiction. Maintenant, le théâtre politique qui prenait forme sous ma direction représentait l'accomplissement naturel d'un parcours.

Je dois dire que chacun a joué de bon gré le rôle qui lui avait été assigné. Certains même avec talent. Les seuls que je n'ai pas embauchés étaient les professeurs, les technocrates responsables des catastrophes des années quatre-vingt-dix, les porte-drapeaux du politiquement correct et les progressistes qui se battent pour des toilettes transgenres. Ceux-là, j'ai préféré les laisser à l'opposition : en fait il était nécessaire que l'opposition fût constituée précisément de personnages comme eux. D'une certaine façon, ils sont devenus mes meilleurs acteurs, on n'a même pas été obligés de les engager pour qu'ils travaillent pour nous. De petits Moscovites qui se sentaient en terre étrangère dès qu'ils avaient dépassé le troisième anneau du périphérique, des gens qui n'auraient pas été capables de déplacer un fauteuil – quant à gouverner la Russie... Chaque fois qu'ils prenaient la parole, ils asseyaient notre popularité. Les économistes avec leur morgue de PhD, les oligarques rescapés des années quatre-vingt-dix, les professionnels des droits humains, les pasionarias féministes, les écologistes, les végans, les activistes gay : une manne tombée du ciel, pour nous. Quand les filles de ce groupe de musique ont profané la cathédrale du Christ-Sauveur, hurlant des obscénités contre Poutine et le patriarche, elles nous ont fait gagner cinq points dans les sondages.

Sans parler de Garry Kasparov, le champion d'échecs qui avait fondé son propre parti d'opposition. Je l'ai rencontré une seule fois, à une de ces réceptions mondaines qui, à Moscou, réussissent à mettre ensemble tout et son contraire. Il ne s'agissait pas de lieux que je fréquentais habituellement, mais vous ne pouvez pas imaginer comme il est difficile d'échapper aux injonctions d'une maîtresse de maison déterminée. Anastasia Tchekhova régnait depuis des années sur la bonne société moscovite, combinant l'aura culturelle qui découlait du fait d'être la descendante d'un grand écrivain avec le pouvoir d'achat assuré par son mari banquier. Elle habitait un petit hôtel particulier construit au début du vingtième siècle par un marchand de céréales qui n'avait pas eu l'occasion d'en profiter longtemps.

Depuis l'entrée tapissée de tissu bleu turquoise, les grandes portes d'acajou, ornées de poignées de cuivre sculptées en forme d'oiseaux, donnaient accès à une enfilade de salons décorés dans le style des Années folles, avec toute une géométrie de consoles, de divans et de tables basses qui servaient de cadre à la formidable collection de jades anciens de la maîtresse de maison. Entre les surfaces polies des meubles et des miroirs entourés de fleurs, on se serait attendu à voir apparaître Zelda Fitzgerald ou au moins Kiki de Montparnasse. Mais la plupart du temps on finissait par tomber sur un coiffeur à la mode ou au mieux un correspondant du *New York Times*.

Dans cette maison, les soirées étaient trop chorégraphiées pour être amusantes, mais les gens s'y rendaient quand même parce qu'ils aimaient y trouver la confirmation de leur propre importance sociale. À défaut de véritable gaieté on pouvait lire dans les yeux des participants la passion rapace d'être informés avant les autres, de vivre dans une dimension dans laquelle toute chose se passait un peu en avance et où, avec un peu de savoir-faire, cette avance pouvait être convertie en denrées précieuses : argent, pouvoir, prestige.

La maîtresse de maison planifiait ses réceptions comme des campagnes militaires. Dominatrice, elle parcourait le Tout-Moscou comme un vent infidèle et glacial. Si l'objectif était toujours mondain, la stratégie pour l'atteindre impliquait la mobilisation de ressources de type différent. Les hommes d'affaires garantissaient la substance et les aristocrates la décoration, mais pour que la soirée fût considérée comme réussie il était nécessaire de combiner des ingrédients plus rares : une certaine dose de génie, une pincée de glamour international et une pointe de transgression. Garry Kasparov présentait l'avantage de concentrer ces trois aspects en une seule personne. Joueur d'échecs à la renommée mondiale, il s'était adonné à la politique en organisant de prétendues « marches des dissidents » à travers les rues de la capitale, ce qui lui avait immédiatement conféré une auréole d'héroïsme de salon. Les matrones couvertes de bijoux du Moscou radical-chic s'agitaient autour de lui comme s'il avait été un nouveau Che Guevara.

Ce soir-là, en entrant, je le vis tenir son auditoire en haleine, visiblement ivre de sa gloire mondaine et peut-être pas seulement de celle-ci. À un moment, quelqu'un dut lui signaler ma présence.

« Ah ! C'est vous, Baranov, m'apostropha-t-il, le mage du Kremlin, le Raspoutine de Poutine. Vous savez ce que disent les gens de votre "démocratie souveraine" ? Qu'elle est à la démocratie ce que la chaise électrique est à la chaise. »

J'éclatai de rire. « Cela montre au moins que les Russes n'ont pas perdu le sens de l'humour ! Kasparov, sérieusement, savez-vous ce que signifie la démocratie souveraine ?

— Je ne suis pas un politologue, mais en tant que joueur d'échecs, je dirais que c'est plus ou moins le contraire d'une partie. Aux échecs, les règles restent les mêmes mais le vainqueur change tout le temps. Dans votre démocratie souveraine, les règles changent, mais le vainqueur est toujours le même. »

Il faut admettre que le champion avait de la repartie. Les mondaines autour de nous gigotaient comme des groupies dans la loge d'un concert.

« Peut-être. Je sais que la politique n'est pas votre affaire, mais dites-moi, Kasparov, la CDU n'est-elle pas restée au pouvoir pendant vingt ans en Allemagne après la Seconde Guerre mondiale ? Et le Parti libéral-démocrate pendant quarante ans au Japon ? Vous, les libéraux, pensez que la culture politique russe est le produit archaïque de l'ignorance. Vous considérez nos habitudes, nos traditions comme un obstacle au progrès. Vous voulez singer les Occidentaux, mais l'essentiel vous échappe. »

Kasparov m'observait maintenant d'un air franchement hostile.

« Si l'on veut goûter à quelque chose de doux, il faut manger les bonbons, pas l'emballage. Pour conquérir la liberté, il faut en assimiler la substance, pas la forme. Vous répétez les slogans que vous avez appris à Washington et à Berlin, et entre-temps vous remplissez nos rues d'emballages de bonbons. Vous êtes comme les Bourbons, vous n'oubliez rien et vous n'apprenez rien : vous avez eu votre occasion et vous avez réduit la Russie en morceaux. Depuis que vous avez perdu le pouvoir, vous rêvez de le reconquérir pour compléter votre œuvre. De notre côté, nous avons fait le tour de la question, nous avons appris la leçon de l'Occident et nous l'avons adaptée à la réalité russe. La démocratie souveraine correspond aux fondements de la culture politique russe. C'est pour cela que le peuple est de notre côté. Il n'y a que vous, les profs, à ne pas l'avoir encore compris.

— Mais je ne suis pas prof!

— Bien sûr que non. Vous êtes champion d'échecs. »

Kasparov saisit l'ironie et l'apprécia peu. En fils du Caucase, il pinça les lèvres dans une expression qui se voulait dissuasive.

« Il n'y a pas de jeu plus violent que celui des échecs, vous savez. »

Je lui souris avec douceur.

« Vous ne savez pas de quoi vous parlez, professeur : la politique est infiniment plus violente.

— Mais ce n'est pas un jeu.

— Pour les amateurs, ce n'est pas un jeu. En revanche, croyez-moi, pour les professionnels, c'est le seul jeu qui mérite véritablement d'être joué. »

Kasparov me regarda comme si j'étais fou. Il me sembla aussi qu'il réprimait un frisson.

22

J'ai toujours aimé les bars des grands hôtels. Contrairement aux restaurants prétentieux, où il faut réserver et où l'on n'est jamais à l'abri des pitreries d'un chef star du moment, tous les bars, même les plus légendaires, sont là, disponibles, toujours prêts à accueillir une clientèle bigarrée faite de touristes de bonne humeur, de businessmen plus ou moins sinistres, de femmes au statut incertain. L'air que l'on respire dans ces lieux est généralement neutre, rien ne ressemble plus au bar d'un grand hôtel de Londres que celui d'un grand hôtel de Lisbonne, de Singapour ou de Moscou. Mêmes lumière diffuse, miroirs opaques, fausses boiseries. Même musique, mêmes serveurs, même menu. La bonne combinaison de confort et d'indifférence, voilà leur force : dans toutes les villes du monde, sans aucun guide, il suffit de se diriger à une certaine heure du soir vers le bar d'un grand hôtel ; pour être bien, on n'a pas besoin d'autre chose, à la condition d'éviter comme la peste les endroits à la mode, les boutiques-hôtels et tous les pièges du même genre.

À Moscou, les bars des hôtels représentaient à cette époque mon oasis, je pouvais y faire semblant d'observer de l'extérieur la réalité brutale dans laquelle j'étais immergé, adoptant pour quelques heures le point de vue du touriste et de l'homme d'affaires en visite. Rien que le fait de les voir étalés sur les canapés avec des expressions légèrement soulagées me donnait une sensation de calme. Un peu comme si les portes à tambour des entrées avaient la force de ne pas laisser pénétrer la matière obscure de la ville, créant une petite Suisse sur mesure.

Au Metropol, en général, il me suffisait de boire les premières gorgées d'un whisky pour me sentir transporté sur les rives prospères et inoffensives du Léman. Mais ce soir-là, contrairement à mon habitude, j'étais entièrement concentré sur le présent. Assise en face de moi, Ksenia avait commandé un verre d'eau. Après bien des insistances j'avais réussi à lui arracher un rendez-vous, mais cela ne signifiait en rien qu'elle fût disposée à me donner satisfaction. Elle avait élevé au rang de grand art l'attitude féminine de dire non pendant qu'elle faisait oui de la tête, à sourire pendant qu'elle vous insultait, à se donner et à se refuser en même temps, sans jamais tomber dans la contradiction. Auprès d'elle, un homme pouvait éprouver le sentiment de la victoire et avoir conscience de l'impossibilité de la victoire. À quel point les deux choses étaient inextricables. Et jusqu'à quel point elles constituaient l'essence du désir et peut-être même de l'amour.

J'avais confusément conscience de tout cela à l'époque. J'étais encore à la recherche de quelque chose et c'est seulement quelque temps plus tard que je comprendrais de quoi il s'agissait. Ce premier soir, j'essayai de découvrir ce qu'elle avait fait des années passées. Rien, me répondit-elle. C'était vrai. Je m'en souvenais à présent. Ksenia ne croyait pas au travail. Ou à tout effort qui eût pour objet quelque chose d'autre qu'elle-même. Là où les femmes et les compagnes des oligarques ouvraient des galeries d'art contemporain, des fondations pour sauver les orphelins russes ou les phoques de l'Arctique, elle ne faisait rien. Sa paresse, vierge de tout compromis, était une forme de sagesse. Ksenia ne sentait pas le besoin d'ajouter quelque activité que ce fût à son existence, ce qui lui conférait une supériorité automatique sur les autres. Sa force ne résidait pas seulement dans la beauté avec laquelle elle prenait possession de n'importe quel lieu, dans la qualité incroyable de ses gestes. À elle seule, Ksenia constituait une doctrine. Rien à voir avec la matière abstraite des examens universitaires : la vraie philosophie, une question de vie ou de mort, la seule à laquelle il vaille la peine de se confronter. Il y avait en elle quelque chose qui suscitait chez les hommes la nostalgie irrésistible de vies non vécues. Et le désir de les lui raconter. N'importe quoi pour ne pas perdre son attention. Sa présence rendait le miracle possible. Ou en tout cas en donnait l'impression.

Je lui parlai comme je n'avais pas parlé depuis des années. Comme je n'avais peut-être jamais parlé avec personne, avec la sensation de pouvoir être compris. Il est bien possible qu'il s'agisse d'une technique que Ksenia avait développée, un effet d'optique qu'elle réussissait à produire, le reflet d'un mirage et rien de plus. Mais c'était suffisant pour moi. Je lui racontai que, quelques jours auparavant, après être entré en courant dans un ascenseur du Kremlin, j'avais soudain croisé mon reflet dans un miroir. Seulement ce n'était pas moi, c'était le visage de mon père. Il était apparu à l'improviste et maintenant il ne me quittait plus, je le voyais chaque matin quand je me rasais, il m'observait avec surprise, une pointe d'ironie. Le visage de mon père que j'avais fini par rejoindre malgré les efforts que j'avais faits pour l'éviter. Et derrière lui, le crâne qui se dégageait maintenant avec clarté et attendait son heure, creusant son empreinte dans mes traits de plus en plus tirés. Je lui dis ma fatigue. Et pour la première fois, en parlant avec Ksenia, je me rendis compte que je l'éprouvais. J'avais tellement couru et depuis si longtemps qu'à quarante ans je me sentais comme un de ces athlètes olympiques, prêt pour la retraite.

Après ce premier rendez-vous, nous prîmes l'habitude de nous retrouver au Metropol. En apparence, elle se laissait guider, passant du verre d'eau du premier rendez-vous au verre de chablis du deuxième, jusqu'à la vodka-Martini des rencontres suivantes. En réalité, assise devant moi, jambes croisées, ses petits seins dressés, elle restaurait peu à peu son règne. Ses yeux souriaient, puis devenaient sérieux. Pas un instant, au cours des années où nous avions été séparés, son intelligence n'avait cessé de croître. Elle s'était nourrie de toute chose et revenait vers moi renouvelée et pure. Ksenia transmettait une sensation de calme que je ne lui connaissais pas, comme si l'agitation qu'elle avait en elle avait finalement trouvé son antidote dans les événements chaotiques qui avaient marqué les dernières années de sa vie. Ses soupçons de jadis sur la vie et sur les gens avaient été confirmés, comme avait été confirmée sa capacité de les comprendre et de les gérer. Parler avec elle, c'était comme mettre fin à un exil qui avait duré trop longtemps. Nos pensées se poursuivaient et jouaient ensemble comme des enfants par un après-midi de soleil. Jusqu'au jour où, par distraction, nous nous sommes aventurés sur le terrain que, jusqu'à ce moment, nous avions évité.

La soirée était déjà avancée et je m'étais lancé avec une emphase alcoolique dans l'histoire de ce jésuite espagnol qui, vivant dans des temps obscurs, avait écrit un manuel pour aider les âmes vigoureuses et constantes à s'orienter : si même la galanterie, la générosité et la fidélité s'étaient perdues, il soutenait qu'il devait être possible de les retrouver dans le cœur d'un homme de valeur.

Ksenia fit la moue.

« La gloire, la passion, vous les hommes êtes toujours tellement romantiques. Nous les femmes ne pouvons pas nous le permettre : nous avons la responsabilité de la survie du monde. »

À mon tour, je lui souris, j'ai toujours aimé voir confirmés mes préjugés les plus enracinés. Un des motifs principaux du charme de la femme russe est sa férocité. Et parmi toutes les femmes russes que j'avais eu l'occasion de rencontrer, Ksenia était certainement la plus féroce. Elle me fusilla du regard.

« Ne me dis pas que toi aussi tu es comme tous les autres, Vadia, un de ceux qui ne comprendront jamais rien. »

Non, non, je ne comprendrais jamais, cela au moins aurait dû être évident. Loin de moi l'idée de prétendre le contraire. Mais Ksenia continuait.

« Vous faites de grands discours, mais après vous mélangez tout. Vous pensez au fond que le mariage est une façon de vous garantir un public, quelqu'un qui soit toujours à vos côtés, à admirer vos exploits. »

Je n'étais pas sûr qu'elle s'adressât à moi.

« Toi non, bien sûr, Vadia, tu es un poète. Un poète égaré parmi les loups. Pour toi, l'amour est sacré, c'est clair, je m'en souviens. "Vois derrière la forêt où nous marchons en tremblant, comme un château illuminé, déjà le soir attend.”

— Quelle merveille, je l’avais oublié, Rilke.

— Oui, quelle merveille ! Si cela ne tenait qu’à toi nous serions encore sur le divan de la rue Gasheka, à nous tenir par la main.

— Dans mes souvenirs, on ne se tenait pas seulement par la main, sur ce divan. »

Un instant, l’expression de Ksenia s’adoucit, mais elle se reprit tout de suite.

— Le mariage est le contraire de l’amour, tu sais. C’est comme les impôts. D’une certaine façon tu le fais pour les autres.

— Ouais, pour construire le futur du socialisme ! »

Je ne comprenais pas pourquoi elle me tenait ce genre de discours. Ou peut-être, si. De toute façon, je n’en avais pas envie. Mais personne n’a jamais arrêté Ksenia quand elle a décidé de démontrer quelque chose.

« C’est une loi, la base de n’importe quelle société. N’est-ce pas ce que répète tout le temps ton Tsar, quand il est avec vos amis orthodoxes ? C’est pourquoi il est ridicule de penser le fonder sur un sentiment passager.

— Mais on peut quand même porter un toast aux sentiments passagers, non ? »

Impassible sur son divan de velours noir, Ksenia ignora ma coupe levée.

« Dans le monde entier, pendant des siècles, les hommes et les femmes se sont mariés pour des raisons qui n’avaient rien à voir avec l’amour, sans cultiver des espoirs absurdes comme l'idée de trouver le bonheur dans un contrat. Ils trouvaient dans le mariage la stabilité qui servait pour fonder une famille. Puis, pour le reste, ils s'organisaient, il y avait mille façons... Tu sais que tes Français du dix-huitième n'invitaient jamais un mari et une femme à dîner ensemble ?

— Je m'en réjouis ! Je vois qu'il t'est resté des traces de nos fréquentations. »

En vérité, je ne m'en réjouissais pas du tout, mon seul désir était que Ksenia change de sujet. Mais il n'y avait rien à faire.

« Tu sais ce qui est curieux ? Il arrivait que quelquefois les époux tombent amoureux l'un de l'autre. C'était considéré comme un fait un peu gênant à l'époque, mais cela arrivait...

— Allons bon !...

— Il faut dire que dans la plupart des cas cela n'arrivait pas. Mais le mariage fonctionnait parce qu'il avait des bases solides. Et on trouvait l'amour en dehors.

— Le mari, en tout cas...

— La femme aussi, dans les sociétés les plus évoluées. Tu te souviens comment cela fonctionnait ici, au temps de l'URSS, non ? Les maris et les femmes avaient des vacances à des moments différents. C'était fait exprès, il y avait des établissements de vacances pour les uns et pour les autres. Ainsi chacun avait la possibilité d'en profiter... Cette idée saugrenue de se marier par amour, c'est la faute des romans du dix-neuvième, des films d'Hollywood. Quitte à découvrir après que l'amour ne dure pas ou qu'il n'a jamais existé, ou qu'il y en a un plus grand au coin de la rue. »

Le cynisme spontané de Ksenia m'avait toujours fasciné. Mais dans ce cas le fil était un peu gros.

« Quand tu m'as laissé, tu ne m'aimais plus.

— Et comment aurais-je pu, Vadia ? Tu étais un jeune homme gâté, tu jouais à faire l'artiste, tu te cachais. Tu sais d'où je viens, Vadia, la bohème j'avais déjà donné. Ce n'était pas ce que je voulais. Il n'y a pas de liberté là-dedans, seulement une fuite sans fin. Ma mère se considérait comme une rebelle, elle voulait être libre, mais en vieillissant elle a commencé à dépendre du dernier loser qui acceptait de la protéger. J'ai compris alors que la vraie liberté naît du conformisme. C'est uniquement si tu maintiens les apparences que tu peux faire ce que tu veux. J'avais besoin de stabilité. Économique, bien sûr. Mais pas seulement. Misha avait le contrôle.

— Au moins jusqu'au moment de le perdre.

— Ça, c'est parce que nous habitons dans un pays absurde.

— Peut-être. Mais dans un pays normal, Misha serait, au mieux, devenu un bookmaker clandestin.

— Je ne crois pas. Misha aurait réussi n'importe où. Mais ici il a dû jouer avec les règles russes.

— Seulement, il ne les avait pas comprises, les règles. Si tu achètes quelque chose avec quatre sous, en plus empruntés, cette chose ne t'appartient pas, on peut te la prendre à n'importe quel moment. Il se prenait pour Steve Jobs, ton Misha, alors qu'il n'était qu'une poupée gonflable.

— Mais vraiment, tu es encore fâché avec lui, après tout ce que vous lui avez fait ? Tu ne trouves pas qu'il a assez payé ?

— Non. »

Ksenia me regarda de façon étrange. Je crus un moment qu'elle allait partir. Mais soudain sur son visage apparut cette douceur inquiétante qui n'appartenait qu'à elle. Ses yeux brillaient comme ceux d'une enfant de quatre ans.

« Tu tenais tellement à moi ?

— Je t'aimais, Ksenia.

— Et maintenant ? En ce moment ? »

Silence.

« Encore maintenant. »

À présent, Ksenia n'était plus une enfant. C'était une femme au sommet de ses possibilités et elle m'adressait le sourire sûr et profond de ses quarante ans. La nymphe curieuse et cruelle que j'avais connue jadis avait grandi sans rien perdre de son charme. Je regardai autour de moi. Le pianiste avait cessé de jouer. Les touristes étaient allés se coucher. Il restait deux serveurs, l'air inquiet. L'un face à l'autre, Ksenia et moi étions les témoins d'un fait incompréhensible, comme des soldats qui se trouvent dans une tranchée pour la première fois et que rien, jamais, n'aurait pu préparer à ce qu'ils sont en train de vivre. Quelque chose qui avait commencé des années plus tôt était en train de s'accomplir, d'une façon totalement inattendue et calme. Habitué aux événements qui ouvrent les journaux télévisés et font discuter les gens dans la rue, je n'étais pas du tout préparé à cela. L'événement imperceptible qui change tout.

Je me souvins alors de l'inutilité des mots. Un moment auparavant, il n'y en avait pas besoin, le moment suivant rien n'aurait pu l'empêcher. Nous sommes sortis de l'hôtel et avons commencé à marcher. Toute l'imagination nocturne de Moscou était à notre disposition. Au-dessus de nous, le ciel demeurait profond et pur. Nous nous sommes engouffrés dans les petites rues qui contournent Tverskaïa. Nos pas s'enfonçaient dans la neige, prenant la place des mots. La façade des anciennes maisons de maître et les branches des petits arbres recouverts de flocons épais nous escortaient en silence. Leur bienveillance rendait superflue toute prudence. Nous nous regardions de temps en temps, cherchant une confirmation dans les yeux l'un de l'autre.

23

Le coup du labrador ne vient pas de moi. Mais il faut admettre qu'il s'agit d'une idée géniale, quoiqu'un peu brutale, comme la plupart des initiatives du Tsar. La chancelière s'était préparée à une rencontre normale. Impeccable, en tailleur noir et bottines achetées au supermarché, comme d'habitude, sans papiers. Parce qu'elle étudiait tout à l'avance : les fiches minutieuses produites par son équipe, les notes avec en-tête des ministères et les mémos sur papier simple, distillés par les services de sûreté de la République fédérale. Des nuits entières et des journées passées à dévorer des données, à tracer des scénarios géopolitiques avec la même exactitude que celle avec laquelle elle menait ses expériences de laboratoire au temps de sa carrière universitaire. Le résultat, c'est que la chancelière arrivait toujours fraîche et sûre d'elle, méchante comme tous ceux qui savent qu'ils peuvent se le permettre, avec la puissance géométrique de ces *Länder* et de ces *Konzerne* derrière elle. Ce jour-là, pourtant, rien n'aurait pu la préparer à ce qui l'attendait au moment où elle fit son entrée dans la salle de réunion. Koni. Le gigantesque labrador noir du Tsar.

Pour bien apprécier la situation il faut savoir que la chancelière avait la phobie des chiens. Au fil des années, elle avait subjugué plus de bêtes féroces dans l'arène de la politique mondiale que tous les dompteurs de cirque réunis. Mais un chien, n'importe lequel, même le plus insignifiant, parvenait à réveiller en elle la terreur primordiale qu'elle avait éprouvée à l'âge de huit ans, quand seul un miracle avait empêché que le rottweiler du voisin la déchiquette sous les yeux horrifiés de son père.

Imaginez alors la scène au Kremlin ce jour-là. D'ailleurs, vous n'avez pas besoin de l'imaginer car les photos sont en ligne. La chancelière qui sourit jaune tandis que Koni, le poil brillant, rôde autour d'elle. La chancelière pétrifiée sur sa chaise tandis que Koni s'avance, joueuse, à la recherche de câlins. La chancelière au bord de la crise de nerfs quand Koni enfile le museau dans son giron pour renifler l'odeur de sa nouvelle amie. Le Tsar, à ses côtés, sourit, relax, jambes écartées : « Vous êtes sûre que le chien ne vous dérange pas, madame Merkel ? Je pourrais le mettre dehors, mais il est tellement gentil, vous savez. Je m'en sépare difficilement. »

Le labrador. Voilà le moment où le Tsar a décidé d'ôter ses gants et de commencer à jouer la partie comme il l'avait apprise dans les cours de Leningrad, où tu n'avais pas le temps d'effleurer le ballon que déjà quelqu'un t'avait donné un coup de genou dans les couilles. Là-bas on devait toujours démontrer qu'on était un peu plus fou que les autres si on voulait que les brutes n'aient pas le dessus. La politique de très haut niveau, c'est un peu la même chose. Salons dorés, piquets d'honneur, cortèges officiels traversant les rues fermées à la circulation, mais ensuite, au fond, c'est la même logique que la cour d'école où les brutes imposent leur loi et où la seule façon de se faire respecter c'est le coup de genou.

Les premières années, à son apparition sur la scène internationale, le Tsar était resté un peu en retrait, avec l'attitude classique du Russe qui n'a jamais ses papiers en règle et doit se soumettre à l'examen minutieux de juges plus civilisés. L'éternel complexe du barbare de la frontière qui doit se faire pardonner cinq siècles de massacres, culminant dans l'apocalypse du socialisme réel. À cette époque, Moscou était plein d'étrangers maigres et efficaces. Ils circulaient dans les grandes entreprises, les ministères et même au Kremlin, avec des airs de proconsuls romains envoyés rétablir l'ordre dans quelque lointaine province de l'Empire. Ils dirigeaient des banques, des fondations, des journaux. Ils dispensaient conseils et jugements avec le ton de celui qui s'adresse à un enfant dont on saisit déjà qu'il va mal finir malgré tout l'amour et les efforts des parents.

Nous nous étions habitués à les écouter. Parce que c'était la seule chose à faire, *there is no alternative.* Même si en vérité, à force de les suivre, les choses ne s'étaient pas améliorées. Et on ne sait comment, au lieu de croître, notre influence diminuait. Et plus nous cherchions à nous faire accepter et moins ceux-là semblaient nous prendre en considération. Puis cela n'a plus suffi. Notre docilité méritait d'être punie avec la plus grande sévérité. L'Otan dans les pays baltes, les bases américaines en Asie centrale, la tutelle des institutions financières ne suffisaient plus. Ils ont voulu prendre directement le pouvoir. Nous renvoyer dans nos sous-sols et mettre à notre place des agents de la CIA et du Fonds monétaire international. En Géorgie, d'abord, et puis en Ukraine, au cœur même de notre empire perdu.

Quand il a vu les foules déchaînées, financées par George Soros, par le Congrès américain, par l'Union européenne, occuper Tbilissi, Kiev, Bichkek et annuler avec violence le résultat des élections, le Tsar a finalement compris. Le véritable objectif, c'était lui. S'il laissait passer sans réagir la subversion orange, la contagion s'étendrait à la Russie, renversant son pouvoir pour ériger à sa place un fantoche de l'Occident. Toute sa bonne volonté d'écolier russe qui prend des leçons de savoir-vivre des vainqueurs de la guerre froide n'avait servi à rien. Elle avait simplement convaincu les nouveaux patrons qu'il n'y avait aucune raison d'avoir des scrupules. La voie de Moscou était libre, la victoire complète, qui avait échappé à Napoléon et à Hitler, finalement à portée de main.

C'est alors que le Tsar a décidé de miser sur le labrador. Il ne s'agissait pas là d'une manœuvre totalement originale, en fait il y avait déjà eu le précédent de cet empereur romain. Mais nous, nous avons fait mieux, parce que Caligula n'avait fait que nommer son cheval sénateur, alors que nous, nous avons directement promu le chien ministre des Affaires étrangères.

Depuis, la situation s'est beaucoup améliorée. Nos partenaires ont commencé à nous regarder d'un autre œil et, pas à pas, nous avons regagné le respect que nous avions perdu sur la scène internationale. Sous la conduite de Koni, le rang de la Russie est redevenu celui d'une grande puissance. En Europe et au Moyen-Orient, notre voix a recommencé à être écoutée.

C'est vrai que les talents du labrador sont hors du commun. D'abord, c'est une femelle, ce qui établit sa supériorité automatique sur ses collègues mâles. De plus, elle descend en ligne directe du chien préféré de Brejnev et on dit que son nom vient de Condoleezza Rice, l'ex-secrétaire d'État américaine. Bref, elle a la politique dans le sang. Mais sa qualité décisive est la surprise. Là où ses collègues humains élaborent de prudentes stratégies, fondées sur d'interminables analyses, tergiversent et ne concluent rien, Koni hume l'air et prend l'initiative. Elle est souveraine, elle agit sans demander de permission. Sous sa direction, nous avons appris à accepter le chaos. À nous en faire un allié. N'imaginez pas de grandes stratégies. Les gens pensent que le centre du pouvoir est le cœur d'une logique machiavélique, quand en réalité c'est le cœur de l'irrationnel et des passions, une cour d'école, vous dis-je, où la méchanceté gratuite a libre cours et prévaut immanquablement sur la justice et même sur la pure et simple logique. Parmi les primates, l'homme a le plus grand cerveau, c'est vrai, mais sa bite aussi est la plus grande, plus que celle du gorille. Et ça, ça doit bien vouloir dire quelque chose, non ?

Les vieux dirigeants soviétiques avaient leurs qualités, mais ils choisissaient toujours la stabilité face à l'incertitude. Ils aimaient que les choses fussent organisées et prévisibles. C'est pour cela qu'à la fin ils se sont fait bouffer par les Américains. Parce qu'à ce jeu-là, vous les Occidentaux êtes les meilleurs. Toute votre vision du monde est fondée sur le désir d'éviter les accidents. De réduire le plus possible le territoire des incertitudes afin que la raison règne, suprême. Nous au contraire, nous avons compris que le chaos était notre ami, à dire vrai, notre seule possibilité. Comparer les mercenaires et les hackers de Koni aux vieux fonctionnaires de la première direction du KGB, comme le font vos analystes, est ridicule. Eux étaient des bureaucrates prévisibles, tandis que ceux-ci, nous ne savons même pas exactement ce qu'ils feront le lendemain. Mais nous avons misé sur eux : il a suffi que le labrador montre le chemin et ils se sont déchaînés ; ils n'attendaient que ça.

24

Je n'ai jamais été un passionné de Saint-Pétersbourg, ville homogène, pétrifiée dans le temps, dépourvue de toute force vitale et de la continuelle surprise des formes qui rend Moscou si excitante et indéchiffrable. Chaque fois que je m'y trouve, j'ai l'impression de parcourir un décor de théâtre abandonné par ses personnages, fruit d'un pari naïf et grotesque, qui a mal tourné et a été, à juste titre, relégué aux marges de l'histoire. Le Tsar, au contraire, ne se sent pleinement à son aise que là. À peine met-il le pied à Piter que la cape d'autocontrôle forcené qui l'enveloppe dans la capitale semble glisser à ses pieds, libérant un personnage plus affable. N'allez pas imaginer de gros rires et des tapes dans le dos, mais chez lui Poutine se détend et il lui arrive même de se permettre une bière ou un verre de vin. Surtout, pour lui, Saint-Pétersbourg reste le lieu des proches.

Quand je travaillais pour lui, il m'arrivait de retrouver le Tsar dans sa ville. Je n'ai jamais fait partie du cercle de ses intimes : notre relation, même dans les moments les plus intenses, est toujours restée une relation de travail. Il y avait, je crois, dans nos caractères respectifs – et peut-être dans nos origines respectives – quelque chose de très profond qui nous empêchait d'outrepasser le seuil qui donne normalement accès aux dimensions de l'amitié. Ni lui ni moi ne l'avons jamais désiré. Poutine avait les siens, d'amis, la bande colorée et bigarrée des judokas, des espions et des affairistes avec lesquels il avait partagé les différents stades de la vie obscure qu'il avait traversée avant d'arriver aux lumières du Kremlin. Et moi, j'avais les livres, et maintenant à nouveau Ksenia, qui suffisaient amplement à satisfaire l'ensemble de mes exigences sentimentales. Cela dit, au cours des années, une vraie complicité s'était développée entre nous et je ne crois pas me tromper en disant que le Tsar appréciait ma compagnie. Il aimait m'impliquer dans toutes sortes de situations différentes, pour connaître mon point de vue. Il savait qu'il serait distinct de celui des autres et en général plus direct. Je crois qu'il percevait en moi une forme de liberté intérieure qui, si elle l'empêchait de se fier totalement à moi, le poussait aussi à rechercher mon conseil. Pour moi, être à ses côtés était un privilège. Non pas pour les avantages qui en dérivaient, les miroirs colorés qui attiraient les grands fauves et les petits charognards de la politique, mais pour l'expérience unique de pouvoir suivre, jour après jour, un drame élisabéthain qui se déployait sur la scène du monde.

Si Poutine en était le protagoniste indéniable, le cercle de ses amis de Pétersbourg constituait une distribution de seconds rôles digne de *Richard III*. En quelques années ils étaient passés du stade de magouilleurs de province, obligés de louvoyer entre les traites venues à expiration et les coups de téléphone des directeurs de banque, à celui de noblesse d'Empire, accumulant des richesses dignes des émirs du Golfe. Ce processus, très rapide, avait tout balayé sur son chemin. Rien de leurs sentiments et de leurs inclinations originelles n'avait survécu au déluge de milliards qui s'était abattu sur les amis du Tsar. Chacun d'eux en avait été transformé jusqu'au cœur de son propre moi. Mais le pacte implicite avec Poutine était de faire comme si de rien n'était, de se retrouver avec la même simplicité que jadis. Parce que c'était au nom du passé que le Tsar les avait couverts d'or, certainement pas pour les dons exceptionnels qu'aucun d'entre eux ne possédait. Si Poutine avait des traits hors du commun qui pouvaient justifier son ascension, leur seul mérite consistait à s'être trouvés sur son chemin à un moment ou un autre et à avoir su attirer sa sympathie et, surtout, sa confiance. Cultiver la bienveillance du Tsar était la seule condition qu'ils devaient remplir pour que la manne tombée du ciel continue à se reverser sur eux. Mais, pour y parvenir, il ne leur suffisait pas d'adopter la simple flatterie du courtisan. Eux étaient les amis, ceux d'avant, dont Poutine attendait, ou faisait semblant d'attendre, un certain degré de sincérité, même si ensuite chacun savait que celle-ci trouvait sa limite dans l'idée, de plus en plus hypertrophique, que le Tsar cultivait de lui-même. En pratique, il s'agissait de le louer comme n'importe qui, tout en faisant preuve de la sincérité bourrue propre aux vieux amis. Un exercice de haute voltige qui donnait lieu aux scènes grotesques auxquelles il m'arrivait d'assister à Pétersbourg, avec les amis qui multipliaient les plaisanteries et les petites impertinences sans jamais contredire le Tsar sur aucun point fondamental, mais jouant à celui qui le conforterait le premier dans toutes ses idées.

C'est à l'une de ces occasions que je fis la connaissance d'Evgueni Prigojine. Nous nous étions retrouvés à quatre ou cinq dans le salon privé d'un restaurant regorgeant de miroirs et de lustres. Poutine m'avait présenté comme le propriétaire du lieu un type à l'air plutôt insignifiant, chauve, qui souriait modestement, et en effet, pour toute la durée du repas, il avait joué son rôle, décrivant les différents plats, servant des grands crus français et se tenant à tout moment à la disposition du Tsar, prêt à satisfaire n'importe quelle exigence gastronomique. Orné d'une cravate argentée comme pour un mariage, il s'adressait à nous avec prévenance, puis, plus sèchement, au personnel de salle. Ce n'est qu'à la fin du repas que Poutine lui a proposé de s'asseoir avec nous. La tablée était plongée dans une conversation de plus en plus alcoolisée sur les mérites respectifs de plusieurs agences d'*escort* européennes. Le Tsar, qui n'avait évidemment pas recours à leurs services, ne participait pas à la discussion, mais la suivait avec une mine amusée que chacun des présents avait à l'œil, prêt à changer immédiatement de sujet au cas où elle viendrait à se modifier. Prigojine s'est intégré avec naturel, son aplomb de majordome faisant place à l'attitude de scepticisme enjoué qui convenait aux membres du cercle magique des amis de longue date. Dans un premier temps, il connut un certain succès avec quelques anecdotes alléchantes sur ses passades nocturnes aux Baléares. Puis il détourna la conversation sur sa dernière aventure entrepreneuriale : le rachat d'un gigantesque domaine agricole sur les rives de la mer Noire qu'il entendait convertir en plantation de roquette. « Vous n'avez pas idée de la difficulté de trouver de la roquette décente en Russie », répétait-il, mi-sérieux mi-amusé, aux camarades qui le taquinaient. Mais, à un moment donné, le Tsar l'a interrompu et s'est tourné vers moi.

« Comme tu peux le voir, Evgueni ne manque pas d'initiative. C'est aussi un passionné d'affaires internationales et je pense qu'il pourrait nous donner un coup de main sur certaines questions dont nous discutons ces jours-ci, n'est-ce pas, Genia ? »

À ces mots, les yeux du restaurateur se sont

éclairés tandis que Poutine continuait : « Ce serait utile que vous vous parliez, Vadia. »

Il faut que vous compreniez une chose : le Tsar ne dit jamais rien de précis, mais ne dit jamais rien par hasard non plus. S'il se donne la peine de faire une suggestion, par exemple que son conseiller politique rencontre un restaurateur de Saint-Pétersbourg pour discuter avec lui de la politique étrangère russe, aussi absurde que cela puisse paraître, l'idée doit être prise au sérieux et mise à exécution.

Ce soir-là, Prigojine s'est contenté de m'adresser une invitation pour le lendemain sans se départir de cet air de gangster-majordome qui l'avait caractérisé toute la soirée. Mais le matin suivant, quand il est passé me prendre à l'hôtel, j'ai tout de suite compris qu'il était plus qu'un simple restaurateur. Après un bref parcours en voiture, nous nous sommes retrouvés au port, où pendant un terrible moment j'ai eu très peur qu'il n'ait l'intention de m'embarquer à bord d'un de ces bateaux de croisière touristique comme il y en a ici et qui se donnent de faux airs de bateaux-mouches parisiens. Quelqu'un m'avait dit que Prigojine possédait également des intérêts dans ce domaine. Mais heureusement nous sommes montés dans un hélicoptère. « Ma maison n'est pas si loin, mais je sais que tu n'as pas de temps à perdre, Vadim Alexeïevitch : comme ça, ça ira plus vite. »

À cette heure, vue de haut, avec les façades féeriques des palais donnant sur les canaux, le reflet des coupoles et toutes ces îles éparpillées sur la Neva, la vieille capitale brillait comme un masque mortuaire de marbre et de diamants abandonné au soleil. Pour accompagner le spectacle, Prigojine entama le récit de l'épopée de ses rapports avec le Tsar. C'était Poutine qui, lorsqu'il était adjoint au maire de Saint-Pétersbourg, au début des années quatre-vingt-dix, avait concédé à Prigojine et à un groupe de ses associés la licence pour l'ouverture du premier casino de la ville. Cela n'avait pas dû être une partie de plaisir, vu la période et le type d'activité, mais tout laissait penser que Prigojine s'en était tiré pour le mieux. De là avait commencé une ascension que le Tsar avait accompagnée de son infaillible bienveillance.

La brièveté du vol ne m'a pas donné le temps d'approfondir la question. Après seulement cinq minutes nous avons commencé les manœuvres d'atterrissage sur Kamenny Ostrov. J'avais entendu parler de cet endroit, mais je croyais qu'on exagérait quand on racontait qu'à Pétersbourg certains amis du Tsar s'étaient acheté une île où ils vivaient comme des aristocrates de l'époque impériale, dans des palais recouverts de stuc et d'or, et qu'ils y organisaient des bals costumés auxquels ils se présentaient déguisés en courtisans d'Alexandre III. On disait même que quelqu'un, tant qu'il y était, s'était fait dessiner ses propres insignes nobiliaires, avec profusion de lys et de lions rampants. Contemplant maintenant de haut les villas minutieusement restaurées des anciens fonctionnaires de l'Empire, les piscines, les salles de sport, les gigantesques garages, le fossé qui entourait l'île et les guérites des gardes, les SUV et les hélicoptères, je comprenais que, comme souvent chez nous, la réalité avait une fois encore dépassé n'importe quelle fiction.

« Tu sais, je ne suis pas un intellectuel comme toi, Vadim Alexeïevitch. Mais j'ai appris deux ou trois choses dans la vie. »

Prigojine s'était confortablement installé dans un soi-disant fauteuil Louis XVI aux accoudoirs dorés. Autour de lui, les meubles de design scandinave, les lions courroucés et les candélabres de Murano se miraient dans le marbre blanc et dans les immenses baies vitrées qui donnaient sur la Neva. Le décorateur ouzbek avait fait du bon travail.

« Sais-tu ce qu'est un casino ? Un monument à l'irrationalité des hommes. Si les hommes étaient des créatures rationnelles, les casinos n'existeraient pas. Pourquoi diable quelqu'un devrait-il accepter de jeter de l'argent dans un endroit où toutes les probabilités sont contre lui ? Grâce à Dieu, les hommes ne sont pas des créatures rationnelles, sinon je ne posséderais rien de tout cela. »

Prigojine fit un geste vague dans la direction des toiles peintes à la manière de Basquiat et du Steinway blanc.

« Il n'y a rien de plus sage que de miser sur la folie des hommes.

— C'est tout à fait ça, Vadim Alexeïevitch. Tu sais pourquoi certaines personnes se ruinent dans les casinos ? Se précipitent dans une spirale dont elles ne réussissent plus à s'extirper ? C'est une question de caractère, bien sûr, ça n'arrive pas à tout le monde. Mais ce ne sont pas des monstres. Eux ne parviennent pas à se contrôler, mais ce vice du cerveau nous l'avons tous. »

Prigojine s'interrompit. Il prit un portefeuille dans une poche de sa veste et en sortit un billet de cinq mille roubles.

« Regarde ça. Essaye de faire une expérience dans la rue avec un passant quelconque. Offre-lui le billet, ou sinon une chance de cinquante pour cent d'en avoir deux. Tu sais ce qu'il fera ? Je vais te le dire : il prendra le billet de cinq mille. Puis essaye de faire le contraire. Demande à un passant de te donner cinq mille roubles ou sinon de jouer à pile ou face pour savoir s'il devra te donner deux billets ou aucun. Tu sais ce que fera le type cette fois ? Plutôt que débourser tout de suite ses cinq mille roubles, il préférera courir le risque de t'en donner le double. C'est absurde, non ? En théorie, celui qui gagne pourrait se permettre de courir un risque par rapport à celui qui perd. Au lieu de ça, les gens font exactement le contraire. Ceux qui gagnent sont plus prudents dans leurs choix, tandis que les perdants jouent le tout pour le tout. »

J'observais Prigojine triomphant; je commençais à comprendre où il voulait en venir.

« Le cerveau humain est plein de petites failles de ce genre. Les connaître et en profiter est le métier de celui qui gère un casino. Mais c'est comme ça que fonctionne la politique aussi, non? Tant qu'on est à l'aise, qu'on a un travail sûr, une belle famille, la maison de campagne, les vacances au bord de la mer, la retraite en perspective, on reste tranquille. On fait des choix prudents, on ne veut pas courir de risques. On choisit ce qu'on connaît. Mais, mettons que les choses commencent à aller moins bien. La situation change, le type perd son travail, perd sa maison, il ne parvient plus à voir un avenir. Que fait-il à ce moment-là? Il joue la prudence? Pas du tout : il commence à parier comme un fou! Il préfère le risque inconnu au maintien de sa situation actuelle. C'est là que tout bascule : le chaos devient plus attractif que l'ordre, au moins il offre la possibilité de quelque chose de neuf, non? Un coup de théâtre... C'est alors que les choses deviennent intéressantes. La révolution de 1917, le nazisme sont nés comme ça, si je ne me trompe? Parce qu'une majorité de personnes a préféré se jeter dans l'inconnu plutôt que de continuer à vivre comme avant. »

Le cuisinier atteignait des sommets philosophiques, mais ses propos étaient loin d'être inintéressants.

« Maintenant, comme je te le disais, poursuivit-il, je ne suis ni un intellectuel ni un expert des relations internationales, mais j'ai l'impression que nous y sommes à nouveau. Les Occidentaux pensent que leurs enfants vivront moins bien qu'eux. Ils voient la Chine, l'Inde et, grâce à Dieu, la Russie faire des pas de géant et eux, rien. Chaque jour qui passe, leur pouvoir se réduit, la situation échappe à leur contrôle, l'avenir ne leur appartient plus.

— Ils sont prêts à faire les choix les plus absurdes. Notre devoir est simplement de les aider.

— Précisément, Vadim Alexeïevitch. Il ne s'agit pas de les battre ou de les obliger, seulement d'accompagner un mouvement qui est déjà en place. C'est ce que comprend très bien le Tsar. Il est comme moi un passionné de judo et en connaît la règle de base : utiliser la force de l'adversaire contre lui. »

Le raisonnement de Prigojine ne faisait pas un pli. Restait simplement à lui donner une application pratique. Mais, sur ce point, j'avais déjà ma petite idée.

Nous nous retrouvâmes quelques semaines plus tard, au pied d'un immeuble quelconque à la périphérie de Pétersbourg. Une pluie suburbaine soulignait le côté sordide du lieu, mais néanmoins Prigojine apparaissait d'excellente humeur.

« Voici l'endroit dont je te parlais, Vadim Alexeïevitch, tu vas voir... »

Après avoir pris l'ascenseur, nous fîmes notre

entrée dans une grande salle pleine d'ordinateurs, moitié rédaction d'un journal, moitié salle des marchés d'une banque d'affaires de seconde zone. Sauf que, sur un mur, Prigojine avait fait installer deux machines à sous, histoire de ne pas oublier l'esprit du lieu, me dit-il. Pourquoi pas ? Au fond, dans les bureaux de Google, si je ne me trompe, il y a bien des tables de ping-pong.

Vint à notre rencontre un garçon athlétique et souriant, vêtu d'une chemise à col boutonné et d'un veston de velours côtelé comme s'il était sur le point de diriger un séminaire de troisième cycle à l'université de Georgetown.

« Je te présente Anton, me dit Prigojine, visiblement fier de sa trouvaille. J'ai pensé à lui pour diriger la rédaction. Il a un doctorat en relations internationales de l'université de Moscou, parle anglais, français et allemand. Il en sait plus long sur la politique européenne que la plupart de nos députés. »

Anton écoutait tranquillement. Son expression ne trahissait ni orgueil ni fausse modestie. On commença à parler de tout et de rien. Puis je décidai de le tester sur la situation intérieure de certains de nos amis européens. Non seulement Anton était brillant mais je le trouvais sympathique. Il n'y avait en lui aucune trace de la morgue qui semblait affliger tous les membres de sa génération hyper protégée. Au contraire, il possédait un côté direct qui est la preuve des intelligences réellement supérieures. Son regard sur l'actualité internationale était effilé comme un couteau de chasse. Il entrait dans le détail des situations sans jamais perdre de vue le tableau d'ensemble.

Prigojine le couvait des yeux. Son protégé lui faisait honneur. Après quelques minutes, j'en eus assez. Je pris congé d'Anton en lui serrant la main et j'emmenai Prigojine à l'écart. J'étais abasourdi par sa stupidité.

« Mais qu'est-ce que tu as en tête, Evgueni ? »

Le visage du cuisinier s'assombrit.

« Il y a quelque chose qui ne va pas, Vadim Alexeïevitch ?

— À quoi pensais-tu, Evgueni ? Pourtant, je croyais avoir été clair : nous voulons faire de la politique en Europe et aux États-Unis. Participer au débat, donner notre contribution. Et tu m'amènes ce garçon ? »

Il fit un geste en direction d'Anton.

« Mais il est très bon. Il sait tout.

— Justement, Evgueni, tout le problème est là. »

Prigojine arqua ses sourcils avec une expression si stupéfaite qu'il me fit éclater de rire.

« Réfléchis, Evgueni : les Occidentaux ne s'intéressent plus à la politique. Si nous voulons attirer leur attention, nous devons parler de tout sauf de politique. On n'a pas besoin d'Anton, ici ! Ce dont nous avons besoin c'est de jeunes filles qui donnent des conseils de beauté, de passionnés de jeux vidéo, d'astrologues, des types de ce genre, tu comprends ?

— Mais il y aura bien un moment où il nous

faudra faire passer vos messages, non ? Vous donnerez vos directives...

— Mais pour qui nous prends-tu, pour le Komintern ? Je suis navré de t'annoncer une mauvaise nouvelle, mais je te signale que l'Union soviétique n'est plus et qu'il n'y a aucun paradis de la classe ouvrière à l'horizon. Ces temps sont terminés pour toujours. Il n'y a plus de ligne, Evgueni, seulement du fil de fer. »

Son regard égaré m'invita à poursuivre.

« Comment fais-tu quand tu veux casser un fil de fer ? D'abord, tu le tords dans un sens, puis dans l'autre. C'est ce que nous ferons, Evgueni. Au fur et à mesure que vous construirez votre réseau, vous vous rendrez compte qu'il y a des thèmes auxquels les gens tiennent plus que tout. Je ne sais pas lesquels. Ce sont les clics qui te le diront, Evgueni. Peut-être qu'il y a quelqu'un qui est contre les vaccins, un autre contre les chasseurs ou les écologistes ou les Noirs, ou les Blancs. Peu importe. L'essentiel est que chacun ait quelque chose qui lui tienne à cœur et quelqu'un qui le fasse enrager.

« Nous ne devons convertir personne, Evgueni, juste découvrir ce en quoi ils croient et les convaincre encore plus, tu comprends ? Donner des nouvelles, de vrais ou de faux arguments, cela n'a pas d'importance. Les faire enrager. Tous. Toujours plus. Les défenseurs des animaux d'un côté et les chasseurs de l'autre. Ceux du Black Power d'un côté et les suprémacistes blancs de l'autre. Les activistes gay et les néonazis. Nous n'avons pas de préférence, Evgueni. Notre seule ligne, c'est le fil de fer. Nous le tordons d'un côté et nous le tordons de l'autre. Jusqu'à ce qu'il se casse. »

Prigojine m'observa un long moment sans parler. Il réfléchissait.

« C'est bon, Vadia, j'ai compris. La ligne du fil de fer. Mais qu'est-ce qui se passe quand on nous attrape ? Parce que tu sais ce qui va arriver, n'est-ce pas ? Sur le réseau, tout est traçable. Et nous jouons sur leur terrain. Ils s'en rendront compte tôt ou tard. Et on va nous traîner plus bas que terre.

— Au contraire, Evgueni, ce sera le moment de notre triomphe. »

Silence.

« Tu ne comprends pas ? L'ultime geste du grand artiste est la révélation de la contradiction ! Que nous poussions nos sympathisants et les groupes anti-américains, ils s'y attendent, n'est-ce pas ? Mais que feront-ils quand ils se rendront compte que nous poussons également leurs adversaires ? Les patriotes du second amendement qui veulent porter leur fusil automatique même aux chiottes. Les végans qui boiraient la ciguë plutôt qu'un verre de lait. Les jeunes qui veulent sauver le monde de la catastrophe écologique. Moi, je te le dis. Ils deviendront fous, ils n'y comprendront plus rien. Ils ne sauront plus qui ni quoi croire ! La seule chose qu'ils comprendront est que nous sommes rentrés dans leur cerveau et que nous jouons avec leurs circuits neuronaux comme si c'était une de tes machines à sous ! »

Un sourire se dessina finalement sur le visage de Prigojine, il commençait à comprendre.

« C'est pourquoi la fonction principale de cet endroit est justement d'être découvert, Evgueni. De se faire prendre. Crois-tu vraiment qu'une centaine de gosses dans un lieu comme celui-ci puissent changer l'histoire ? Bien sûr que non, Evgueni, aussi bons soient-ils, cela n'arrivera pas. Eux se limiteront à chevaucher le chaos, peut-être réussiront-ils à l'augmenter un peu, mais la rage qu'ils utiliseront pour le faire est déjà présente et l'algorithme qui la gouverne, ce sont les Américains qui l'ont créé, pas les Russes. Dans tout cela, nous serons tout au plus la mouche du coche. Mais nous nous ferons prendre en flagrant délit ! Ainsi, partout, nos premiers propagandistes deviendront ceux qui nous accuseront de comploter contre la démocratie, en Europe et aux États-Unis. Ce sont eux qui vont construire le mythe de notre puissance. Nous, nous ne devrons pas faire autre chose que de nous comporter de façon suspecte et de formuler quelques démentis peu plausibles. Cela suffira pour confirmer leurs pires cauchemars : "Les Russes sont les patrons secrets du nouveau monde !" À son tour, cette fantaisie nocturne augmentera le chaos. Et ainsi notre puissance passera de la légende à la réalité. C'est ce qui est bien en politique, Evgueni, tu sais : tout ce qui fait croire à la force l'augmente véritablement. »

25

Berezovsky avançait comme un dinosaure parmi les phosphorescences du Claridge. Une girafe légèrement soûle en tailleur Céline se tourna pour l'observer plus longuement. Et même un Américain de passage sembla remarquer l'incongruité de cette présence préhistorique parmi les acajous et les cristaux éclatants. À moins qu'il ne l'ait reconnu. À force de scandales et de provocations, Boris était devenu un visage connu parmi les demeures géorgiennes de Mayfair. Nous avions pris l'habitude de nous voir quand je passais par Londres. Je n'avais plus depuis longtemps aucun message à lui transmettre. Et, peut-être à cause de ça, le simple plaisir de passer quelques heures ensemble avait fini par devenir la seule justification de nos rencontres. En tout cas, en ce qui me concernait. Comme cela arrive aux personnes intelligentes qui perdent le pouvoir, Berezovsky était devenu sinon plus sage, du moins plus lucide. Et je me souviens que ce soir-là je l'ai complimenté sur son impeccable accent british.

« Que veux-tu y faire, tes ancêtres parlaient le français et se réfugiaient à Paris, le Russe moderne parle anglais et se sent à son aise à Londres ! »

Il m'adressa un sourire un peu triste, puis soudain se ravisa.

« Ne pense pas que les Anglais soient toujours faciles. J'étais la semaine dernière dans le bureau d'un banquier pour signer un contrat avec le frère du cheik d'Abou Dhabi. Nous commençons à sortir nos papiers et tu sais ce que fait l'employé de la banque ? Il demande une carte d'identité au cheik. Celui-ci regarde autour de lui, se tourne vers son staff : il n'a pas l'habitude de se déplacer avec son portefeuille. J'essaye d'intervenir, mais l'employé est un de ces connards intransigeants comme on en rencontre de temps en temps par ici.

« J'ai peur soudain que le cheik se fâche et laisse tomber l'affaire. Mais sais-tu ce qu'il fait ? Il se fait donner un billet de banque par un assistant et le tend au banquier. L'employé le regarde, abasourdi : "Mais qu'est-ce que vous faites ? Vous me donnez un pourboire ? On fait peut-être ça chez vous, mais ici nous sommes à la City. — Regardez-le bien, lui dit le cheik. Ce qui est imprimé sur ce billet, c'est mon visage. J'espère que ça vous suffit comme document." Tout le monde a éclaté de rire et à la fin le gros con a dû céder. »

Grâce au ciel, la capacité de Boris à amuser la galerie et à s'autocélébrer en même temps était restée intacte. Malheureusement, ses obsessions aussi étaient restées les mêmes.

« Comment vont les choses avec les Jeux poutiniens ?

— Les préparatifs des Jeux olympiques vont assez bien, merci. Le président a eu la bonté de me confier la cérémonie d'ouverture. Il y aura un grand spectacle avant le début des épreuves.

— Mmm... ça a l'air bien... J'espère que vous avez également prévu la médaille du meilleur lèche-cul. Et celle du killer, le meilleur assassin du GRU.

— Je ne sais pas, peut-être, Boris. L'essentiel est que la Russie arrive en tête.

— Pour ça, il n'y a pas de problème, je suis sûr que vous trouverez la solution, comme d'habitude. »

Berezovsky fit une pause puis reprit. « Il ne s'arrêtera jamais, n'est-ce pas ? Les gens comme lui ne le peuvent pas. C'est la première règle. Persévérer. Ne pas corriger ce qui a déjà fonctionné, mais surtout ne jamais admettre les erreurs. Au début, je ne l'avais pas compris, mais maintenant j'ai eu le temps d'y réfléchir. J'ai aussi lu des tas de livres sur les dictateurs du passé. Par exemple, tu sais ce qu'a fait Mobutu quand il a pris le pouvoir au Congo ? Il a rebaptisé le pays “Zaïre”, parce qu'il pensait que c'était un terme indigène, une façon de se libérer de l'héritage colonial. Puis, à un certain moment, on découvre que *Zaïre* est un mot portugais. Alors que fait-il? Est-ce qu'il demande pardon et fait marche arrière? Allons donc! Il baptise "Zaïre" tout le reste : les billets de banque, les cigarettes, les pompes à essence, les préservatifs pour ce que j'en sais... Ton Tsar, c'est la même chose, exactement la même chose : un autocrate, un chef de tribu africain!

— Peut-être, Boris, mais ce n'est pas de la barbarie : ce sont les règles du jeu. La première règle du pouvoir est de persévérer dans les erreurs, de ne pas montrer la plus petite fissure dans le mur de l'autorité. Mobutu le savait parce qu'il venait d'une terre où le chef était tué s'il chutait simplement de cheval. Et il était étranglé s'il tombait malade. Le chef se doit d'être fort s'il veut être en mesure de protéger sa tribu. Au moment où il fait montre de faiblesse il est abattu et remplacé par un autre. C'est la même chose partout. Mais, selon où il se trouve, le chef déposé peut être empalé vivant ou expédié à l'autre bout du monde pour faire des conférences à cent mille dollars. »

Berezovsky prit un air pensif, que les reflets sombres du bar ne contredisaient pas.

« Tu as raison, Vadia, mais souviens-toi qu'en politique il n'y a pas de *happy end*. Même ton Roi-Soleil avait, à la fin de sa vie, de terribles crises de sanglots.

— Que veux-tu que je te dise, Boris, la vie est une maladie mortelle.

— Justement, Vadia. Et c'est précisément

pour cela qu'il faut savoir quand arrive le moment d'arrêter les conneries. J'ai toujours pensé que parmi les choses que la politique a en commun avec la mafia, il y a le fait qu'on ne prend pas sa retraite. On ne peut pas se retirer et se mettre à faire quelque chose d'autre. Mais ensuite, je suis tombé sur Johnny Torrio. Tu la connais, Vadia, l'histoire de Johnny Torrio ? »

Je fis non de la tête. J'avais déjà un avant-goût de l'énième parabole de Berezovsky, même si sur le moment je ne pouvais pas savoir que ce serait la dernière.

« C'était le président du conseil des mafieux de Chicago, juste après la guerre, un vrai boss, respecté par tous. Mais sous ses ordres il y avait un type qui voulait prendre sa place et qui s'appelait Al Capone. Alors, en 1924, un après-midi de janvier, vers les cinq heures, Johnny Torrio, le président du conseil des mafieux de Chicago, criblé de cinq balles, s'écroule en face de chez lui. On l'emmène à l'hôpital, il dit à la police : "Je sais qui a fait le coup, mais je ne suis pas une balance." Puis, dès qu'il va mieux, il appelle Al Capone, lui remet les clés du business et lui dit qu'il a envie de rentrer en Italie. Résultat : il a vécu encore quinze ans, par la grâce de Dieu, et il est mort tranquillement dans sa maison à Brooklyn. »

Boris resta silencieux un moment, puis il tira une enveloppe de sa poche.

« Cette lettre est pour le Tsar. Je l'ai écrite avec le cœur. Tu peux la lire, si tu veux. »

Sous mes doigts, le papier, fabriqué à la main, avait la consistance d'une feuille de coton. C'était un appel à la charité chrétienne du Tsar. « Je te supplie de me donner ton pardon de chrétien », implorait Berezovsky. Puis il y avait des allusions pathétiques à la mort qui approchait, à la dureté de l'exil, à un vieil imbécile qui, bien que conscient de ses erreurs, demandait, confiant en la magnanimité du souverain, le réconfort de pouvoir passer ses derniers jours dans les bras de la mère patrie. Ce n'était pas vraiment le ton de la lettre de Zamiatine. Une supplique adressée au Tsar, plutôt, dans le pur style d'une tradition séculaire. Même si, dans un passage discret, Boris ne résistait pas à la tentation de se proposer encore comme conseiller « sur la base de l'expérience que j'ai accumulée, si tu le jugeais utile, Vladimir Vladimirovitch ».

« Tu crois que ça va marcher ? »

Son regard de vieille arsouille brillait d'une lueur qui se voulait ironique, mais dans laquelle on ne percevait qu'un désespoir sans fond. J'aurais aimé lui dire que oui, que le Tsar serait ému et que l'on se retrouverait bientôt côte à côte dans la tribune d'honneur pour assister à l'ouverture des Jeux. Il me semblait voir Berezovsky qui, en quelques jours, oublierait tous ses bons propos, recommencerait à piaffer, à faire des propositions, à demander de la place. Son énergie me manquait. Ce n'était pas un saint, mais dans tout ce qu'il entreprenait il y avait une forme d'allégresse. Depuis que ses semblables avaient été bannis, il n'était resté à Moscou que la morne détermination des hommes de la force. Mais je savais que le Tsar ne le regrettait pas, bien au contraire. Boris avait lu la réponse dans mes yeux, mais n'était pas prêt à l'accepter.

« Bien, tu l'emportes quand même, d'après moi ça va marcher. »

Ce soir-là, on s'est quittés avec une embrassade à la russe, très longue, qui a fini de perturber l'atmosphère raréfiée du Claridge. Je suis monté dans ma chambre, pénétré par une curieuse sensation de défaite. À la fin, contrairement à toute prévision, le vieux lion acceptait de coiffer le béret du chauffeur de taxi ; prouvant encore une fois que la faiblesse qu'on ne connaît pas, mais que peut-être on soupçonne, est à l'affût comme un reptile dans un buisson et qu'elle peut surgir jusqu'à la fin, même quand on croyait après tout avoir vécu une vie sans jamais courber la tête.

Deux jours après notre rencontre, Berezovsky a été retrouvé mort dans la salle de bains de sa résidence d'Ascot, pendu à son écharpe en cachemire préférée.

26

« Le problème n'est pas que l'homme soit mortel, mais qu'il soit mortel à l'improviste. »

À tout autre moment j'aurais été ravi que le Tsar se donne la peine d'exhumer Boulgakov pour moi. Mais ce jour-là je n'étais pas disposé à apprécier les citations littéraires. Poutine, naturellement, s'en est rendu compte.

« Tu crois vraiment que c'était nous ? »

Le visage du Tsar était une plaque de granit. J'ai regardé autour de moi. Je détestais la désolation officielle qui régnait à Novo-Ogariovo, mélange de fausse intimité et d'authentique mauvais goût, comme si un jour on avait confié au chef de la sécurité du Kremlin la tâche de meubler la résidence du président aux portes de Moscou. D'ailleurs on ne pouvait pas exclure que les choses se soient passées ainsi. Déjà, en temps normal, les lampadaires de bronze et les murs couverts de damas me rendaient triste, alors imaginez mon état d'esprit ce matin-là, avec les pages des journaux pleines de la nouvelle de la mort de Boris et sa dernière et inutile supplique qui brûlait la poche intérieure de mon veston comme une balle dans une blessure.

« Je ne crois rien, président.

— Et tu as bien raison, Vadia. »

Le Tsar laissa passer quelques instants pour que le sens profond de son avertissement dépasse la barrière corticale et pénètre au centre de mon cerveau. Puis il reprit sur un ton plus mondain : « De toute façon, la vérité est que Berezovsky était très commode pour nous. Chaque fois qu'il ouvrait la bouche pour dire qu'une fois Poutine tombé il reviendrait, il nous aidait. Les gens se souvenaient des années quatre-vingt-dix, de toute cette souffrance, de tout ce chaos. Il suffisait de le regarder en face. »

Comme je m'obstinais dans mon silence, Poutine continua. « Bien sûr, il aidait les ennemis de la Russie partout, en Ukraine, en Lettonie, en Géorgie, c'est vrai. Qui sait comment les choses se sont vraiment passées. Tu vois, Vadia, les conspirationnistes se croient très malins, mais ce sont de gros naïfs. Ils aimeraient que tout ait un sens caché et sous-évaluent systématiquement le pouvoir de la bêtise, de la distraction, du hasard. Cela dit, tant mieux : c'est le contraire de ce qu'ils voudraient, mais les conspirationnistes nous renforcent. Si au lieu de voir le pouvoir pour ce qu'il est, avec ses faiblesses humaines, on lui confère l'aura d'une entité omnisciente, capable d'ourdir je ne sais quelle trame, on lui fait le plus grand compliment possible, tu ne trouves pas ? On le fait croire encore plus grand qu'il n'est.

— *Puisque ces mystères nous dépassent, feignons d'en être l'organisateur.* »

Le Tsar détestait mes citations et ne parlait pas le français, mais ce matin-là je n'étais pas d'humeur à lui faire plaisir. Il me regarda un instant en silence, puis il décida de m'ignorer.

« Ç'a été la même chose dans les autres cas : le colonel, l'avocat, cette célèbre journaliste. Tu le sais parfaitement, Vadia, ce n'était pas nous. Nous, nous ne faisons rien : nous créons juste les conditions d'une possibilité. »

Cela pouvait être vrai. Pendant longtemps, le Tsar n'a donné d'ordres directs que très rarement. Il se limitait à fixer les frontières, ce qui était admis et ce qui n'aurait pas été toléré. Puis le jeu suivait sa propre logique, jusqu'aux extrêmes conséquences qui constituaient aussi sa vérité plus profonde. C'était précisément de cela que nous avions parlé quelques jours auparavant avec Berezovsky. Une coïncidence dont l'ironie ne me donnait pas envie de sourire. Elle m'aurait plutôt donné envie de pleurer, si j'en avais été capable. La pensée du vieux bandit qui à la fin demandait seulement de pouvoir achever sa vie comme Johnny Torrio me touchait beaucoup plus que je ne l'aurais pensé. Pauvre vieux Borya, il l'aurait mérité.

En face de moi, le Tsar lisait la lettre de Berezovsky. Puis il la déposa, imperturbable, comme une pierre ramassée au fond d'un torrent. Je me rendis compte à ce moment-là que Boris avait eu raison sur ce point aussi. Poutine n'était pas un grand acteur, comme je le croyais, mais seulement un grand espion. Métier schizophrénique qui requiert, c'est certain, des qualités d'acteur. Mais le véritable acteur est extraverti, son plaisir de communiquer est réel. L'espion, en revanche, doit savoir bloquer toute émotion, si tant est qu'il en ait. En pratique, ces deux talents lui servent, il doit simuler l'empathie de l'acteur et posséder la froideur du chirurgien en salle d'opération. Mais si Poutine n'était pas un grand acteur, moi non plus je n'étais pas un grand metteur en scène, tout au plus un complice.

Ce jour-là, plutôt que de s'attarder sur le sort de Boris, le Tsar dévia la conversation sur les préparatifs des Jeux olympiques de Sotchi. C'était son obsession, à cette époque. Pour convaincre le Comité olympique d'organiser les jeux d'hiver dans une ville subtropicale, sans la moindre infrastructure sportive ou de transport, Poutine avait mobilisé toute la puissance de la Russie d'aujourd'hui et également un peu de la fantaisie manipulatrice de son passé. À un certain moment, à l'occasion de la visite des inspecteurs olympiques, étant donné qu'il n'y avait pas d'aéroport à Sotchi, on en avait aménagé un, avec quelques étudiants travestis en touristes qui consultaient le tableau des départs et des arrivées plein de vols inexistants. Potemkine aurait été fier de nous.

Plus on se rapprochait de la date de l'ouverture et plus le Tsar avait de difficultés à parler d'autre chose. Il est clair qu'il considérait les Jeux comme l'apogée de son règne. Et je dois admettre que l'occasion d'y prendre part, en m'occupant de la cérémonie d'ouverture, me fascinait. La boucle était enfin en train de se fermer. Parti du théâtre, j'étais passé à la mise en scène de la réalité. On ne pouvait pas dire que je m'en sois mal tiré. À présent, on me demandait de projeter sur la scène la réalité que j'avais contribué à construire. Seulement, cette fois, il ne s'agissait plus d'un petit théâtre d'avant-garde mais d'une immense arène, pour un public qui comprenait la planète entière.

C'était l'occasion que j'attendais. À force de jouer au démiurge, je m'étais engagé dans une voie sans issue. Ce que je voulais maintenant, c'était revenir en arrière, rétablir un rapport avec tout ce que j'avais trouvé de beau dans le monde. On me demandait de mettre en scène la Russie, la grandeur tragique de son histoire, la poignante beauté de ses lettres et de ses chants ? J'en ferais une histoire personnelle, l'occasion de renouer les fils brisés de ma famille, qui étaient d'ailleurs les fils brisés de toutes les familles russes.

Notre génération avait assisté à l'humiliation des pères. Des gens sérieux, consciencieux, qui avaient travaillé dur toute leur vie et qui s'étaient retrouvés, les dernières années, perdus comme un Aborigène australien qui essaye de traverser l'autoroute. Cela valait pour les enfants de la nomenklatura comme pour tous les autres. Nous avions vu nos parents, des hommes forts, nos points de référence, errer, les yeux écarquillés, incrédules face à l'effondrement de tout ce en quoi ils avaient cru. Nous les avions vus raillés, mortifiés pour avoir simplement fait leur devoir. D'ailleurs, c'est nous qui les avions raillés et mortifiés. Nous avions tous, je pense, été frappés à mort par cette scène. Nous l'avions produite et nous en avions été frappés. Personne n'avait pu, par la suite, maintenir une conscience intacte. Il s'agissait à présent de leur rendre justice. À eux et à leurs pères, qu'ils avaient eux aussi humiliés, parce que la Russie est éternellement condamnée à recommencer.

Au cours des années, le Tsar avait repris avec patience les fils de l'histoire russe pour essayer de lui donner une cohérence. La Russie d'Alexandre Nevski, la Troisième Rome des patriarches, celle de Pierre le Grand, la Russie de Staline et celle d'aujourd'hui. En cela résidait la grandeur de Poutine, mais il avait ensuite cédé à la tentation de trouver, dans la continuité de la force, la trame qu'il cherchait; une intrigue dénuée de lumière, mais non de grandeur, qui partait des opritchniki d'Ivan le Terrible et, passant par la police secrète des tsars et la Tcheka de Staline, arrivait jusqu'aux Sechine et aux Prigojine d'aujourd'hui.

Compte tenu de ses origines, le Tsar n'aurait peut-être pas pu faire autrement. Mais les hommes de la force n'avaient contribué en rien à la beauté du monde, leurs histoires n'étaient pas faites pour être racontées mais tues. Dans leurs mains, tout ce que l'histoire russe avait de tragique et de merveilleux se présentait sous un éclairage livide, comme une succession ininterrompue d'abus et de sacrifices. Et maintenant on nous demandait de raconter de quelle manière notre histoire avait contribué à accroître la beauté du monde. Ce dont les Sechine et les Prigojine n'avaient pas la moindre idée. Et je crains que Poutine lui-même n'eût pas su par où commencer.

Moi, au contraire, je croyais le savoir. Et je savais surtout où chercher : sur les étagères de la bibliothèque de grand-père, dans ses contes de chasse, à l'intérieur des romans que mon père avait relus les derniers mois de sa vie et dans la généalogie compliquée des fous et des artistes dont Ksenia et moi nous nourrissions quand nous étions jeunes, quand Moscou était devenu une nébuleuse aux mille couleurs.

Je décidai de faire appel à mes amis de l'époque. Beaucoup ne vinrent pas, certains ne voulaient pas se plier au système, d'autres auraient été heureux de le faire mais pas pour une mégaproduction qui s'annonçait, dirent-ils, comme le sommet du mauvais goût. Certes, la dimension de l'entreprise imposait le recours à certains moyens expressifs : le kitch est la seule forme de langage possible si on veut communiquer avec les masses, parce qu'il simplifie tout et ne présente aucune nuance. Mais il n'était écrit nulle part que le kitch ne pouvait être détourné et plié à mes fins.

Nous nous sommes mis au travail. Les fonds étaient illimités. Le Tsar n'aurait pas lésiné sur les dépenses pour projeter sa grandeur sur la superficie du globe. Nous avons pris les meilleurs dans toutes les catégories et nous avons commencé à nous amuser pour de bon. Les costumiers ont vêtu nos personnages en s'inspirant de la tradition, mais aussi des croquis d'un styliste japonais. Les chorégraphes ont mis en scène l'ère stalinienne de façon grandiose grâce aux idées des constructivistes, que le Petit Père abhorrait. Le vaste open-space que j'avais fait aménager pour l'équipe de créateurs – juste en dehors des murs du Kremlin, pour pouvoir y aller le plus souvent possible – me rappelait un peu mes jours de producteur de télévision. Certains visages qui le peuplaient étaient les mêmes, seulement vieillis de quinze ans. Et même les autres, les jeunes gens qui nous avaient rejoints, avaient un air de famille. Une expérience prolongée m'avait appris à passer au crible les visages à lunettes aux épaisses montures, les tee-shirts décolorés et les montres à quartz des années soixante-dix, à la recherche de la moindre trace d'or véritable. Nos jeunes collaborateurs avaient tous en commun l'étincelle qui distingue le vrai talent de l'ignoble masse des créateurs d'apéritif, bien que, vus de l'extérieur, il faille admettre qu'on les distinguait mal des jeunes gens gâtés qui se retrouvaient dans les bistrots du centre de Moscou pour planifier des flashmobs en soutien aux opposants du Tsar. Leurs cheveux en bataille et leurs vestes en velours violet détonnaient parmi les habitués des salons du Kremlin. Je peux comprendre qu'après quelque temps, le ministre de la Culture, porte-drapeau des valeurs traditionnelles, à qui était assignée la supervision des préparatifs, ait commencé à donner quelques signes de nervosité. Comme la majorité des autres, à la Cour, il avait toujours réservé un œil malveillant à mes activités, qui parfois croisaient les siennes en leur passant par-dessus et presque toujours en les contredisant. Toute cette fréquentation de subversifs de tous bords, pensait-il, ne peut conduire à rien de bon. Et ce Baranov, se demandait-il, au fond est-ce qu'il les manipule ou bien est-il l'un des leurs ?

Tant que mes rapports avec le Tsar semblaient inattaquables, il n'y avait pas grand-chose à faire, mais maintenant qu'ils commençaient à se fêler – rien n'échappait aux antennes hypersensibles des courtisans –, peut-être était-ce le moment d'intervenir. Quand il a su que certains d'entre nous s'étaient mis en tête de faire interpréter une chanson des Daft Punk par le chœur de l'Armée rouge, le ministre a décidé de faire appel à Sechine. C'est pour cette raison que je me suis retrouvé à nouveau dans le bureau du Tsar.

De sa position naturelle, debout, à côté de Poutine assis derrière son bureau, Sechine n'avait pas perdu de temps.

« Vadia est en train de transformer la cérémonie en une farce. Il a récupéré tous ses petits copains de Moscou et ils s'amusent à nous prendre pour des cons. »

Depuis toujours, Igor affichait sa complète absence d'humour comme une marque de fiabilité. Le Tsar lui répondit d'un ton distrait.

« Et qu'est-ce qu'on peut y faire, Igor, notre Vadia est un acrobate. Artiste au milieu des banquiers, banquier parmi les artistes, on ne réussit jamais à l'attraper parce qu'il est toujours ailleurs. »

Sechine me dévisagea avec l'air du dentiste qui est sur le point de vous faire mal. « Fais attention, Vadia, parce que tôt ou tard tu risques de rater un trapèze et de t'écraser au sol. »

Dans un certain sens, il avait raison, mais je n'étais pas encore disposé à céder.

« Pardon, Igor, n'aurais-tu pas quelque traître de la patrie à empaler ? Parce qu'ici on bosse sur un spectacle, tu sais ? Le plus grand spectacle jamais vu. »

Sechine me regarda un instant, abasourdi. Il y avait des années que personne n'avait osé lui parler sur ce ton, en dehors du Tsar. Il était tellement surpris qu'il ne réussit même pas à se mettre en colère.

Le Tsar semblait s'amuser. Il appréciait toujours quand ses subordonnés entraient en conflit. Je m'adressai à nouveau à lui.

« Monsieur le président, trois milliards de personnes verront ce spectacle. La plus grande partie d'entre eux ignorent tout de notre pays. Ils savent seulement qu'avant il y avait les rouges et qu'aujourd'hui ils n'y sont plus. C'est tout, inutile de se faire des illusions. Nous avons deux heures pour leur présenter notre Russie. Celle que nous avons construite et celle que nous voulons. On peut leur montrer un pays avancé, sans complexes, qui intègre et reflète le monde, l'influence et est influencé par lui. Une Russie ouverte, sûre d'elle-même, qui suscite l'émotion par la grandeur de son destin, mais capable aussi de faire sourire, parce que le monde d'aujourd'hui se prend également avec une dose d'humour. Ou, bien sûr, nous pouvons les distraire, pendant deux heures, avec les babouchkas en costumes et les chœurs militaires d'Igor. »

Poutine a ses défauts, mais on ne peut pas dire qu'il ne soit pas capable d'évaluer les personnes pour ce qu'elles sont, et surtout pour la façon dont elles peuvent lui être utiles pour atteindre ses buts. Sur n'importe quel autre plan il aurait choisi Sechine. Plus fiable, plus obéissant et plus efficace. Mais, pour monter un spectacle face au monde, il a eu le bon sens de me préférer. À n'en pas douter, ce serait la dernière fois, Sechine s'arrangerait pour cela. Mais l'essentiel pour le moment était de pouvoir achever le travail.

Pendant cette période, je profitai même de la faveur dont je jouissais pour obtenir du Tsar une ultime concession qui me tenait à cœur : la libération de Mikhaïl. L'idée que Ksenia fût revenue à moi parce qu'il était hors jeu me tourmentait. J'avais besoin de me mesurer à lui, à armes égales. Je savais que je pouvais le faire, maintenant. Je n'étais plus l'éternel étudiant qui se barricadait derrière les livres pour éviter d'affronter la vie : j'avais cessé de me mentir, j'étais sorti dans le monde, j'avais tué ma première oie et beaucoup d'autres après celle-là, j'étais au sommet de mes forces. Ksenia l'avait senti. C'est pour cela qu'elle était revenue à moi. Et c'est pour cette raison qu'elle resterait à mes côtés par la suite. La sortie de prison de Mikhaïl était l'élément qui manquait pour fermer cette boucle-là aussi.

Les arguments en faveur de sa libération étaient nombreux. Après le premier procès, il avait purgé sa peine au camp de Krasnokamensk, au milieu d'un paysage martien de collines de poussière rouge, à l'extrême frontière entre la Sibérie et la Chine. Là, il avait donné la preuve de sa bravoure et de sa dignité. Peut-être qu'il était simplement trop présomptueux pour ne pas être aussi extrêmement courageux. Une fois, il avait fait la grève de la faim pour réclamer des soins pour un ex-collaborateur de son entreprise, séropositif, emprisonné avec lui. Au bout de dix jours, le procureur avait été obligé de céder. Une autre fois, il avait réussi à obtenir de meilleures conditions de travail pour ses compagnons de cellule qui passaient leurs journées dans les ateliers de couture du camp.

À présent, sa mère était malade – les médecins lui donnaient un an à vivre au maximum. Il s'agissait de faire preuve d'humanité. Le Tsar en était conscient. Les Russes aiment à se faire guider par des hommes implacables, mais apprécient de temps en temps les gestes de clémence. Et puis, même pour lui, c'était au fond une question d'assurance. Après avoir passé des années à consolider un pouvoir sans limites, le Tsar ne se sentait-il pas assez fort pour pouvoir se montrer magnanime face à un adversaire qui par ailleurs s'était révélé digne de son respect ?

Évidemment, je ne pouvais pas formuler la question dans ces termes, mais je me suis arrangé pour que Poutine voie la chose plus ou moins comme ça. Après des années de fréquentation, j'avais quand même une vague idée de la façon d'influencer ses processus mentaux. Ça ne fonctionnait pas toujours. Mais cette fois encore ça a marché. Ainsi, quelques jours avant le début des Jeux olympiques, le Tsar annonça la libération de Khodorkovski, comme avant lui César avait gracié Claudius Marcellus.

Ksenia se précipita à la sortie de la prison. Elle fit monter Mikhaïl dans son avion, l'accompagna à Berlin où se trouvaient ses parents, et resta à ses côtés pendant quelques jours pour s'assurer qu'il était capable de reprendre une vie normale. Puis, elle lui annonça qu'elle allait demander le divorce.

Peut-être pour la première fois depuis que je la connaissais, Ksenia s'était comportée exactement comme je m'y attendais. C'était une femme qui aurait mis le feu à une ville entière pour s'épargner un seul moment d'ennui. Pourtant, sa proximité me donnait à présent une tranquillité que je n'aurais jamais pu trouver en compagnie d'une nature plus paisible. Avant de me choisir, Ksenia m'avait trahi et blessé, tout comme elle en avait trahi et blessé d'innombrables autres. Si elle avait décidé de déposer les armes, ce n'était pas par lassitude ou par lâcheté, mais, au contraire, parce qu'elle avait mené et gagné trop de batailles.

Il ne suffit pas dans la vie que deux êtres se reconnaissent, il faut que cela arrive au bon moment, quand ils sont tous les deux prêts à célébrer la communion silencieuse destinée à les unir. Nous étions heureux ensemble et non moins heureux de l'avenir parfaitement inconnu qui se dressait face à nous. Maintenant il ne restait plus qu'à jouir de la cérémonie d'ouverture, le spectacle s'annonçait grandiose.

27

Les hommes masqués sont entrés en scène à l'improviste, défilant au pas de l'oie au rythme de puissants tambours qui résonnaient dans l'obscurité. En peu de temps ils ont dessiné avec des torches un svastika au centre de l'arène. Puis ils se sont mis à lancer des pierres et des cocktails Molotov contre les policiers. Ceux-ci se défendaient comme ils le pouvaient, mais on voyait qu'ils étaient en difficulté et quand les blindés ukrainiens sont arrivés, avec les drapeaux bien visibles, ils ont été éliminés jusqu'au dernier homme. À cet instant, une voix familière a commencé à tonner dans les haut-parleurs : « Éternels laquais de l'Europe ! Esclaves spirituels de l'Amérique ! Vous avez perverti l'histoire de vos pères et vendu les tombes de vos aïeux ! Vous avez mis l'Ukraine à feu et à sang pour réaliser le projet d'Adolf Hitler ! »

Pendant ce temps deux gigantesques mains mécaniques, peintes aux couleurs du drapeau américain, soulevaient un modèle de l'Ukraine en flammes. « Une terre étrangère vous est plus chère que la patrie et, pour cette raison, vous êtes destinés à ne reconnaître que la voix de votre patron et à vous prosterner face à lui pour toujours ! Mais vous n'avez pas pris en compte la Russie ! »

C'est alors qu'une phalange de patriotes russes a fait irruption dans l'arène et a commencé à se battre contre les nazis et les militaires ukrainiens. Éclairs, explosions, corps qui s'abattent sur le sol. L'issue du combat n'est pas claire, la fumée, l'obscurité empêchent de comprendre qui l'emporte. Jusqu'à ce que, dans un vrombissement puissant, les Loups de la nuit, en selle sur leurs motos, entrent en scène, en brandissant le drapeau russe, pendant que résonne l'hymne national. Le brouillard se dissipe, les nazis gisent sur le sol dans un lac de sang, les haut-parleurs transmettent les paroles enregistrées du Tsar. « Nationalistes, néonazis, russophobes, antisémites ne se sont arrêtés devant rien pour prendre le pouvoir. Ils ont eu recours à la terreur, à l'assassinat et aux émeutes. Comment pouvaient-ils penser que nous allions ignorer les demandes d'aide désespérées qui arrivaient des citoyens de l'Ukraine ? Nous ne pouvions pas le faire, c'eût été une trahison ! Parce que la Russie et l'Ukraine ne sont pas seulement voisines, comme nous l'avons dit à maintes reprises, nous sommes un seul peuple ! Kiev est la mère de la nation russe. L'ancienne Rus' est notre source commune et nous ne pouvons pas vivre les uns sans les autres. Nous avons fait ensemble beaucoup de choses, mais il reste encore beaucoup à faire, de nouveaux défis à affronter. Mais je suis sûr que nous surmonterons tous les problèmes, nous le ferons parce que nous sommes unis ! Longue vie à la Russie ! »

Le spectacle s'est terminé sur une orgie de lance-flammes et de vapeurs industrielles, avec des lasers qui transperçaient les ténèbres et le bruit assourdissant des turbines qui couvrait le heavy metal provenant des enceintes colossales, placées au bord de l'arène. Le vent des montagnes de l'Est secouait les drapeaux des séparatistes et l'énorme banderole : « Là où se trouvent les Loups de la nuit, là est la Russie ». Transporté d'enthousiasme, un membre de l'assistance a déchargé sa kalachnikov vers le ciel, tandis que les spectateurs contemplaient la scène bouche bée, avec l'air égaré de ceux qui ont perdu temporairement l'ouïe.

Je dois admettre que j'étais moi-même un peu sonné. Quelques mois auparavant, la cérémonie d'ouverture des Jeux olympiques avait été un triomphe. Les tableaux animés avaient scandé les grandes étapes de l'histoire russe, les coupoles de la cathédrale Saint-Basile avaient jailli sous les yeux enchantés du public. Natacha et le prince André avaient dansé à la cour impériale et, suspendue dans l'espace sur un globe azur, une enfant blonde avait finalement laissé partir le ballon rouge du communisme. Les notes de *L'Oiseau de feu* de Stravinsky avaient accompagné le passage de la flamme olympique et le chœur de l'Armée rouge avait chanté *Get Lucky*. Cette nuit-là, j'étais rentré à l'hôtel avec la sensation d'avoir finalement donné un débouché à mon parcours. Ne serait-ce que pour quelques heures, j'avais créé un monde enchanteur.

À présent je me trouvais face à un spectacle quelque peu différent. On aurait dit le plateau d'un film apocalyptique. Les torchères à gaz éclairaient par intermittence un paysage lunaire piqué de carcasses de voitures dans lequel bougeaient les formes des centaures métallisés qui s'écoulaient lentement de l'arène. On entrevoyait au fond les murs coiffés de fils de fer qui entouraient le quartier général des Loups de la nuit de Louhansk.

« Alors, Vadia, qu'est-ce que tu en dis, le show t'a plu ? »

La voix caverneuse qui rythmait les temps forts du spectacle un instant auparavant s'adressait maintenant à moi. Zaldostanov avait déménagé dans le Donbass quelque temps plus tôt, en première ligne dans la guerre patriotique de l'Ukraine orientale. Le Tsar ne pouvait pas, bien sûr, envoyer des troupes régulières envahir un pays souverain. Nous avions donc assemblé une étrange armée de mercenaires et de militaires en civil : officiellement tout ce gentil monde était composé de volontaires, vétérans de l'Afghanistan et de la Tchétchénie, qui avaient décidé d'employer leurs vacances à défendre les Ukrainiens russophones des nazis de Maïdan. Il leur manquait le béret de castor et les longues tuniques noires serrées à la taille, mais pour le reste rien ne les distinguait des cosaques du dix-neuvième siècle.

Alexandre assumait à leur tête le rôle de chef charismatique. Amaigri, bronzé, il me semblait dans son élément. Cela ne m'a pas surpris. Dans les phases les plus turbulentes, la Russie produit toujours des hommes de ce genre. Aventuriers, chefs de bande, personnages qui émergent du néant pour chevaucher les troubles de l'histoire. Alexandre était un des leurs. Il aimait un monde sans règles, où les choses arrivent et c'est tout. Ses adeptes le vénéraient comme si le dieu de la guerre s'était matérialisé sous leurs yeux. Ils avaient en commun l'euphorie d'empoigner une arme pour se procurer tout ce qui leur était interdit en temps de paix. Leur allure était faite de lunettes de soleil et de voitures tout-terrain sans plaque, de barbes, de tatouages, de musique tonitruante et d'armes semi-automatiques.

Zaldostanov me rejoignit dans les coulisses du spectacle qu'il avait mis en scène pour célébrer l'imminente victoire russe en Ukraine orientale. Je lui fis compliment de son interprétation du dieu Thor. Alexandre acquiesça avec modestie. Il se déplaçait avec des gestes précis : un signe de lui et une bouteille de vodka se matérialisa, dans un seau à glace en plastique, accompagnée d'un plat de harengs fumés et de quelques grosses tranches de pain noir.

« Cher Alexandre, mon ami, depuis que nous nous sommes revus tu sais que je nourrissais de grandes ambitions pour toi. Mais te retrouver ainsi en proconsul romain...

— Tu sais ce qu'on dit chez nous, Vadia : “Ceux dont le destin est de mourir pendu ne se noient pas.” »

Le motard siffla un verre de vodka. Puis il reprit : « Mais toi plutôt, l'ami, on dit que tu t'es reproduit. Il était temps !

— Pas encore, dans quelques semaines, si tout va bien. Une fille, si Dieu le veut. »

Visiblement, Zaldostanov parlait, à Moscou, avec des gens bien informés. Il est vrai que les Russes sont pleins de ressources quand il s'agit de trouver des raisons de trinquer.

« Tu as vu les drapeaux ? On n'utilise plus ceux de la Fédération : on pense déjà à autre chose. »

J'avais en effet remarqué que, pendant la représentation, les motards agitaient les anciennes bannières impériales avec l'aigle bicéphale, une obsession de Zaldostanov.

« Nous ne sommes plus une république, Vadia, nous sommes de nouveau un empire : nous conquérons de nouvelles terres, nous avons déjà un tsar à notre tête : Sa Majesté impériale Vladimir Poutine ! »

Après un autre toast : « Je te remercie de ta visite, Vadia. Je tenais beaucoup à te parler : je crois qu'il est maintenant temps de faire le point sur les prochaines étapes. »

Je retins un sourire. Zaldostanov voulait faire le point sur les prochaines étapes : l'aigle bicéphale devait lui avoir picoré le cerveau.

« À ce stade, je pense que nous avons deux possibilités. La première serait la meilleure : faisons comme en Crimée, organisons un référendum et, dans la ferveur populaire, le Donbass redevient une partie de la mère Russie. Le Tsar ajoute une autre conquête aux précédentes, un nouveau pas vers la reconstitution de l'empire...

— Et l'autre ?

— La deuxième possibilité est moins bonne. Mais si on ne peut pas faire autrement, nous proclamons l'indépendance de la république du Donbass, vous à Moscou la reconnaissez, et peut-être encore quelques autres, disons les Biélorusses, les Turkmènes. Nous créons notre gouvernement, notre Parlement, bref nous plaçons nos hommes, nous nous coordonnons pour toutes les étapes successives.

— Mmm, je crois que nous allons devoir opter pour une troisième possibilité, Alexandre. »

Zaldostanov me regarda sans comprendre.

« Pardonne-moi, mais j'ai l'impression que tu te laisses un peu emporter.

— Mais de quoi tu parles ? Je suis ici, sur place, et je te dis simplement ce dont nous avons besoin pour consolider la victoire.

— Justement, Alexandre. La victoire. Je crains qu'il n'y ait un malentendu à ce sujet. »

Zaldostanov m'observait d'un air vaguement hostile.

« Les chefs de la milice locale ne comprennent pas, ils se donnent encore des objectifs naïfs comme la victoire. Mais tu n'es pas aussi stupide, Alexandre. Tu comprends que la guerre est un processus, dont les buts vont bien au-delà du succès militaire. Au contraire, il est nécessaire que notre succès ne soit jamais complet, la conquête jamais définitive. Que veux-tu que la Russie fasse avec deux régions de plus ? On a repris la Crimée parce qu'elle était à nous, mais ici le but est différent. Ici notre objectif n'est pas la conquête, c'est le chaos. Tout le monde doit voir que la révolution orange a précipité l'Ukraine dans l'anarchie. Quand on commet l'erreur de se confier aux Occidentaux, cela finit ainsi : ceux-ci te laissent tomber à la première difficulté et tu restes tout seul face à un pays détruit. »

Et en proie aux hordes barbares, aurais-je pu ajouter, mais je tâchais encore de ménager la susceptibilité de mon aimable hôte.

« Cette guerre ne se combat pas dans la réalité, Alexandre, elle se combat dans la tête des gens. L'importance de vos actions sur le champ de bataille ne se mesure pas aux villes que vous prenez, elle se mesure aux cerveaux que vous conquérez. Pas ici. À Moscou, à Kiev, à Berlin. Pense à nos compatriotes russes qui, grâce à vous, retrouvent le sens héroïque de la vie, de la lutte entre le bien et le mal et qui admirent le Tsar, qui défend nos valeurs contre les nazis ukrainiens et la décadence des Occidentaux. Nos jeunes n'ont pas connu le chaos des années quatre-vingt-dix, quelqu'un devait leur rappeler que Poutine incarne la stabilité et la grandeur de la mère patrie. Ensuite, pense aux Ukrainiens qui, grâce à vous, comprennent l'erreur qu'ils ont commise : ils espéraient que la révolution orange les amène en Europe et en fait elle les a ramenés au Moyen Âge, à l'anarchie et à la violence sans fin. Et pense aux Occidentaux qui, grâce à vous, se sont remis à respecter, et jusqu'à craindre, la Russie. Ils avaient cru à la fin de l'histoire, ils mesurent maintenant la dimension de leur erreur. Nous, nous n'avons pas oublié ce que ça signifie d'être des hommes, de lutter, d'être prêts à mourir. Nous n'avons pas peur de nous salir les mains. Il y a une belle différence entre vivre et chercher à ne pas mourir. Eux l'ont oublié, mais pas nous. Nous sommes ici pour le leur rappeler, Alexandre.

« Tout ceci, c'est grâce à vous. À toi et à tous les héros qui sont en train de mener la guerre du Donbass. À condition que vous compreniez que vous êtes les acteurs d'un drame beaucoup plus grand et qui va bien au-delà de ce qui se passe ici.

— Jusqu'à quand ? »

Bien qu'il l'ait souvent utilisée à son avantage, ou peut-être à cause de cela, Zaldostanov avait toujours été curieusement imperméable au pouvoir de la rhétorique.

« Jusqu'à ce que cela cesse de nous être utile. »

Zaldostanov resta un moment silencieux. « Un drame, tu dis ? J'ai plutôt l'impression d'une farce, Vadia. Tu crois que je ne sais pas ce qui est en train de se passer ? Les gens parlent, ici, de tes petits voyages à Kiev. Nous savons ce que tu essayes de faire. Tu nous utilises comme moyen de pression. Tu veux que le Donbass continue à faire partie de l'Ukraine, parce qu'à travers le Donbass tu peux faire chanter le gouvernement de Kiev. »

J'essayais de me contrôler, mais l'idée que la brute soit en train de se mêler de ce qui ne le regardait pas commençait à devenir insupportable.

« Cela ne marchera pas, Vadia, vous perdrez le contrôle. Les nôtres, ici, n'ont pas pris les armes pour te permettre d'aller faire tes petits jeux de politicard à Kiev. Ils se battent pour leur patrie, ils veulent la Novorossia. Quand ils découvriront que tu les utilises comme monnaie d'échange avec les nazis à Kiev…

— Oui, qu'est-ce qui se passera, Alexandre ? Dis-moi, je suis curieux de l'entendre. »

Je n'avais pas pu me retenir. Zaldostanov se taisait.

« Je vais te le dire, moi : il ne se passera absolument rien. Ne me dis pas que tu t'es laissé prendre par la pièce que tu as contribué à mettre en scène ? Puis-je me permettre de te demander d'où arrive l'argent pour cette farce – vu que nous avons décidé de la nommer ainsi, Alexandre ? »

Regard torve de Zaldostanov.

« De Moscou.

— Et les armes, d'où arrivent-elles ?

— De Moscou.

— Et les putes ? Même les putes arrivent de Moscou, quand nous estimons que vous les avez méritées. Alors, de deux choses l'une, Alexandre. Soit tu continues à jouir de la bonne fortune dans laquelle tu as été parachuté, par moi d'ailleurs, soit tu décides que non, ça ne te va plus du tout. Que tu es devenu Alexandre Zaldostanov, martyr de la Novorossia, en lutte pour la libération des peuples. Mais je te conseille de bien y réfléchir, parce qu'il ne me faut qu'un bref instant pour tirer la prise et après les choses risquent de devenir plus compliquées pour toi. »

Un silence de salle de baccara tomba dans le taudis où nous nous trouvions. Sur les murs, un portrait de Staline et une caricature d'Obama nous observaient avec la même indifférence. Zaldostanov recommença à ruminer avec cette étrange bouderie enfantine plaquée sur le visage. De temps en temps, d'une main distraite, il effleurait la cartouchière qu'il portait pour des raisons décoratives ; on ne comprenait pas s'il méditait sur mes paroles, s'il projetait de me destiner une balle ou s'il était simplement trop ivre pour prendre une initiative.

Puis il se leva, lentement.

« Suis-moi, Vadia. »

Le motard sortit et, sans un mot, me conduisit vers une ruine qui côtoyait le terrain vague que les Loups de la nuit avaient élu pour base. Nous dépassâmes une rangée de camions poubelles orange qu'ils avaient convertis en véhicules de guerre en vidant la benne arrière pour y placer un mortier. Vues de près, les ruines perdaient leur caractère indistinct. On reconnaissait parmi les décombres des restes d'objets domestiques, un réfrigérateur défoncé, la poignée d'une porte, quelques tissus colorés. Zaldostanov était monté sur un petit tas et remuait le sol avec sa grosse Doc Martens comme s'il cherchait quelque chose.

« Voilà, il y en a toujours au moins une, dit-il en se baissant pour ramasser un morceau de plastique rose, couvert de terre. Regarde-la, Vadia. Pourquoi tu ne l'apportes pas à ta fille ? »

Au début, je ne reconnus pas l'objet qu'il me tendait. Puis, le prenant en main, je me rendis compte qu'il s'agissait d'une poupée. Il lui manquait un bras et je me demandai si elle l'avait perdu dans l'explosion ou si c'était arrivé avant. Cette petite chose brisée et sale devait avoir eu un nom jadis. Et une petite fille avait joué avec elle des après-midi entiers.

Je ne réussis pas à prononcer un mot durant tout le vol militaire qui me ramenait à Moscou. Et même une fois rentré au Kremlin, je restai silencieux. Je répondais aux questions qui m'étaient posées, c'est tout ; je n'avais plus envie d'argumenter. Mes arguments étaient toujours pertinents, pourtant voilà où ils m'avaient mené. J'étais l'homme aux solutions raffinées et je m'étais retrouvé à expliquer à un cosaque couvert de cartouchières qu'il devait poursuivre la guerre, qu'il devait continuer à bombarder les hôpitaux et les écoles, même s'il n'en avait pas envie, même s'il n'y avait aucun motif, parce que c'était ce qu'exigeait le subtil dessein que mon subtil esprit avait conçu.

Il valait mieux que je me taise. Mieux encore, que je ne pense pas. Débarrassée de mes conjectures, la vérité apparaissait pour ce qu'elle était. L'empire du Tsar naissait de la guerre et il était logique qu'à la fin il retournât à la guerre. C'était cela la base inébranlable de notre pouvoir, son vice originel. Au fond, si on y regardait de près, avions-nous jamais bougé de là ? Les choses n'auraient pas pu être différentes. Je le savais dès le début et j'avais choisi d'accompagner Poutine sur ce chemin. Je ne l'avais pas fait par conviction, ni par intérêt. Je l'avais fait par curiosité. Pour me mettre à l'épreuve. Parce qu'au fond je n'avais rien de mieux à faire. C'était toujours mieux que les raisons qui poussent presque tous les autres, m'étais-je dit. L'avidité, la frustration, le besoin de revanche, le fanatisme, le désir de dominer son prochain. Je ne changerais pas le monde, mais j'empêcherais que d'autres à ma place le rendent pire. Les choses ne s'étaient pas tout à fait passées comme ça.

La guerre en Ukraine était comme tout le reste. Ce n'était pas moi qui l'avais voulue. D'ailleurs, j'avais manifesté avec force mon opposition. Mais ensuite, quand le Tsar l'avait décidée, j'avais fait tout ce qui était en mon pouvoir pour la voir réussir. Par habitude. Par orgueil. Parce que j'en étais capable. Cela avait été ainsi depuis le début. Avec les bombes de Moscou et la guerre de Tchétchénie. Avec l'arrestation de Khodorkovski et avec la chute de Berezovsky. Aucun de ces événements n'avait été voulu par moi. Mais tous avaient pu compter sur mon infatigable labeur. Je ne supportais pas l'idée de perdre. J'avais eu de la chance, j'avais presque toujours gagné. Et maintenant je tenais enfin dans mes mains le trophée que je méritais : une poupée, salie par la terre et les gravats, et dont je ne connaîtrais jamais le nom.

28

Le visage parfaitement carré de Sechine est apparu dans l'embrasure de la porte de mon bureau.

« Puis-je te déranger un instant, Vadim Alexeïevitch ? »

Si Igor s'était donné la peine de passer me voir, ce ne pouvait être que pour me donner de très mauvaises nouvelles. Il prit la chose de loin, s'enquérant de mon voyage dans le Donbass, comme si au moins trois services de renseignement différents ne lui avaient pas déjà fourni tous les détails. Puis, me fixant de son regard d'oiseau de nuit : « Au fait, Vadim Alexeïevitch, tu as entendu parler des Américains, n'est-ce pas ?

— Quoi, les Américains ?

— Apparemment, ils ont préparé une liste de gens qui n'auront plus le droit de mettre le pied sur leur territoire. Ton nom s'y trouve. »

Sechine me regardait attentivement, à la recherche du moindre signe de détresse.

« J'ai l'impression que tu vas devoir oublier New York pour un moment.

— Ah, les sanctions pour l'Ukraine. Ils ont décidé d'aller de l'avant ?

— À partir de lundi. »

Le tchékiste semblait satisfait. La confirmation que mon nom se trouvait sur la liste avait fait sa matinée.

C'était évidemment un peu embêtant. Il n'y avait pas que New York. Il y avait aussi la Californie, le Maine, Boulder dans le Colorado. L'interdiction de poser le pied sur le sol américain était destinée à me priver de plaisirs que Sechine ne soupçonnait même pas.

« Et puis j'ai entendu autre chose, aussi. »

À présent, Igor avait un air distrait que j'avais appris à reconnaître. C'était celui qu'il arborait quand il était le plus concentré. Il était sur le point de me faire vraiment mal.

« Ton nom est aussi sur la liste des Européens. »

Enfoiré. Voilà pourquoi il s'était donné la peine de venir me l'annoncer en personne : il voulait voir ma tête au moment précis où je découvrirais que j'avais perdu l'Europe. Au fond, me suis-je dit, cet homme ignore tout de moi, sauf la façon de me faire mal.

Un énorme bloc de pierre a plongé en moi. Un morceau de roche. Il venait de se détacher de ma poitrine et se précipitait à présent dans le vide. À l'intérieur. Il tombait dans l'obscurité sans jamais atteindre le fond. L'Europe. Une chose inconcevable. Moi, privé d'Europe, vous comprenez ?

J'ai mobilisé mes dernières forces pour ne pas donner à Sechine la moindre satisfaction. « C'est aussi bien, je voulais justement commencer à explorer de nouveaux endroits. Mais qu'en sera-t-il de toi, Igor, de ton château en Ombrie ? »

C'était la prunelle de ses yeux, ce château.

Sechine a soudain revêtu le masque d'une absence totale d'expression qui était pour lui le signe d'une émotion intense.

« Bof, que des vieilles pierres, tu sais. Je suis en train d'en construire une réplique dans le Caucase. »

Le tchékiste a tourné les talons. Sa mission était accomplie. De mon côté, il ne me restait plus beaucoup d'options. J'ai décroché le téléphone et dicté à l'attaché de presse la déclaration à publier au moment de l'annonce des sanctions : « Je considère qu'il s'agit là d'un oscar à ma carrière politique. Cela veut dire que j'ai servi mon pays avec honneur. »

Ensuite, j'ai composé le numéro de la maison. Évidemment, Ksenia ne disposait pas d'un portable, mais ce matin-là, par chance, elle n'était pas sortie. Je me suis arrangé pour lui donner rendez-vous à l'aéroport.

Quelques heures plus tard, nous atterrissions dans ma ville préférée pour notre dernier week-end européen. Sur la route de l'hôtel, nous avons assisté au défilé solennel des immeubles en brique rouge qui bordent les avenues de Stockholm. Ici, la neige ne se transformait pas en fange noire comme à Moscou, elle restait inexplicablement blanche, comme si les Suédois avaient résolu ce problème aussi, en plus de tous les autres. Les gens marchaient sur les trottoirs comme vous le faites en Europe, sans se presser et sans crainte. Autour de quatre heures, quand le soleil fatigué de l'après-midi d'hiver s'est finalement rendu, la grandeur un peu hautaine des façades qui surplombaient la surface glacée de la mer s'est faite plus affable, tout à coup radoucie par le charme de mille fenêtres étincelantes qui s'allumaient l'une après l'autre. Les lumières d'en bas, ai-je pensé, voilà la vraie différence. En Russie, elles n'existent pratiquement pas. Vous pouvez vous promener même dans les plus beaux quartiers de Moscou et de Saint-Pétersbourg, vous verrez partout les faisceaux impitoyables des plafonniers qui descendent d'en haut et illuminent les fenêtres. Les plafonniers sont pratiques. Il suffit d'appuyer sur un bouton pour que toute la pièce soit éclairée par la même luminosité uniforme et brutale. Ils s'accordent bien avec la télévision ; ils ne produisent pas de reflets sur l'écran et épousent idéalement ses éclats bleutés.

Les petites lumières d'en bas, en revanche, sont peu commodes. Vous devez les allumer une par une et il en faut au moins trois ou quatre pour générer la même quantité de lumière qu'un plafonnier. Cependant, le jeu des ombres portées sur les meubles et les murs crée une atmosphère propice à la conversation et à la lecture de vieux livres, aux feux de bois et à la musique de chambre. Toutes choses qui, même chez vous, ont été balayées par les écrans de téléphone. Mais au moins, les lumières d'en bas perpétuent l'illusion. On peut observer de l'extérieur ces pièces douces, baignées d'une lumière tamisée, et se figurer qu'à l'intérieur les habitants passent leur vie à se raconter des contes de fées ; un luxe que les Russes n'ont jamais pu se permettre.

Essayer de concevoir une existence dans une de ces maisons avait toujours été une de mes perversions. Deux jours plus tard, l'entrée en vigueur des sanctions rendrait ce fantasme impossible. Un exil inversé, la pire des punitions pour un type comme moi.

À ce moment-là, je me suis souvenu de Berezovsky, de ses dernières années à Londres. Se débarrasser de la Russie, il n'avait pas pu. Il n'y avait rien qui vaille pour lui en dehors du seul vrai plaisir de la vie russe : regarder la réalité en face, sans filtre, à la lumière crue d'un plafonnier. Moi, en revanche, j'aurais pu. À sa place, à Londres. Ou n'importe où ailleurs en Europe. J'aurais pu vivre dans une de ces maisons de banlieue, avec un petit portail en fer forgé et deux marches devant la porte d'entrée. Je l'aurais remplie de livres, j'aurais repéré le bon café du quartier et puis un bar où boire un whisky le soir. J'aurais accompli la même promenade presque tous les jours, en repensant à la Russie de temps en temps, comme à une mère amnésique qui dévore ses propres enfants. Elle avait dévoré mon grand-père, mon père, mais pas moi. Je lui aurais échappé, moi, j'aurais été sauvé. Ou pas. Il aurait été trop tard pour moi de toute façon. Mais ma fille, ma fille aurait été sauvée. Elle, la Russie ne l'aurait pas eue.

Mais ce n'est pas ainsi que les choses s'étaient déroulées, il fallait à présent le reconnaître. La gentillesse de l'Europe, ses lumières d'en bas qui dissimulent la cruauté du monde, le moment était venu d'y renoncer. Au fond de moi, j'avais toujours su que ce moment viendrait ; depuis la première fois que mes yeux avaient rencontré le regard du Tsar. Il n'y avait rien d'européen dans ce regard, rien de doux. Seulement la détermination d'une nécessité qui ne tolère pas d'entraves.

Le lendemain matin, nous nous sommes réveillés dans la petite suite de mon hôtel préféré, une sorte de maison de campagne perchée sur une île du centre de Stockholm. Nous avons pris le petit déjeuner sur la galerie en bois blanc, face à la surface opaque de la mer. Au loin, les grues du port laissaient entrevoir l'existence d'un monde actif et turbulent, dont seul un vague écho parvenait jusqu'à nous, qui se noyait de toute façon dans ma tristesse et dans l'ennui de Ksenia.

Je contemplais ma vie comme un plongeur en apnée. Je la voyais briller à la surface, mais je ne parvenais plus à respirer. Cela faisait vingt ans que je n'avais pas respiré. Non que ces années se soient envolées. Au contraire, j'avais l'impression d'avoir vécu mille vies. Mais je n'avais jamais respiré, pas un seul instant : j'étais resté en apnée. Maintenant, je commençais, au loin, à entrevoir ma destination. Le point final où le besoin de choisir cesse de se manifester, car tous les choix ont été faits et ce qui reste n'est qu'une simple formalité.

J'avais prévu de passer la journée à m'apitoyer sur mon sort. Je pensais l'avoir bien mérité. Mais c'était sans compter l'intelligence féroce de Ksenia à mes côtés qui, même si elle était à présent tournée en ma faveur, représentait toujours une menace. Elle ne me permettrait jamais de me mentir à moi-même.

Nous étions en train de longer la mer, sur l'île de Djurgården. En quittant l'hôtel une heure plus tôt, nous nous étions promenés enlacés en bavardant pendant quelque temps, mais le silence s'était ensuite installé autour de nous et enveloppait désormais chacun de nos gestes. On ne percevait dans l'atmosphère que nos respirations et le vent chargé de la senteur de profondes forêts enneigées.

J'avançais seul, plongé dans mes pensées, et Ksenia me suivait à quelques pas. Devant nous, blottie parmi les bouleaux, on pouvait discerner une maison orange qui ressemblait un peu à la demeure d'un bon sorcier, avec ses petites lucarnes à croupes et ses massives cheminées grises. Quiconque n'habite pas là, me disais-je, a forcément raté sa vie.

À ce moment, j'ai entendu un clapotement derrière moi. Je me suis retourné, à moitié convaincu que j'allais surprendre un cygne se débattant parmi les vagues. Au lieu de cela j'ai vu Ksenia, entièrement immergée dans l'eau glacée, qui me souriait d'un air de défi. Ses vêtements abandonnés à la hâte formaient des taches multicolores sur la neige.

Nous nous sommes regardés pendant un long instant. Moi tout habillé au bord de la mer, elle complètement nue dans l'eau. Ses yeux étaient aussi profonds que des questions sans réponse, mais sa bouche esquissait un sourire. J'ai commencé à me déshabiller à mon tour. Le chapeau gris doublé de fourrure. Les chaussures anglaises noires qui m'accompagnent partout. Le costume et le col roulé sombre. Ksenia me fixait depuis la mer, mais un moment avant que je ne plonge, elle s'est retournée et a commencé à nager vers le large. Encore une fois, j'ai été saisi de peur. Où allait-elle ? J'ai essayé de l'appeler. Avait-elle oublié qu'elle était enceinte ?

Elle n'avait aucune intention de m'écouter. La seule chose à faire était de la suivre. J'ai plongé à grand bruit. Le contraire de l'imperceptible éclaboussure produite par Ksenia. Il est possible que j'aie crié : les ablutions dans l'eau glacée n'ont jamais été ma spécialité. Instinctivement, j'ai commencé à nager, autant pour ne pas geler sur place que pour rattraper Ksenia. Elle s'était arrêtée à une cinquantaine de mètres de la rive et m'attendait. Quand j'ai été sur le point de la rattraper, j'ai pensé qu'elle allait s'enfuir à nouveau. Mais non. Elle a attendu que je la rejoigne. Et là, alors que je serrais son corps lumineux contre le mien dans l'eau sombre, j'ai lu pour la première fois dans ses yeux la majesté du mystère qui grandissait en elle. Une liberté illimitée et féroce avait été son unique objectif, celui pour lequel elle était naguère disposée à se soumettre au plus abject des esclavages. Mais à présent rien n'aurait pu la faire dévier du cours que les astres avaient tracé pour elle et, bien qu'elle fût encore plus cruelle que jadis, une nouvelle tendresse avait mûri en son sein, dont je sentais qu'elle ne pourrait être destinée qu'à moi. À ce moment, toutes les autres sensations m'ont abandonné comme des fruits mûrs se détachent de l'arbre et seule est demeurée, au plus profond de moi, la révérence pour la splendeur de la vie inconnue qui vibrait en face de moi. Et, pour la première fois depuis très longtemps, alors que la glace nous pressait de tous côtés et que le courant menaçait de nous emporter, j'ai eu le sentiment de pouvoir à nouveau respirer.

29

La familiarité induit en erreur. Pendant des années, au Kremlin, Staline et le reste de la nomenklatura ont vécu coude à coude. Ils habitaient les grands appartements qui jadis avaient été ceux des fonctionnaires du tsar, et dînaient toujours ensemble. Staline venait les chercher pour jouer aux échecs ou pour un petit dîner entre amis. Il n'occupait jamais la place d'honneur, mais se plaçait en tête de table et, s'il fallait aller chercher quelque chose à la cuisine, c'est lui qui se levait. Ils avaient aussi un petit cinéma. Les enfants faisaient de la bicyclette et jouaient au ballon. Ils avaient grandi ensemble, comme dans une famille. Ce qui n'a pas empêché Staline de les exterminer l'un après l'autre. En fait, cela lui a facilité la tâche. Ils ne pouvaient pas s'imaginer que leur Koba les ferait arrêter, torturer et tuer. C'est la proximité qui les a trompés : l'illusion qu'une amitié de vingt ans empêche le chef de faire ce qu'il doit faire. Mais ça ne fonctionne pas comme ça. Le chef suit son instinct, il a le flair du prédateur qui doit survivre. Et, en dernière analyse, la seule chose qui puisse lui garantir la survie, c'est la mort de tous les autres autour de lui.

Moi, je suis parti le premier, c'est tout. Je ne me suis pas laissé avoir par la familiarité. La confiance d'un prince n'est pas un privilège, mais une condamnation : celui qui révèle son secret à quelqu'un en devient l'esclave, et les princes ne supportent pas l'esclavage. Vouloir briser le miroir qui nous renvoie notre propre image est une pratique courante. De plus, le prince peut rétribuer les menues faveurs, mais quand elles deviennent trop grandes et qu'il ne sait plus comment les récompenser, surgit en lui la tentation de résoudre le problème en éliminant la cause.

Le Tsar n'a jamais été susceptible d'affection, tout au plus d'habitude. Et à partir d'un certain moment il a perdu l'habitude de me voir. À Novo-Ogariovo, il a fait raser la forêt à trois kilomètres à la ronde de sa datcha. Il se lève tard le matin, petit-déjeune d'œufs frais que lui envoie le patriarche Kirill de sa ferme. Puis il fait des exercices dans son gymnase devant l'écran des infos. S'il y a quelque chose d'urgent, c'est là qu'il lit les notes confidentielles et transmet ses dispositions. Ensuite, il nage un kilomètre dans la piscine. Au bord du bassin, les premiers visiteurs du jour, ministres, conseillers, chefs de grandes entreprises, convoqués la nuit précédente ou le matin même, attendent patiemment que le Tsar sorte de l'eau pour lui tendre un peignoir et l'entretenir brièvement d'une question ou d'une autre.

Ce n'est qu'en début d'après-midi que le cortège présidentiel se met en route pour le Kremlin. Les rues ont été fermées à la circulation une demi-heure plus tôt. À chaque croisement, une voiture de la milice assure que la solitude du Tsar soit préservée. De Novo-Ogariovo au Kremlin, Poutine traverse presque entièrement sa capitale, congelée à son passage, arrive au bureau et là commence la véritable journée de travail, qui se termine parfois aux premières lueurs de l'aube. Toute l'existence du Tsar est déphasée par rapport à celle des personnes normales et impose une torsion à qui doit travailler avec lui. Un seul homme ne dort pas la nuit et il a dressé tous ceux qui comptent à Moscou à partager sa veille jusqu'à trois ou quatre heures du matin. Connaissant les habitudes nocturnes du chef, une centaine de ministres, de hauts fonctionnaires, de généraux sont là qui attendent un appel. Et chacun tient à ses côtés une petite phalange d'assistants et de secrétaires. Ainsi, les lumières des ministères restent allumées et le Moscou du pouvoir a de nouveau perdu le sommeil, comme au temps de Staline.

La seule vraie obligation de la Cour est la présence. Y être, toujours, chaque fois qu'existe, aussi faible soit-elle, la possibilité que le regard du souverain se pose sur vous. Moi, je ne suis jamais allé de gaieté de cœur à Novo-Ogariovo. L'atmosphère désagréablement sportive du lieu m'attristait. Chaque fois que j'en avais la possibilité, je me faisais remplacer par quelqu'un d'autre et Dieu sait que les candidats ne manquaient pas ! Une fois rentré de Stockholm, je n'y ai pratiquement plus mis les pieds. De plus, la nuit, quand j'avais sommeil, j'avais pris l'habitude d'aller dormir sans même laisser le téléphone allumé. Il est arrivé une ou deux fois que le Tsar me fasse tirer du lit par le chef de la garde présidentielle. Mais il était clair que la situation ne pouvait plus durer. L'idée que son voisinage ne fût pas la source de toutes mes joies était insupportable au Tsar.

Un jour, au Kremlin, au cours d'une réunion dans laquelle je me trouvais comme d'habitude en minorité, il m'a transpercé d'un regard parfaitement indifférent, comme si je n'existais déjà plus.

« Tu te crois le plus malin de tous, Vadia. Mais tu sais la vérité ? C'est qu'à force de rester jeune trop longtemps, on finit par mal vieillir. »

Il avait raison. Quarante ans est un âge qui ne pardonne pas : tout est révélé et l'on ne peut plus se cacher. La vérité c'est que, même quand je me suis approché du sommet du pouvoir, je n'ai pas cessé d'être marginal. Au fond, je crois, une fois encore, que c'est la faute de la bibliothèque de grand-père. Elle m'a donné la conscience de ne pas être au centre du temps.

Aussi excitante soit-elle, notre époque n'est que l'énième version de la comédie dont les infimes variations se déploient au cours des siècles. « De temps en temps un homme se dresse dans le monde, fait étalage de sa fortune et proclame : c'est moi ! Sa gloire vit le temps d'un rêve interrompu, déjà la mort se dresse et proclame : c'est moi. »

Sans y avoir jamais posé le pied, il y a trois siècles, La Bruyère a décrit le Kremlin d'aujourd'hui plus précisément que le meilleur de nos ou de vos journalistes. Si je n'en avais pas eu conscience, je n'aurais pas pu accomplir le travail qui était le mien. Je serais resté à la surface. Ma contribution à la cause du Tsar aurait été moins efficace, moins décisive, permettez-moi de le dire. Mais cela fut aussi ma condamnation. Soudain j'ai vu ma vie pour ce qu'elle était : une lutte sans fin avec l'ange de la négligence, de la brutalité injustifiée et des appétits ingouvernables. Vingt années consacrées à cela. Comme vingt jours, comme vingt minutes. Aucune différence.

Si j'avais fait partie de la bande, pourquoi pas. Mais j'ai toujours été un étranger. Quand j'étais petit, mon grand-père me parlait de temps en temps de ces loups qui abandonnent la meute sans raison apparente. Ils se mettent en chemin, seuls. Certains finissent par former une nouvelle bande. D'autres non. Ils restent dans la forêt, traversent la steppe, toujours seuls. Et ils semblent ne pas en souffrir. Ils mènent leur vie à l'écart, avec le temps ils développent leurs propres habitudes, qui diffèrent en tout de celles de la meute. Les chasseurs ont appris à les craindre : ils savent que les loups solitaires sont plus forts, plus malins et plus agressifs que les autres.

Il est évident que grand-père se considérait comme l'un d'entre eux. Qui sait, peut-être s'agit-il d'un caractère récessif, destiné à réapparaître à une génération de distance. Ce qui est sûr, c'est que ce n'est pas un caractère apprécié par la meute, qui accepte tout sauf l'indépendance. On a dit beaucoup de choses par la suite. Que j'avais la grosse tête. Qu'on m'avait pris en train de piquer dans la caisse. Et même que j'avais voulu prendre la place du Tsar ; pour certains, la calomnie est la seule forme d'imagination.

La vérité est que j'ai toujours conspiré en faveur du pouvoir, jamais contre. C'est ma nature : une chose que beaucoup de gens ne comprennent pas. Il est vrai qu'autour des puissants il y a toujours des personnes qui songent à prendre leur place. Mais le vrai conseiller appartient à une race totalement différente de celle du puissant. En vérité, c'est un paresseux. Murmurées à l'oreille du prince, ses paroles produisent un impact maximum sans qu'il ait à déployer les fatigues de l'ascension. Puis il rentre tranquillement dans sa bibliothèque, tandis que les bêtes féroces continuent à s'entre-déchirer sous la surface de l'eau. Il a une écharde de glace dans le cœur : plus les autres s'échauffent, plus lui se refroidit. Parfois, cela se termine mal, car les puissants supportent moins que toute chose l'autonomie. Mais quand j'ai donné ma démission, le Tsar avait autre chose en tête. Je crois qu'il a accueilli mon retrait avec soulagement : il n'avait plus besoin de moi. Inventer un ordre nouveau demande une certaine dose d'imagination, mais la dévotion aveugle des serviteurs suffit à le faire respecter.

Personne ne m'a remplacé. Le labrador est le seul conseiller en lequel Poutine a entièrement confiance. Il le fait courir dans le parc, il va avec lui au bureau. Pour le reste, le Tsar est complètement seul. De temps en temps, un garde apparaît, un serviteur se présente, ou un courtisan, convoqué pour une raison ou une autre. C'est tout. Il n'a pas de femme auprès de lui, ni d'enfants. Quant aux amis, il sait qu'au stade auquel il est parvenu l'idée même d'en avoir est inimaginable. Le Tsar vit dans un monde où même les meilleurs amis se transforment en courtisans ou en ennemis implacables, et la plupart du temps les deux à la fois.

En Occident, vos gouvernants sont comme des ados, ils ne peuvent pas rester seuls, ils cherchent toujours un regard qui se pose sur eux, on a l'impression que s'ils étaient obligés de passer une journée dans une chambre, sans compagnie, ils se dissoudraient dans l'air comme un souffle de vent tiède. Notre Tsar, au contraire, vit dans la solitude et s'en nourrit. C'est dans le recueillement qu'il accumule la force qui surprend tant de vos observateurs. Avec le temps, il est devenu presque un élément, comme le ciel ou le vent. Vous avez oublié ce que signifie vivre en adulte, planté dans la réalité. Vous croyez qu'un chef est une espèce d'animateur, vous voulez des chefs qui vous ressemblent, qui soient à votre niveau. La distance préserve l'autorité. Comme Dieu, le Tsar peut être objet d'enthousiasme, mais sans s'enthousiasmer lui-même, sa nature est nécessairement indifférente. Son visage a déjà acquis la pâleur marmoréenne de l'immortalité.

À ce niveau, nous sommes bien au-delà de l'aspiration aux belles funérailles dont je vous parlais. L'idéal du Tsar serait plutôt un cimetière dans lequel il se découpe seul, vertical, unique survivant de tous ses ennemis et même de ses amis, de ses parents et de ses enfants. Peut-être même de Koni. De tous les êtres vivants. « Caligula souhaite que les têtes de tous les hommes se trouvent sur un seul et unique col, dans le but de pouvoir réduire à néant le monde entier, d'un seul et unique coup. » Pouvoir à l'état pur. C'est cela qu'est devenu le Tsar. Ou peut-être était-il ainsi dès le début. Le seul trône qui lui apportera la paix est la mort.

30

La Russie est la machine à cauchemars de l'Occident. À la fin du dix-neuvième, vos intellectuels ont rêvé la révolution. Nous l'avons faite. Du communisme, vous n'avez fait que parler. Nous l'avons vécu pendant soixante-dix ans. Puis est arrivé le moment du capitalisme. Et même en cela, nous sommes allés beaucoup plus loin que vous. Dans les années quatre-vingt-dix, personne n'a déréglé, privatisé, laissé de place à l'initiative des entrepreneurs plus que nous. Ici se sont bâties les plus grosses fortunes, parties de rien, sans règles et sans limites. Nous y avons vraiment cru, mais ça n'a pas marché.

À présent, ça recommence. Votre système est en péril parce que vous ne réussissez plus à exercer le pouvoir. Croyez-moi, après en avoir fait l'expérience directe, je ne nourris plus beaucoup de sympathie pour lui. Grand-père disait que tôt ou tard quelqu'un devrait ramasser toutes les statues équestres éparpillées dans toutes les villes du monde et les expédier au milieu du désert, dans un camp dédié à tous les massacreurs de l'histoire : j'ai toujours eu tendance à lui donner raison et je vous assure que ces années de fréquentation du Kremlin ne m'ont pas fait changer d'opinion. Au contraire.

Aujourd'hui pourtant, le pouvoir est la seule solution, parce que son objectif, l'objectif de tout pouvoir à l'œuvre, est l'abolition de l'événement. « Une mouche qui vole hors de propos pendant une cérémonie humilie le tsar », dit Custine. Même le plus petit événement, soustrait à son contrôle, peut coïncider avec la mort, ou la possibilité de la mort, pour le pouvoir.

La nature humaine est gourmande d'événements. Elle les attend, les convoite, même si elle fait semblant d'en avoir peur, mais il est clair qu'il s'agit d'un goût que nous ne pouvons plus nous permettre. Parce qu'aujourd'hui, l'événement, même le plus petit vol d'une mouche, peut déchaîner l'enfer. Le virus a été la répétition générale, mais nous sommes à peine au commencement. C'est pour cette raison que désormais la course se fera entre l'événement et le pouvoir. Et étant donné que le premier coïncidera avec la possibilité toujours ouverte de l'apocalypse, nous serons tous obligés de choisir le second. Pas le pseudo-pouvoir que vous pratiquez en Occident : masques de clown qui interprètent un scénario de tragédie. Non, le pouvoir retournant à son origine primaire : le pur exercice de la force. La statue de marbre qui d'une main protège et de l'autre menace.

Jusqu'à maintenant, le pouvoir a toujours été imparfait. Parce qu'il a dû s'appuyer sur des moyens humains pour réaliser sa promesse. Et l'homme est faible, toujours.

Dans chaque révolution, il y a un moment décisif : l'instant où la troupe se rebelle contre le régime et refuse de tirer. C'est le cauchemar de Poutine, comme de tous les tsars qui l'ont précédé. Le risque que la troupe, au lieu de tirer sur la foule, se solidarise avec elle est l'éternelle menace qui pèse sur tout pouvoir. C'est pour cette raison que quand les étudiants commencent à occuper la place Tian'anmen, le vieux sage Deng Xiaoping ne réagit pas tout de suite. Il sait qu'il est au bord du gouffre. Il ne veut pas risquer de donner ses troupes en pâture aux séditieux, avec leurs slogans, leurs chants, et les jolies filles qui sourient aux militaires. Il préfère attendre, et faire arriver de loin des soldats qui ne parlent pas le mandarin, de façon qu'ils ne puissent pas se solidariser avec les manifestants ; c'est pour cela qu'ils mettent quelques jours à arriver, mais quand ils arrivent, ils sont implacables.

Imaginons maintenant que le pouvoir n'ait plus besoin de la collaboration humaine. Que sa sécurité – et sa force – soit garantie par des instruments qui n'ont pas la possibilité de se révolter contre lui. Une armée de capteurs, de drones, de robots capables de frapper à n'importe quel moment, sans la moindre hésitation. Ce serait, finalement, le pouvoir dans sa forme absolue. Tant qu'il se fondait sur la collaboration d'hommes en chair et en os, tout pouvoir, aussi dur fût-il, devait compter sur leur consentement. Mais quand il sera fondé sur des machines qui maintiennent l'ordre et la discipline, il n'y aura plus aucun frein. Le problème des machines n'est pas qu'elles se rebelleront contre l'homme, c'est qu'elles suivront les ordres à la lettre.

Il faudrait toujours regarder l'origine des choses. Toutes les technologies qui ont fait irruption dans nos vies ces dernières années ont une origine militaire. Les ordinateurs ont été développés pendant la Deuxième Guerre mondiale pour déchiffrer les codes ennemis. Internet comme moyen de communication en cas de guerre nucléaire, le GPS pour localiser les unités de combat, et ainsi de suite. Ce sont toutes des technologies de contrôle conçues pour asservir, pas pour rendre libre. Seule une bande de Californiens défoncés au LSD pouvait être assez débile pour imaginer qu'un instrument inventé par des militaires se transformerait en outil d'émancipation. Et ils ont été nombreux à le croire.

Mais c'est clair maintenant, n'est-ce pas ? Vous le voyez vous-même. La vérité, c'est que la technologie militaire qui nous entoure a créé les conditions pour l'émergence d'une mobilisation totale. Désormais, où que nous nous trouvions, nous pouvons être identifiés, rappelés à l'ordre, neutralisés si nécessaire. L'individu solitaire, le libre arbitre, la démocratie sont devenus obsolètes : la multiplication des données a fait de l'humanité un seul système nerveux, un mécanisme fait de configurations standards prévisible comme une nuée d'oiseaux ou un banc de poissons.

Nous ne sommes pas encore en guerre mais nous sommes déjà militarisés. Les Soviétiques l'avaient rêvé. Notre État a toujours été basé sur la mobilisation. Nous étions une nation fondée tout entière sur l'idée de la guerre, de la défense de la patrie contre des agressions qui pouvaient arriver de l'étranger. Tous les sacrifices, tous les innombrables attentats à la liberté se justifiaient ainsi : la défense d'une liberté plus grande, celle de la mère patrie. Le KGB avait projeté, dans les années cinquante, un système pour ficher toutes les relations de chaque citoyen soviétique. La vertushka de mon père en était le symbole. Mais Facebook est allé beaucoup plus loin. Les Californiens ont dépassé tous les rêves des vieux bureaucrates soviétiques. Il n'y a pas de limites à la surveillance qu'ils ont réussi à instaurer. Grâce à eux, tout moment de notre existence est devenu une source d'informations.

Les nazis disaient que l'unique personne qui fût encore un individu privé en Allemagne était celle qui dormait, mais les Californiens les ont dépassés eux aussi. Les flux physiologiques des personnes, y compris leur sommeil, ne possèdent plus de secrets pour eux. Ils ont été convertis en chiffres; jusqu'à aujourd'hui pour générer du profit, à partir de demain pour exercer le contrôle le plus implacable que l'homme ait jamais connu.

Jusqu'à maintenant, la mobilisation a été bénévole, elle s'appuyait sur notre paresse et nous garantissait les perles de verre en échange desquelles nous avions vendu notre liberté. Mais, quand le prochain virus sortira d'un marché ou d'un laboratoire, quand Seattle, Hambourg ou Yokohama seront rasés par une bombe atomique sale ou par une attaque bactériologique, quand un simple petit garçon en proie au mal de vivre, au lieu d'ouvrir le feu sur sa classe, sera capable d'anéantir une ville, l'humanité entière ne demandera plus qu'une chose : être protégée. La sécurité, à n'importe quel prix. Dès aujourd'hui, la variation est devenue suspecte, bientôt le plus infime écart par rapport à la norme deviendra un ennemi à abattre à tout prix. Et l'infrastructure sera déjà en place. Commerciale jusque-là, la mobilisation deviendra politique et militaire. L'ensemble des instruments à notre disposition devra être employé à combattre l'apocalypse ; face à la terreur, tout le reste sera toujours tolérable.

Ce jour-là, le monde sera prêt pour l'avènement du Bienfaiteur de Zamiatine : celui qui veillera à ce que plus rien n'arrive. La machine aura rendu possible le pouvoir dans sa forme absolue. Un seul homme pourra alors dominer l'humanité entière. Et ce sera un individu quelconque, sans talent particulier, parce que le pouvoir ne résidera plus dans l'homme mais dans la machine, et un homme, choisi au hasard, pourra la faire fonctionner.

Son règne ne sera pas un règne long. Au fond, comme disait notre Brodsky, le dictateur n'est qu'une version ancienne de l'ordinateur. Dans un monde gouverné par les robots, il ne s'agit que d'une question de temps avant que le sommet même ne soit remplacé par un robot.

Nous avons cru longtemps que les machines étaient l'instrument de l'homme, mais il est clair aujourd'hui que ce sont les hommes qui ont été l'instrument de l'avènement de la machine. La transition se fera doucement : les machines n'imposeront pas leur domination sur l'homme, mais elles entreront dans l'homme, comme une pulsion, une aspiration intime. Dès à présent, la perfection de la machine est devenue l'idéal de milliards d'hommes qui se battent pour se fondre toujours plus dans le flux de la technologie.

L'histoire humaine se termine avec nous. Avec vous, avec moi et peut-être avec nos enfants. Après, il y aura encore quelque chose, mais ce ne sera plus l'humanité. Les êtres qui viendront après nous, s'il y en a, auront des idées et des préoccupations différentes de celles qui ont occupé les hommes jusqu'à aujourd'hui.

Nous aurons été la parenthèse qui a rendu possible la descente de Dieu dans le monde. Seulement, Dieu, au lieu de se présenter sous la forme improbable d'une entité désincarnée, ne sera qu'un gigantesque organisme artificiel, créé par l'homme mais capable, à partir d'un certain moment, de le transcender pour réaliser la prophétie d'un temps sans péché et sans douleur.

Voici le tabernacle de Dieu avec les hommes
Il habitera avec eux, et ils seront son peuple
Et Dieu lui-même sera avec eux
Il essuiera toutes les larmes de leurs yeux
Et la mort ne sera plus
Et il n'y aura plus ni deuil,
ni cris de douleurs,
car les premières choses ont disparu.

Et si les visions des prophètes étaient justes ? Et si tous les tourments des hommes n'étaient rien d'autre que le prologue nécessaire à l'arrivée de Dieu ? Que sont quelques milliers d'années de souffrance, sur l'échelle de l'histoire de l'univers – ou même seulement de la planète Terre ? Non, ce n'est pas Dieu qui crée, c'est Dieu qui est créé. Chaque jour, comme d'humbles ouvriers dans les vignes du Seigneur, nous créons les conditions de son arrivée. Aujourd'hui déjà, nous avons transféré à la machine la plus grande partie des attributs que les anciens assignaient au Seigneur. Il fut un temps où Dieu voyait tout et enregistrait tout en prévision du Jugement dernier, il était l'archiviste suprême. Maintenant la machine a pris sa place. Sa mémoire est infinie, sa capacité à assumer les décisions, infaillible. Il ne manque que l'immortalité et la résurrection, mais nous y arrivons. L'image du Dieu guerrier qui combat le dernier ennemi, la mort, contenue dans l'apocalypse du prophète Isaïe, est en réalité – nous pouvons l'affirmer aujourd'hui – celle de l'ordinateur occupé à l'élaboration du dernier algorithme.

Il ne manque qu'un passage. Reconnaître que la technique s'est transformée en métaphysique. Je ne sais pas combien de temps cela prendra, mais la voie est tracée. Alors vous voyez qu'au début je vous ai menti, la vraie course n'est pas entre le pouvoir et l'apocalypse, mais entre l'avènement du Seigneur et l'apocalypse.

31

La pièce était plongée dans le silence. Le feu que Baranov avait alimenté jusque-là en lançant de temps en temps une bûche dans la grande cheminée de pierre avait cessé de crépiter, privant de son éclat la bibliothèque qui m'avait tellement impressionné à mon arrivée. Regardant autour de moi, je me sentais comme le dernier survivant d'une très ancienne catastrophe. Les livres du Russe, l'élégant bureau en noyer, les pupitres, les mappemondes appartenaient à une époque désormais disparue. Ayant terminé son récit, Baranov avait lui-même pris la consistance d'un de ces corps recouverts de cendres qu'on peut voir lorsqu'on visite les ruines de Pompéi. Assis en face de moi, il donnait l'impression de n'avoir jamais eu besoin de respirer.

À ce moment, on entendit un craquement en provenance du fond de la salle et une petite tête châtain se montra à travers la porte entrebâillée.

— Je n'arrive plus à dormir, papa.

— Alors reste ici avec nous.

Une enfant de quatre ou cinq ans, encore un peu ensommeillée, vêtue d'une chemise de nuit de flanelle légère, fit son entrée. On aurait dit une petite brioche à peine sortie du four. Les traits de son visage, délicats et nets, contrastaient avec l'expression encore rêveuse de ses grands yeux noisette où filtrait déjà la curiosité de trouver un étranger à cette heure dans le bureau. Après avoir jeté les bras au cou de son père, elle alla s'asseoir sur le tapis, près d'un pouf sur lequel somnolait un gros chat tigré.

J'avais détourné mon regard un instant et quand je reposai mes yeux sur Baranov, son visage était complètement transformé. Il ne s'agissait plus de la même personne.

— Tout le bonheur que j'ai connu dans le monde est concentré ici, en un mètre dix de hauteur.

Devant nous, la fillette parlait doucement au chat. Elle s'adressait à lui en lui traduisant, je crois, des bribes de notre conversation, puis en introduisant d'autres sujets, plus privés, qui ne concernaient qu'eux deux. Elle levait de temps en temps le regard vers son père, avec la confiance sans bornes qu'ont les enfants protégés, ignorant le mal qu'ils sont destinés tôt ou tard à rencontrer. Baranov à son tour regardait dans sa direction comme si aucun point de la terre n'avait jamais possédé une telle intensité lumineuse.

— On est en train de réfléchir à l'achat d'un chien. Ce n'est pas vraiment ma passion, les chiens. Mais pendant combien de temps encore aurai-je le pouvoir de la rendre heureuse ?

Je compris alors : aucune autre pensée n'occupait désormais la tête de l'homme qui avait été le plus puissant stratège du Kremlin. Les yeux brillants d'une enfant de cinq ans exerçaient sur lui la domination totale que même le Tsar n'avait jamais réussi à imposer à cet homme sceptique et indifférent.

— Je ne crois pas avoir connu la peur, avant Anja. Je vis désormais dans la terreur, depuis que je l'ai vue la première fois. Elle a posé ses doigts sur mes lèvres et m'a adressé un regard que je n'avais jamais vu sur aucun autre visage. J'ai compris alors que ma vie était entre ses mains et non l'inverse, ajouta le Russe dans un murmure, comme s'il avait saisi encore une fois le cours de mes pensées.

L'enfant lui souriait de son tapis. Elle attendait que sa vie commence. Et, pendant cette période, il ne lui déplaisait pas de fréquenter cet homme massif et calme, qui visiblement ne désirait rien d'autre que la possibilité de l'accompagner encore un peu.

— J'ai très peu à lui enseigner. C'est plutôt elle qui m'a appris à regarder l'instant dans les yeux. Ma fille ne compte pas les heures, ni les jours. Elle m'a fait don du présent, que je ne connaissais pas, ayant toujours habité le futur. Un jour, pourtant, il va falloir se quitter. Mon unique devoir est de la conduire jusqu'au seuil, puis de la laisser pénétrer seule, me retirant avec un petit signe. Elle n'est encore qu'une enfant et déjà je ne puis m'empêcher de penser tous les jours à cet adieu. J'espère seulement en avoir la force. Réussir à sourire. Ne pas tout gâcher par une expression déplacée. Je voudrais qu'elle conserve de moi le souvenir d'une présence souriante.

Sa fille était l'unique exception au besoin immodéré de solitude de Baranov. Chaque moment vécu en sa compagnie représentait la célébration d'un petit miracle que le Russe n'aurait jamais pensé mériter. Rien dans sa vie d'arriviste paresseux ne pouvait le justifier. Et pourtant l'enfant était là, occupée par un dessin abstrait compliqué. Avec cet air concentré et fier qu'il aimait plus que tout. Pendant qu'il l'observait, Baranov en éprouvait déjà la nostalgie. Dans ces moments-là, la gratitude le submergeait comme une rasade de vodka et lui ôtait le pouvoir de se faire du mal. Il aurait voulu la précéder dans ce monde seulement un instant, pour murmurer au vent la nouvelle de son arrivée et blanchir de fleurs les rues sur son passage.

— Avant la venue de cette enfant, personne n'avait jamais réellement pu compter sur moi. Ni ma famille, ni mes amis, ni le Tsar, ni même Ksenia. Les gens, les événements me traversaient sans laisser de trace, comme un corridor au milieu d'une maison. Toute mon existence, je n'ai désiré rien d'autre que de me mettre à l'épreuve sur le champ d'action le plus vaste possible. À présent, le moment est venu, pour ma vie, d'accomplir des cercles plus réduits. De ne plus prétendre recouvrir le monde, mais, plutôt, d'en choisir un fragment. Et de le faire vivre, au lieu de chercher à le maîtriser. Il n'y a pas plus conservateur qu'un enfant, vous savez, l'ivresse de la répétition, première des passions. Il me faut rester complètement immobile, pour ne pas l'abîmer.

En face de nous, Anja avait interrompu son œuvre pour se remettre à jouer avec le chat, lequel, sans grand enthousiasme, feignait de s'intéresser à un petit lapin en tissu que l'enfant lui agitait sous le museau.

— Papa, qu'est-ce que tu crois que dirait Pasha s'il pouvait parler ?

— « Je m'amuserais mieux avec un vrai lapin. »

— Papa !

— Non, je plaisante, il dirait : « J'aime être avec toi, Anja, je t'aime plus que tout. »

Je me levai en silence, saluai d'un signe de tête l'homme qui avait partagé pendant trois lustres les nuits d'insomnie du Tsar. Baranov m'adressa un regard reconnaissant. Dès l'instant où sa fille était entrée dans la pièce, notre conversation avait cessé de l'intéresser. Je traversai en silence les salons où l'on entendait seulement les grandes pendules qui rythmaient le temps. La lumière de l'aube éclairait faiblement les portraits sur les murs, les meubles de Carélie et les poêles de faïence blanche. Arrivé dans l'entrée, je passai le seuil et la lourde porte de chêne de la maison Baranov se referma derrière moi. Dehors la neige tombait doucement.

REMERCIEMENTS

Merci à Sibylle Zavriew d'avoir soutenu ce livre, et son auteur, avec son intelligence, son amitié et ses gobelets de vodka.

DU MÊME AUTEUR

Essais en français

LA PESTE ET L'ORGIE, Grasset, 2007.

LE FLORENTIN, Grasset, 2016.

LES INGÉNIEURS DU CHAOS, JC Lattès, 2019 (Folio actuel n° 189).

Essais en italien

UN GRANDE FUTURO DIETRO DI NOI, Marsilio, 1996.

LA GUERRA DEL TALENTO, Marsilio, 2000.

OVERDOSE, Marsilio, 2002.

LA SINDROME DI MEUCCI, Marsilio, 2005.

CANTON EXPRESS, Einaudi, 2008.

OBAMA. LA POLITICA NELL'ERA DI FACEBOOK, Marsilio, 2008.

CONTRO GLI SPECIALISTI, Marsilio, 2013.

LA PROVA DEL POTERE, Mondadori, 2015.

LA RABBIA E L'ALGORITMO, Marsilio, 2017.

Roman

LE MAGE DU KREMLIN, Gallimard, 2022 (Folio n° 7306). Grand Prix du roman de l'Académie française 2022, prix Honoré de Balzac 2022.

Tous les papiers utilisés pour les ouvrages des collections Folio sont certifiés et proviennent de forêts gérées durablement.

Composition : PCA
Impression Maury Imprimeur
45300 Manchecourt
le 3 mars 2025
Dépôt légal : mars 2025
1er dépôt légal dans la collection : novembre 2023
N° d'impression : 283044

ISBN : 978-2-07-300391-1 / Imprimé en France

661109